# 동화의 윤리

사라진
아이들을
찾아서

# 동화의 윤리

사라진 아이들을 찾아서

유영진 평론집

문학동네

첫 책을 낸 지 꼭 7년 만에 두번째 평론집을 낸다. 이번 평론집에는 2008년부터 지금까지 쓰고 발표한 글을 담았다. 주로 동화와 청소년소설에 대한 평론과 서평이다. 평론이란 말을 썼지만 내가 쓴 글은 이른바 '전문가 집단'에서나 통용되는 어려운 글이 아니다. 아니, 나는 그런 집단에서 통용될 만한 언어를 갖고 있지도 않다. 내가 가지고 있는 것은 동화와 청소년소설에 대한 애정이며, 교실에서 운동장에서 나를 웃기고 울리는 현실의 아이들이며, 그들을 더 깊이 이해하고 싶었던 나의 마음, 그리고 이 모든 것을 글로 표현하고 싶은 욕망뿐이다. 그렇기에 동화와 청소년소설을 즐기는 독자라면, 동화와 청소년소설을 읽고 즐기는 아이와 청소년을 둔 부모라면 누구나 쉽게 읽고 공감할 수 있으리라 생각한다.

윤리를 고정된 어떤 것, 지켜야 할 덕목으로 생각하지 않았으면 한다. 이 책에 '동화의 윤리'라는 제목을 붙인 것은 동화가 지켜야 할 도덕률을 말하고 싶었던 게 아니다. 윤리는 결국 '어떻게 살 것인가?'라는 질문이며, 이 질문에 대한 응답은 생애 전반에 걸쳐 이루어지는 것이다. 윤리란 생의 특정한 국면에서 선택과 결단을 요구하는 가장 숭고하고도 단호한 광물질 같은 언어이다.

그래서 동화의 윤리를 묻는 일은 중요하다. 그래야만 어른의 욕망이 담긴 피리 소리를 따라 사라져버린 우리 아이들을, 이 아이들의 삶의 자리를 되찾을 수 있기 때문이다.

『동화의 윤리—사라진 아이들을 찾아서』라는 제목을 단 책에 왜 청소년소설에 대한 평론과 서평이 있는지 의아스럽게 생각할 분이 계실지 모르겠다. 1990년대 후반 이후 우리 아동문학은 질과 양 면에서 급격한 성장을 이루었으며, '어린이도서연구회' 활동이나 '기적의 도서관' 운동처럼 책 읽는 문화가 활발히 꽃을 피우기도 했다. 이런 시대 상황에서 우리 동화를 읽으며 자란 독자들이 청소년으로 성장함에 따라 우리 아동문학은 자연스럽게 청소년소설을 내포하며 아동청소년문학 장르로 자리매김하게 되었다.

초등학교, 중학교, 고등학교로 학제는 분절되어 있지만 아이들의 몸과 삶은 단절되어 있지 않다. 인간을 분절되지 않은 흐름을 가진 존재로 보아야 아이들을 더 잘 보고 더 잘 이해할 수 있다. 동화와 청소년소설 또한 마찬가지이다. 이들은 별개의 장르적 속성을 가지고 존재하지만 아동청소년문학이란 명칭하에 하나의 선으로 이어져 있다. 두 장르 또한 연속선상에서 보아야 작품의 의미를 더 잘 읽어낼 수 있다. 동화와 청소년소설 평론과 서평이 한 권의 책에 함께 자리한 이유는 바로 이것 때문이다.

1부는 특정 주제를 바탕으로 쓴 평론글 모음이다. 동화에 대한 평론,

동화와 청소년소설을 한자리에 놓고 쓴 평론, 청소년소설 평론을 발표 순서에 관계없이 글의 맥락을 고려하여 배치했다.

글을 만지고 엮으며 다시 돌이켜보니 나는 지난 7년 동안 동화와 청소년소설을 읽고 평론과 서평을 쓰며, 우리 사회의 질병이 어떻게 우리 아이들을 병들게 하는지, 어른이 해결하지 못한 문제가 아이들에게 어떤 증상으로 표출되는지에 대한 질문과 응답을 거듭해오지 않았나 싶다.

동화와 청소년소설이란 무엇이며, 좋은 동화와 청소년소설은 어떠해야 하는가? 라는 문학에 대한 질문, 그리고 아동청소년문학의 독자는 누구이며, 이들은 어떻게 살아야 하는가? 라는 질문은, 적어도 내게는 별개의 질문이 아니라 하나로 엮인 질문이었다. 이에 대한 나름의 고민과 답이 1부에 녹아 있다.

2부는 한 권의 책을 놓고 쓴 비교적 짧은 분량의 서평 모음이고 발표 순서에 따라 글을 배치했다. 청소년소설의 비약적 발전의 행보를 추적하다보니 동화 서평보다 청소년소설 서평이 많아졌다. 동화의 비중이 적다고 해서 7년 동안 우리 동화와 아동소설의 발전이 지체된 것은 아니란 점을 꼭 알아주셨으면 한다. 번역서 서평은 단 한 편이다. 출판 시장에서는 번역서든 우리 작가가 쓴 책이든 같은 무게로 평가받겠지만 평론가라면 그것이 비판이든 찬사든 모국어로 쓰인 작품을 옹호해야 한다 생각했다. 하지만 동시 서평이 하나 있는 건 부끄러운 일이다. 내게 시는 늘 어려운 과제이다.

7년 동안 무슨 일이 있었나 생각해보았다.

아버지마저 세상을 떠나 나는 고아가 되었다. 아내와 내 머리에는 흰 서리가 내렸고, 첫 책을 낼 때만 해도 아비의 무릎을 탐하던 어린 두 아들은 이제 중고등학생이 되었다. 또한 이제는 더이상 젊은 평론가라는 수식을 달 수 없게 되었다. 배움과 지혜는 턱없이 부족한데 그사이 나이만 먹은 것 같아 걱정이다.

무엇보다 우리 사회의 퇴행이 가슴 아프다. 용산, 봉하마을, 평택, 결과를 상상하지 못했던 2012년 12월 19일, 무슨 말도 할 수 없었던 2014년 4월 16일. 이 모든 일들은 여전히 현재 진행 중이라는 게 더 말문을 막히게 한다. 4월 16일 이후로 글을 쓰기가 힘들다. 많은 이들이 그러하리라. 남은 아이들에게 조금이라도 괜찮은 사회를 물려주고 싶은데 잘될 수 있을까, 잘 모르겠다. 그래도 우리 작가들은 아이들을 위로하고 미래에 대한 낙관을 버리지 않도록 하는 동화와 청소년소설을 계속해서 쓸 것이다. 이 작가들과, 이들이 쓴 동화와 청소년소설을 읽고 자란 어린 독자들이 우리의 희망이 되리라.

끝으로 내 삶의 든든한 울타리인 아내 조아라와 두 아들 한길, 한솔, 무엇보다 멋진 작품을 써서 내게 말할 기회를 준 작가들과 이 책을 읽어주실 독자에게 감사의 말씀을 드린다.

유영진

## 차례



1부 / 평론

### 이해되는 것과 이해되지 않는 것 사이에서

2부

# 서평

## 보여주는 동화와 질문하는 소설 사이에서

| 1부 |

# 평론

## 이해되는 것과 이해되지 않는 것 사이에서

# 동화의 윤리

## 성공 신화의 폐기

### 1. 들어가며

나는 무엇인가, 어디에서 와서 어디로 가는가, 나를 둘러싼 것들은 무엇이며 이들과 나는 어떤 관계를 맺어야 하는가? 평생 따라다닐 이 질문은 어린이 시기에 시작된다. 많은 어른들은 어린이 시기에 이런 질문은 공부에 도움이 되지 않는다 생각하며 이 질문에 대한 응답을 보류할 것을 아이들에게 주문한다. 하지만 어린이 시기는 삶의 토대가 될 자기와 타자, 자기와 세계 사이에 적절한 관계를 맺는 시기이기에 이 질문과 응답은 매우 중요하다.

또한 어린이 시기는 자기 정체성을 확립하는 시기이다. 라캉에 의하면 아기는 유아기에 어머니와의 2자 관계(거울 단계, 상상계)를 통해 정체성을 형성한다. 즉, 거울 단계에서 아기는 거울에 맺힌 자신의 상을 통해 그리고 자기를 보고 웃는 엄마의 모습을 통해 자신을 통일된 존재,

전체성을 가진 존재로 '상상'하고 자기 정체성을 만들어간다. 이후 아기는 자신의 세계가 엄마와 자신, 이렇게 2자 관계로 이루어진 것이 아니라는 것을 깨닫는다. 은유로서의 '아버지의 이름'을 받아들이고 3자 관계(상징계)로 접어든다. 상징계에 접어든 아기는 언어체계와 금기, 법질서를 받아들이며 사회적 존재로서의 (혹은 사회적 존재로 살아갈 수 있는) 바탕을 이룬다.

인간은 이렇게 타자와 세계와의 관계를 통해 주체로 태어난다. 그러나 이 과제를 제대로 해결하지 못한 아이들은 마음이 병들어 신경증적 주체가 되거나 정신병적 주체가 된다. 어린이 시기에 해결하지 못한 마음의 과제는 심리의 지층 깊은 곳에 파묻혀 아주 긴 세월 한 인간의 삶에 지속적이고 치명적인 영향을 끼친다. 글을 열며 이야기한 질문과 응답이 어린이 시기에 충분히 이루어져야 하는 까닭이기도 하다.

그렇다면 문학은 한 인간의 중요한 시기에 어떤 역할을 하는가? 즉 인간이 자기와 세계 사이의 관계 맺기와 정체성 수립을 하는 데 어떤 역할을 하는가? 과연 매개자로서 동화의 자리가 있기는 한 걸까?

인간은 이야기로 자신의 삶을 재구성한다. "당신은 어떤 사람입니까?"라고 물어보았을 때 직업이나 직책, 가족 관계만으로는 만족할 만한 대답을 줄 수 없다. 내가 어떤 사람인지 말하기 위해서는 자신의 '이야기'를 들려주어야 한다. 이야기는 자기 삶을 재구성하는 틀이자 타자의 삶을 이해하는 이중의 틀이 된다.

동화는 이야기이다. 동화가 이야기라는 점에서 동화는 아이들이 정체성을 확립하고 세계와 적절한 관계를 맺는 데 특정한 역할을 할 수 있으리라는 가정을 해볼 수 있다.

그런데 동화책의 구매자인 부모의 요구는 사회적 적응을 통한 '중산층 되기' 논리로 기울어지기 쉽다. 이런 기존 질서로의 편입은 문학의 윤리가 아니다. 문학의 윤리는 기존 가치관을 뒤집고 의심하며 고착화된 언어를 흔들어놓는 것이다.

이런 수요자의 요구와 문학의 윤리는 부딪치고 파열한다. 여기서 동화작가의 고뇌의 지점이 탄생한다. 과연 동화작가는 어떤 위치에서 어떤 글을 써야 하는가?

얼마 전 텔레비전 프로그램에서 "나는 아이가 노는 것을 보면 불안하거나 화가 난다."는 요지의 말을 하는 엄마의 모습을 본 적이 있다. 이 엄마는 아이를 끝없이 감시하고 학원에 보내면서 무언가 잘못되고 있다는 것을 느끼지만 결코 이 폭주 기관차를 멈추지 못한다. 이 엄마는 왜 이런 불안감 속에서 아이를 학대하는가?

여러 이유가 있겠지만 중요한 이유 중 하나로 '성공 신화'를 들 수 있다. 자신의 자녀를 사교육의 불구덩이로 밀어넣고 죄의식 속에 살아가는 부모든, 대안학교에 보내며 다른 삶을 살아가기를 원하는 부모든 대부분의 부모들은 자신의 아이들이 '성공한 존재'가 되기를 기대한다.

입시 교육과 사교육에 올인하는 부모는 물론이고 공동육아와 대안학교 등을 통해 책과 다양한 경험, 자유와 상상의 힘을 만끽하며 살아가게 하려는 많은 중산층 부모들 역시 성공 신화에서 자유롭지 못하다. 내 아이는 자유로움과 문화적 힘을 바탕으로 이 사회에서 창의적 인재가 될 거라는, 결국 성공한 사람이 될 수 있으리라는 꿈을 꾸고 있을지도 모르기 때문이다.

성공 신화가 밑바탕된 사회에서 아이들은 전체성을 가진 존재가 아니라 경쟁에서 살아남기 위한 부분적 존재, 즉 기계가 된다. 전체성을 잃고 기계가 된 인간은, 본질적으로 기계가 아니기 때문에 분노를 타자에게 전이시킨다. 학교에서 어떤 노력을 기울이든 집단 따돌림 문제가 생기고, 중산층 지역에서 문제는 더 심각하게 발생한다. 이것은 구조적 문제인지라 우리 뼛속 깊이까지 자리잡은 성공 신화를 깨지 않는 한 모든 해결책은 미봉책일 뿐이다. 과연 우리 어린이문학은 성공 신화에서 자유롭다고 자신할 수 있는가?

여기서 결국 어린이문학은 윤리의 문제에 봉착하게 된다. 동화의 윤리라는 과제를 해결하지 않고서는 21세기 한국 어린이문학의 진전은 불가능하다. 윤리는 결국 결단의 문제이다. 어떻게 살 것인가? 어떻게 사는 것이 올바른 삶인가? 내 언술 행위가 무의식 중에 기존 질서 유지에 복무하고 있는 것은 아닌가? 이러한 질문을 끊임없이 던져야 하는 시기가 바로 지금인 것이다.

## 2. 성공 신화의 좌절

박효미의 『오메 돈 벌자고?』(창비, 2011; 2013 재출간)는 자본주의적 성공 신화에 일침을 가하는 작품이다. 이 작품은 1980년대 초반 남해안 바닷가 마을을 배경으로 한다. 겨울이 되어 난방비를 아끼려는 엄마 때문에 동생 나희가 자기 방으로 오게 되자 주인공 가희는 동생에게 간섭받기 싫어 연탄 값이라도 벌자는 마음으로 돈벌이에 골몰하게 된다.

마땅히 돈 벌 길이 없는 가희는 자기네 논에서 노는 사내아이들에게 입장료를 받을 궁리를 하게 되고 아이들로부터 돈 대신 구슬을 받아 '백만장자'가 될 꿈을 꾼다. 가희의 사업 수완은 나날이 늘어 장치기용 나무를 팔기, 구슬 빌려주고 이자 받기, 짤짤이와 같은 '도박'에까지 손을 뻗치다 원치 않은 나락에 빠지게 된다.

이 동화책은 모두 13개의 장으로 되어 있다. 각 장은 동화로 쓴 경제학 교과서라 할 수도 있고, 자본주의 윤리서라고도 할 만큼 촌철살인의 제목으로 짜여 있다. 몇 개만 일별해보자.

> 백만장자를 꿈꾸다, 첫 수입, 가외 수입, 뜻밖의 지출, 티끌 모아 태산, 수요공급의 법칙, 일확천금, 대출, 재산 증식의 정체

절로 웃음이 터져 나오지 않는가? 가희는 동네 아이들에게 아낌없이 사탕 인심을 뿌리고 때로는 마을 사람에게 "고기 근이라도 끊어 주는" 인심 좋은 부자인 털보 영감을 보고 백만장자가 되고 싶어한다. 가희가 자본주의적 윤리관을 하나하나 배워가는 장면을 보자.

> "티끌을 모으면 진짜 태산이 되끄나?"
>
> 문득 가희는 그 속담이 지나치게 뻥이 세다는 생각이 들었다. 평생 티끌만 모으다가 늙어 버린 꼬부랑 할머니만 떠오를 뿐이었다.

> 대나무 뿌리는 하나뿐이고, 그걸 바라는 아이는 둘이다. 그러니까 기막히게도 대나무 뿌리 값이 저절로 올라갔다. (…) 대단한 원리를 발견했고, 가희는 이걸 꼭꼭 써먹어야겠다고 마음먹었다.

> 정 따위가 연탄을 주지는 않는다.

> 백만장자가 되려는 데 잠깐 하찮아 보이는 것쯤이야 당연히 참아야 한다.

입장료를 받고 구슬치기를 하는 게 티끌 모아 태산이라면, 짤짤이에는 일확천금이 있다.

구슬이 씨가 마르면, 그때 비싸게 되팔 것이다.

가희는 처음에 티끌 모아 태산이라는 말을 실천하려다 잠깐 그 말의 진정성을 의심한다. 근면과 검소는 초기 자본주의의 윤리였을 뿐 지금도 그 말을 믿는 자는 거의 없다. 백만장자라는 성공 신화를 향해 앞만 보고 달려가던 가희는 수요가 많고 공급이 적으면 물건 가격이 올라간다는 것을 알게 되고, 성공을 하기 위해서는 '정'이나 '하찮아 보이는 것'쯤은 쓰레기통에 버릴 수 있어야 한다는 자본주의적 윤리관을 확립해간다. 그래서 가희가 장사를 할 때는 같은 편도 없다. 남의 편이라도 물건 값을 후하게 쳐준다면 그리로 갈 수밖에 없다.

하지만 가희는 우여곡절 끝에 "벽 치기 했다고 아이들을 된통 혼낼 때의 털보 영감" "집 앞에서 사탕 주던 자상한 할아버지 얼굴" "막걸리 받아 올 때 영감 얼굴에 스쳐 간 묘한 웃음" 등 털보 영감이 지닌 다양한 얼굴을 보고 "사람 얼굴이 여러 가지일 수 있다는 생각"을 한다. 이 털보 영감이야말로 자본의 상징으로 읽힌다. 자본은 무서움과 자상함, 그리고 (사탕으로 표상되는) 달콤함까지 가지고 있다. 자본의 여러 얼굴을 본 가희는, 합법적이지만 마을 사람들의 재산을 털어가는 털보 영감의 이중적 모습을 알게 되고 백만장자 되기를 포기하고 만다.

가희는 결국 자기 프로젝트에 성공하지 못한다. 작품에서 보여주듯 성공 신화를 근본적으로 가로막는 것은 장치기, 구슬치기, 눈썰매 타기 등 다양한 형태로 몸을 부딪치며 어울려 노는 삶이다. 가희의 좌절은 성공 신화의 좌절일 뿐, 가희는 참된 존재로서 새로운 세계를 향해 자신의 새로운 욕망, 즉 놀이의 욕망을 펼쳐나간다.

## 3. 욕망을 끝까지 추구하는 존재

삼각형의 욕망 이론[1]을 통해서도 알 수 있듯이 인간의 욕망은 타자의 욕망이다. 인간은 타자의 욕망의 대상이 되기를 원하며, 타자의 욕망의 대상이 되기 위해 자신이 진짜로 욕망하는 것을 생각하지 않는다. 이렇게 타인의 욕망에 의해 소외된 주체는 진정한 주체가 아니다. 진정한 주체로 태어나기 위해 주체는 타자의 욕망에서 분리되어야 한다.[2]

우리 아이들은 자신이 진짜로 원하는 것이 무엇인지 모른 채 엄마가 짜놓은 사교육 지도를 따라 움직인다. 아이는 엄마의 욕망의 대상이 되고 싶어 엄마의 욕망을 그대로 체현한 신경증자가 된다.

이런 모습을 보여준 작품이 남찬숙의 『누구야, 너는?』(문학동네, 2009)이다. 주인공 현수는 엄마의 욕망—말 잘 듣는 착한 아들, 1등 하는 아들, 실패한 아빠의 자리를 대신하는 성공한 아들—이 되려다 정신병 단계에 접어들어 환각을 보는 아이이다. 이 작품에 등장하는 모든 어른들은 스스로 해결해야 할 과제를 덮어놓은 채 몸만 어른이 된 이들이다. 현수의 엄마는 자기 엄마(주인공의 할머니) 마음에 들기 위해 "죽어라고" 노력했지만 한 번도 칭찬을 들어본 적이 없고, 할머니는 직장생활을 하는 딸과 변변한 직업을 갖지 못한 사위가 못마땅해서 늘 간섭을

---

1 르네 지라르, 『낭만적 거짓과 소설적 진실』, 김치수 옮김, 한길사, 2001, 39~101쪽.
2 김상환·홍준기, 『라깡의 재탄생』, 창비, 2002, 74~75쪽.

한다. 엄마는 오이디푸스콤플렉스에서 자유롭지 못하고, 할머니는 어른이 된 딸을 독립된 존재로 여기지 못하고 여전히 욕망 대상으로만 품고자 한다. 아빠는 10년이 넘도록 고시 공부에만 매달려 산다. 실패와 열등감으로 자기 정체성을 갖지 못한 채 주인공에게 상징적 아버지의 역할을 못하고 있다. 현수를 둘러싼 어른 모두 건강한 인물이 없다. 이렇게 심각한 심리적 문제를 안고 있는 부모 사이에서 아이가 멀쩡하게 사는 것이 더 이상한 일일 것이다.

아이는 부모의 증상이다.[3] 아이의 특정한 행동, 심리적 질환은 부모에게서 기인한다. 부모 자신도 모르는 무의식을 아이의 무의식은 알아채고 그에 맞게 행동한다. 어떤 갈등과 싸움이 있더라도 타자의 욕망이 아닌 자신의 욕망을 끝까지 추구하는 것은 그래서 윤리적 결단을 요구한다. 의사 결정권이 없는 아이에게 이런 윤리적 결단을 구호로서 요구하는 것은 쉽지만 실제 삶에서도 이루어지기를 바라는 것은 매우 어려운 일이다.

그래서 작가는 작품 속에 이상적 인물을 형상화하여, 이를 통해 자신의 윤리적 태도를 보여주려 한다. 『누구야, 너는?』이 위기에 처한 아이의 모습을 가슴 아프게 그려내고 있다면 정연철의 「주병국 주방장」(『주병국 주방장』, 문학동네, 2010)은 유쾌하고 낭만적 시선으로 자신의 욕망을 포기하지 않는 이상적 인물을 그려내고 있다.

치킨집 아들 주병국은 호텔 주방장이 꿈이다. 하지만 병국이의 엄마는 주방장 꿈을 "게우 고런 거"라 생각하며 공부를 잘해서 좀더 그럴듯한 직업을 갖기를 원한다. 하지만 병국이는 "엄마 맘대로 할라믄 나를

---

3 카트린 마틀랭, 『라깡과 아동정신분석』, 박선영 옮김, 아난케, 2010, 80쪽.

와 낳았는데!"라고 외치며 자신이 진짜로 원하는 것을 끝까지 밀어붙이고자 한다. 그래서 병국이는 틈만 나면 요리와 관련된 블로그를 관리하고 요리 실습에 도전하고 집을 홀랑 태워먹을 뻔한 상황에 처하면서도 "다리몽둥이가 부러지는 한이 있더라도 내 꿈을 포기해서는 안 된다."고 다짐한다.

라캉이 제시하는 윤리는 '네 욕망을 포기하지 말라.'라는 말로 요약된다. 병국이는 자기 욕망을 포기하지 않는 윤리적 주체이다. 하지만 "아빠 가게를 물려받아 통닭집에서 마누라와 새끼들 등쌀에 주름만 늘어가는 모습"을 "암담한 미래"로 보고 '호텔' 주방장이 되고 싶어한다는 점에서 성공 신화에서 여전히 자유롭지 못하다.

라캉의 욕망은 세속적 성공 욕망이 아니다. 병국이의 욕망은 엄마와 아빠의 욕망에서 벗어나 있다는 점에서는 건강하지만 여전히 사회적 시선을 의식하며 또다른 방식의 성공을 추구하고 있다. '자신의 욕망을 건강하게 추구하고 있는 존재로서 이상적 인물'을 그려냈다는 점에서 이 작품의 의미는 충분하지만 궁극적으로 추구해야 할 동화의 윤리란 무엇인가 좀더 생각해보게 한다.

그렇다면 성공 신화로부터 자유로우며 자신의 욕망을 끝까지 추구하는 인물을 그려낸 작품으로는 무엇이 있을까?

김남중의 『바람처럼 달렸다』(웅진주니어, 2010)를 보자. 주인공 동주는 한마디로 자전거 타기에 미친 아이이다. 동주는 자전거를 잘 타서 자전거 선수가 되겠다는 욕망 따위는 없다. 동주에게는 오로지 자전거 타기 그 자체가 욕망이다.

동주는 자전거를 타다가 쌀을 부어둔 고무통 속으로 떨어진 적도 있고 딸기와 토마토 상자들 위에 넘어지기도, 양철 간판에 부딪치기도 한다. 더 큰 즐거움을 얻기 위해 위험을 무릅쓰고 구름다리 위에서 활강을 즐기다가 자전거 목이 부러져 중상을 입을 뻔하기도 한다. 그래도 자전거를 포기하지 않는다.

동주는 자전거 타기를 통해 인생을 배운다. 자전거를 타며 우정을 쌓기도 하고, 힘이 없어 억울한 일을 겪는 사람의 모습을 보기도 하고, 건포도를 훔친 뒤 양심의 가책을 느끼기도 한다.

무엇보다 아름다운 장은 후반부의 '이인용 자전거' '네가 하면 천 원, 내가 하면 만 원' '개호랑이 습격 사건' '무쇠 다리 민경이 누나'이다. 전반부와 중반부에서 주인공의 자전거 타기는 자신의 욕망에 집중되어 있으나 후반부에 이르러서는 타자와의 관계에 대한 이야기가 중심을 이룬다. '이인용 자전거'에서는 "같은 자전거인데도 누구랑 타느냐에 따라 이렇게 달라"진다는 인생의 커다란 깨달음을 얻게 되고, '네가 하면 천 원, 내가 하면 만 원'에서는 스스로 기술을 익히고 노동하는 것의 참된 의미를, '개호랑이 습격 사건'에서는 시골 어른들의 따뜻함을 보여준다. 마지막 장인 '무쇠 다리 민경이 누나'에서는 자전거 여행을 통해 주인공이 첫사랑에 눈뜨며 앞으로 펼쳐질 자기 여정을 준비하는 성장 서사로 끝을 맺는다.

욕망의 성취는 개인의 성공으로 동일시되기 쉽다. 하지만 이 동화가 보여주듯 진정한 욕망의 성취와 개인의 세속적 의미의 성공담은 전혀 다른 문제이다. 이 작품 어디에서도 성공 신화는 찾아볼 수 없다. 그저 무상의 행위일 수밖에 없는 자전거 타기라는 욕망에 충실한 한 아이의 삶이 그려져 있을 뿐이다. 그럼에도 이 작품이 우리에게 주는 의미는 매우 풍요롭다.

## 4. 나오며

오늘날 요구되는 동화의 윤리 중 하나는 현실을 유지시키는 부모의 환상, 즉 성공 신화를 깨뜨려 그 이면을 보여주는 것이다. 환상은 현실보다 더 현실적이어서 현실을 유지하는 강력한 장치로 작동한다. 그래서 이 환상을 깨는 일은 말처럼 쉽지 않다. 의식화된 담론으로서 성공 신화를 폐기하는 것은 그리 어려운 일이 아니다. 하지만 우리의 성공 신화는 이미 무의식화되어 있어 쉽게 알아채기 어렵다.

성공의 개념을 어떻게 범주화하느냐에 따라 이견이 있겠지만 성공 신화에 더 경도되는 사람들은 최상류층이라기보다 신분 상승을 경험했거나 자수성가한 중산층 이하의 사람들이다. 객관적 상황보다 주관적 의지를 강조하는 것, 모든 것은 마음먹기에 달렸다는 것, 서사 속에서 주변 상황은 달라진 게 하나도 없는데 나만 달라졌다고 하는 것, 즉 사회적 문제의 극복 없이 개인의 의지로 모든 것을 해결할 수 있다는 입지전적 인물의 형상화는 성공 신화로 함몰될 위험을 안고 있다.

급격한 근대화 과정과 고성장 속에서 짜릿한 성공을 맛본 기성세대에게 성공 신화란 너무나 달콤한 유혹이자 무의식의 담론이 되기 쉽다. 그동안 우리 동화는 역경을 이겨내고 자기 꿈을 실현하는 주인공의 모습을 통해 은연중에 성공 신화를 유포하고 있었을지 모른다. 스테디셀러로 널리 알려진 『나쁜 어린이 표』(황선미, 웅진주니어, 1999), 『까막눈 삼디기』(원유순, 웅진주니어, 2000) 등도 객관 상황이 달라지지 않은 상태에서 사회적 적응을 그려내고 있다는 점에서 성공 신화와 무관하지 않다. 그 밖에 『아주 특별한 우리 형』(고정욱, 대교, 2001), 『명혜』(김소연, 창비, 2007)와 같이 입지전적 인물을 그린 동화 또한 그 성과에도 불구하고 성공 신화라는 무의식에 젖어 있는 게 아닌가 섬세히 따져보아야 한다.

하지만 사람들이 꿈을 꾸고 그 꿈을 이루기 위해 분투하는 과정은 아름답다. 아이들이 자신의 미래를 꿈꾸고, 이를 위해 분투하는 모습이 담겼다고 해서 이를 모두 성공 신화담이라고는 해선 안 된다. 타자의 욕망이 아닌 진정한 자신의 욕망을 추구하는 존재의 형상화 여부가 중요한 준거가 되리라.

성공 신화란 무엇인가? 목적을 위해 잘못된 과정을 합리화하거나 아예 과정 자체를 생략하는 것, 타자를 딛고 일어서는 것을 합리화하는 것, 타자의 것을 대가 없이 자기화하는 것을 합리화하는 것이다. 그리고 이것을 부인하는 것이 바로 동화의 윤리이다.

그동안 우리 동화의 윤리는 감천부활 구조를 바탕으로 한 '옛이야기의 윤리'였다. 옛이야기의 윤리는 여전히 소중하고 존중되어야 하지만 이것만으로는 부족함을 느낄 수밖에 없다. 동화의 윤리를 새롭게 재구성하는 것은 아이와 어른 사이의 경계가 점점 희미해지고 고성장 신화가 폐기되고 있는 이 시점에서 더이상 미룰 수 없는 과제이다.

『창비어린이』 2011년 여름호

# 전환기 아동문학의 상상력

## 리얼리즘 정신의 갱신과 확장

### 1. 다시 찾아온 위기

어린이문학 분야, 특히 그림책과 동화 장르가 비약적인 발전을 했다. 한국 어린이문학의 부흥기는 아이러니하게도 전 국민이 경제적 고통을 받았던 구제금융 시기와 일치한다. 많은 유수의 출판사들과 종로서점과 같은 초대형 서점이 부도로 쓰러지던 때, 어린이책만큼은 이 한파로부터 자유로울 수 있었을 뿐만 아니라, 비약적으로 성장할 수 있는 전기가 되었다.[4]

---

4 구제금융 시기 어린이책 시장의 부흥기가 찾아온 것은 여러 측면에서 살펴볼 수 있으나, '평생 고용'의 신화가 사라진 상태에서 자기 앞가림은 자기밖에 할 수 없다는 것, 믿을 곳은 가족밖에 없다는 것, 언제든 정리 해고의 위기가 닥칠 수 있으며 그 뒤에는 고단한 비정규직의 삶밖에 기다리지 않고 있다는 걸 깨달은 '추락한 중산층'들이 자기 자녀에게 이 정글의 사회를 이겨내기 위해 부르디외가 말한 '문화자본' 축적의 한 형태로 아이들에게 책을 사주고 읽힌 측면이 많았다고도 볼 수 있다.

IMF 사태 이후 10여 년 동안 한국 사회는 두 번에 걸친 대선에서 '상대적으로' 진보적인 정권을 수립했고, 아쉬운 대로 절차적 민주주의를 확보해나갔다. 10년 내내 신자유주의라는 검은 안개가 한반도를 뒤덮고, 부동산 폭등, 비정규직 문제의 심화, 그리고 부의 양극화라는 심각한 문제가 발생하기는 했지만 80년대 '3저 현상' 이후 우리 경제는 코스피 지수 2000 돌파 등으로 상징되는 호황을 이어갔다.

90년대 후반 어린이문학 동네에서 가장 먼저 두각을 보인 분야는 일러스트레이션과 북디자인, 그리고 그림책과 저학년 동화이다. 나이를 불문하고 누런 갱지에 흑백 펜화 정도의 단순한 삽화를 보고 자란 부모 세대에게, 8~10세 연령의 아동을 내포 독자로 한정지어 저학년 동화라는 새로운 경지를 개척한 재미마주의 '학급문고' 시리즈는 놀라움 그 자체였을 것이다.

이후 창비의 저학년 동화 '신나는 책읽기' 시리즈, 웅진의 저학년 동화 '푸른교실' 시리즈 등이 뛰어난 일러스트와 새로운 판형과 디자인, 그리고 신인작가들의 발랄한 상상력을 바탕으로 2000년도 초반까지의 어린이문학 황금기를 이끌어갔다.

그 외 격동의 7, 80년대를 통과한 이른바 '386세대'의 헌신적인 독서 시민운동과 기존 국가 이데올로기나 유교 이념을 답습하고 있던 관제 문학에서 벗어나 어린이들의 편에서 전복적 상상력을 펼쳐나간 일군의 신인작가들의 뛰어난 활약은 초기 어린이문학 부흥기를 이끌어나간 견인차가 되었다. 물론 이 어린이문학의 부흥기를 이끌어가는 데 있어 생활동화 논쟁, 판타지 논쟁, 현실주의 문학 논쟁 등으로 새롭게 형성된 독자들의 이론적 갈망까지도 채워준 비평가들의 노력 또한 빼놓을 수 없을 것이다.

하지만 2008년 모든 것이 다 뒤집혀버리고 말았다. '잃어버린 10년'이란 구호를 줄기차게 외쳐대던 세력이 정권을 가져가더니, 10여 년 동안 일구어온 민주주의의 가치들에 흠집을 내었다. 또한 오로지 '경쟁'만이 최고의 미덕이라는 신자유주의 이념을, 심지어는 초등학생 아이들에게까지도 주입시켰다.

국제중 사태가 표상하듯, 초등학교 아이들도 입시 전쟁에서 자유롭지 못하게 되었다. 입시 문제가 초등학생까지 내려오게 되면, 어린이문학은 더이상 설 자리가 없어진다. 영어 단어 외울 시간도 부족한데 어떻게 책을 읽으라고 할 것인가!

게다가 환율, 주가지수 등도 10여 년 전으로 되돌아가버리고 말았다. 다시 IMF가 터지는 게 아니냐는 불안감이 스멀스멀 피어오르며 경제 위기는 찾아왔고, 재등장한 경제 위기 앞에서 지난 10년 전 출판 동네 사람들을 놀라게 했던 어린이책 불패의 신화도 서서히 무너져가고 있다. 이 위기는 빠른 시일 내에 극복되기 어려울 듯싶다.

우경화로 인한 민주주의적 가치들과 진보적 가치들의 훼손, 다시 찾아온 경제적 위기, 그리고 경쟁만을 미덕으로 삼는 신자유주의 노골화의 국면에서 어린이문학은 어떤 상상력으로 어떻게 대응해야 할 것인가? 90년대 중반 IMF 사태보다 앞질러 찾아왔던 문학의 고사(枯死) 현상처럼 어린이문학 역시 문학의 죽음이라는 운명을 뒤따라갈 것인가?

이 자리에서는 지난 10년의 우리 동화의 성과를 뒤돌아보며 앞으로 지속적으로 밀고 나아가야 될 바에 대해 이야기해보겠다.

## 2. 옛이야기와 신화적 상상력의 복원

필자는 여러 지면에서 우리 창작동화와 판타지의 발전을 위해서 옛이야기와 신화적 상상력의 필요성을 강조했다.

조앤 K. 롤링의 '해리포터' 시리즈와 J.R.R. 톨킨의 '반지의 제왕' 시리즈의 성공은 많은 이들로 하여금 한국 어린이문학의 한 돌파구로서 판타지에 대한 환상을 심어주었다. 하지만 '해리포터'나 '반지의 제왕' 같은 작품은 한 천재적 작가의 독창적 상상력으로 만들어진 것이 아니다. 두 작품 외에 토베 얀손의 '무민' 시리즈나 아스트리드 린드그렌의 『사자왕 형제의 모험』와 같은 판타지도 모두 북유럽신화의 모티프를 바탕으로 쓰인 것이다.

유럽 어린이들의 사랑을 넘어 전 세계 어린이들의 사랑을 받았던 그림 동화나 안데르센의 동화 역시 서구의 '요정담'이라 할 수 있는 'fairy tale', 그리고 이를 문학적으로 윤색한 'literary fairy tale'에서 비롯되었다. 이렇게 동화의 시작은 그 민족 혹은 그 지역공동체가 공유하는 신화와 옛이야기를 바탕으로 한다.

우리의 경우는 급격한 근대화와 일본을 통한 서구 문화의 이식 등의 현상으로 인해 옛이야기가 자연스럽게 우리 동화에 충분히 녹아들지 못했다. 이를 깨달은 작가들은 우리 동화의 뿌리를 깊고 탄탄하게 다시 심기 위해 2000년대 초반부터 우리 옛이야기 모티프를 활용한 창작옛이야기 혹은 패러디 동화를 끊임없이 선보였다. 김회경은 도깨비와 똥이라는 아이들이 좋아할 만한 소재를 바탕으로 그림책 『똥벼락』(사계절, 2001)을 써 어린이들의 많은 사랑을 받았으며, 『챙이 영감 며느리』(문학동네, 2003)를 통해서는 판소리체를 동화에 적용해보려 했다. 임정자는

『어두운 계단에서 도깨비가』(창비, 2001)와 『당글공주』(우리교육, 2002)를 통해 옛이야기 모티프와 형식을 적절히 활용하였으며, 『물이, 길 떠나는 아이』(문학동네, 2005)를 통해 옛이야기 형식으로도 얼마든지 근대인의 고뇌가 담긴 성장동화를 쓸 수 있음을 보여주었다. 또한 임어진은 『이야기 도둑』(문학동네, 2006)에서 혼쥐 모티프를 활용하여 옛이야기의 의미론적 해석까지 담아내었다.

무엇보다 돋보이는 작품은 김우경의 『수일이와 수일이』(우리교육, 2001)이다. 이 작품은 우리나라가 주빈국으로 선정된 2005년 프랑크푸르트 국제도서전에서 '한국의 책 100권' 중 하나로 뽑혔다. 황지우 선정위원장은 100권의 책을 "한국을 대표하는 명저나 베스트셀러가 아니라 우리 문화를 외국 독자들에게 잘 알릴 수 있는 책으로 골랐다."고 했다. 그에 걸맞게 『수일이와 수일이』는 우리 옛이야기 모티프를 작품 속에 매우 자연스럽게 풀어낸 작품이다. 이 작품은 옛이야기를 통해 미래 문제에 대한 통찰까지 보여주고 있다는 점에서 다른 어느 작품보다 돋보인다.

이렇게 우리 동화작가들은 100여 년 전 미처 해결하지 못한 과제 수행을 통해 우리 동화의 뿌리를 더 탄탄히 세우고자 했다. 옛이야기의 자양분이 창작동화에 제대로 스며들었을 때에야 비로소 드센 바람에도 흔들리지 않는 뿌리 깊은 어린이문학이라는 나무가 세워질 수 있다.

성과물들이 나온 지 10여 년 가까이 흘러갔다. 이제는 더이상 옛이야기 모티프와 형식의 활용에 만족해서는 안 될 것이다. 이제는 좀더 꼼꼼히 옛이야기 텍스트를 살펴 옛이야기 뒤에 은밀하게 숨겨져 있을지 모를 봉건적 요소들을 찾아내야 한다. 잭 자이프스가 『동화의 정체—문명화의 도구인가 전복의 상상인가』(문학동네, 2008)에서 지적했듯, 구전 혹은 문자로 기록되는 과정에서 처음의 의미를 잃어버리고 지배 이데올로기의 수단으로 변질된 것들이 무엇인지 정확히 따져보고, 본디 옛이야기가 갖고 있던 전복적 상상력을 창작동화에 되살리기 위해 더 많은 노력을 해야 할 것이다.

한편 옛이야기(민담) 분야에서는 다양한 형태의 그림책, 재화, 패러디, 모티프를 활용한 새로 쓰기 등의 다양한 작업이 이루어져왔지만, 신화를 바탕으로 한 창작에 있어서는 그만큼의 성과를 올리지 못하고 있다. 과거에는 단군, 주몽 신화 정도를 우리 신화로 받아들이고, 교육하기 적절한 형태의 재화 수준으로 고쳐 쓰는 데 머물러 있었다. 하지만 학계의 노력으로 만주족 신화와 동북아 소수민족 신화, 그리고 제주도 등에서 서사무가 형태로 남아 있는 설화까지 우리 신화의 일부로 보아야 한다는 견해가 퍼지고 있다. 이런 학문적 논의와 이제야 막 알려지고 있는 동북아 신화들로 인해 쉽사리 '우리 신화'를 모티프로 한 판타지를 그려내지 못하고 있다.

옛이야기는 그 특성상 아기자기한 동화로 흘러가기 쉽지만, 신화는 스케일이 거대하고, 당시 사람들의 우주관과 세계관을 담고 있기 때문에 짧은 동화나 소품이 아닌 방대한 하이 판타지로 흘러가기 쉽다. 그래서 우리 민족의 심층 무의식을 담아내는 동시에 '지금 이 현실'의 문제를 풀어내기 위한 한국형 판타지의 창작은 간단한 일이 아니다. 거의 유일하게 동북아 소수민족 신화를 바탕으로 전 세계 신화를 아우르며 우리 현실의 이야기를 하고 있는 작품이 바로 김진경의 '고양이 학교' 시리즈(문학동네)이다.

'고양이 학교'는 2001년 첫 권이 나와 2007년 총 11권으로 완간된 작품이다. 이 작품은 우리 신화를 동북아 신화의 차원으로 확장시켜 신화

시대와 현실을 넘나드는 거대한 벽화를 그려내고 있다.

서사의 호흡이 짧고 스케일이 작은 우리 동화계에서 원고지 분량으로 3000매가 훌쩍 넘는 작품이라는 것도 소중하지만, 이 작품이 갖고 있는 성과는 결코 양(量)이나 스케일 확대에 그치지 않는다. 김진경은 단지 판타지를 쓰기 위해 신화를 끌어들이지 않았다. 현실에서 벌어지고 있는 아이들의 급격한 변화와 문화적 정체성 상실 현상, 생태 문제와 사회문제 등을 설명하고 해결하기 위해 신화를 끌어들이고, 판타지를 쓰고 있다. 그래서 그는 건국 신화 이전의 신화, 즉 국가 형성 이전 시기의 동북아 소수민족 신화에 주목한다. 자연과 인간이 지배와 개발의 관계가 아닌 존경과 균형의 관계로 맺어진 초기 동북아 신화[5]가 21세기가 부딪치고 있는 현실의 문제를 해결하는 열쇠가 된다고 보는 것이다.

'고양이 학교'에서는 신화적 모티프가 기계적 접합 정도로 머무르지 않고 주제와 형식, 소재가 유기적으로 결합되는 방식으로 형상화된다. 주제의 차원에서는 자연과 인간의 대칭적 세계관의 복원으로, 창작 방법(형식) 면으로는 샤먼의 입사 과정 자체를 판타지의 구조로 끌어 쓰고, 소재의 차원에서는 불교, 유교, 기독교에 의해 압살당한 먼 옛날의 지역신과 샤먼을 작품의 주요 모티프로 활용한다.

그리고 이런 동북아 신화의 적극적 탐색과 활용은 우리 신화의 지평을 넓히는 데에도 작용한다. 김진경은 우리에게는 창세신화가 없다는 말에 맞서 민족과 국가는 역사시대 이후에 성립되어온 개념이며 신화시대에는 이런 것들이 따로 존재하지 않았기에 지금과 같은 국경선을 중

5 우리에게 잘 알려지지 않은 초기 동북아시아 신화에 대해서는 『시베리아 부족신화』(이정재, 민속원, 1998)에 자세한 내용이 실려 있고, 나카자와 신이치는 『곰에서 왕으로—국가, 그리고 야만의 탄생』(동아시아, 2003)에서 초기 동북아시아 신화의 현실적 의미를 풍요롭게 해석해주고 있다.

심으로 신화를 사고해서는 안 된다고 한다. 근대 이전까지 수천, 수만 년 동안 동북아 지역의 사람들은 끊임없이 이동하며 살아왔기에 동북아 신화는 타자의 것이 아니라 모든 우리 민족이 공유해야 하는 신화임을 강조한다.[6]

하지만 '고양이 학교' 시리즈는 첫 단추인 만큼 여러 면에서 한계가 있을 것이다. 이 작품을 바탕으로 한계를 뛰어넘는 한국형 판타지들이 속속들이 모습을 드러내야 할 것이다.

어린이들은 무의식중에 모험과 상상을 갈망한다. 하지만 지금은 모험과 상상이 사라진 시대이다. 모험을 즐길 수 있는 자연 공간은 모두 아스팔트와 아파트로 뒤덮였고, 그나마 부모에 의해 정확히 계산된 시간 속에 학원과 학원을 오가느라 도시 속 모험도 즐길 수 없다. 오직 모험과 상상이라고는 사이버 세계의 탐닉밖에 남지 않은, 그래서 병들어가고 있는 우리 어린이들에게 건강한 세계관을 담은 판타지야말로 몇 안 되는 탈출구이기 때문이다.

### 3. 가족 문제에 대한 새로운 접근

권정생이나 윤기현, 박기범 같은 예외적 인물이 있긴 했지만, 그동안 많은 동화들이 학교나 동네에서 일어나는 아이들의 일상에 갇혀 있었다. 그러나 2000년대 중반에 접어들며 가족 문제를, 그것도 아주 파격

---

6 김재용과 이종주는 이와 비슷한 관점으로 『왜 우리 신화인가?—동북아 신화의 뿌리, 〈천궁대전〉과 우리 신화』(동아시아, 1999)란 책을 통해 만주족 창세신화로 알려진 '천궁대전'을 우리 창세신화로 끌어들이려 한다.

적으로 다룬 작품들이 등장하기 시작했다.

최나미의 『엄마의 마흔 번째 생일』(청년사, 2005; 사계절, 2012 재출간)은 21세기 어린이문학사에서 분기점이 될 만한 작품이다. 이 작품은 어린이문학에서 지고의 가치로 여겼던 '가족'과 '가족 제도' 자체에 대해 물음표를 던진 작품이다.

그동안 부모의 이혼을 다룬 동화들은 대부분 가족의 재결합을 아름답게 그려내거나 재결합의 씨앗을 보여주는 것이었다. 우리 동화는 수십 년간 끊임없이 '가족 만세'만 외쳐댔을 뿐이다. 하지만 이 작품은 그런 가족 만세 이데올로기를 훌쩍 뛰어넘는다. 여성의 자기 정체성 찾기라는 여성주의적 화두를 담고 있으면서, 동시에 인간을 억압하는 가족이라면 차라리 해체되는 게 낫다는 급진적인 메시지까지 내포하고 있다.

이 작품 이후 가족에 대해 새롭게 접근한 작품이 여럿 나왔다. 유영소의 『겨울 해바라기』(문학과지성사, 2005)는 해외 입양아의 문제를 통해 가족 문제를 그렸고, 김려령의 『내 가슴에 해마가 산다』(문학동네, 2007)는 공개 입양된 아이의 자기 정체성 찾기를, 임사라의 『내 생각은 누가 해줘?』(비룡소, 2006)는 새로운 형태의 가족상을 낭만적으로 그려냈다.

그중 가장 눈에 띄는 작품은 최나미의 『걱정쟁이 열세 살』(사계절, 2006)이다. 이 작품은 이른바 부모가 모두 있는 '정상 가족'과 한 부모만 있는 '비정상 가족'에 대한 우리의 선입견을 날카롭게 비판한다.

결손가정의 어린이는 부모의 따뜻한 배려를 받지 못하고, 각종 사회적 어려움에 처하기 때문에 문제 행동에 노출될 가능성이 높다. 하지만 확률이 높다고 해서 결손가정 어린이를 처음부터 삐딱한 시각으로 보는 것은 우리가 반드시 깨야 할 편견이다. ('결손'이란 말 자체에 이미 우리의 편견이 담겨 있다.)

우리가 진짜 문제삼아야 할 것은 하나의 특정한 형태(부모가 모두 있는)의 가족을 '정상'으로 설정해놓고 나머지를 '비정상'으로 소외시키는 우리의 시각이어야 하지 않을까? 한번 생각해보자. 과연 결손가정의 어린이는 무조건 불행할까? 우리의 시각이 그들을 불행하게 만들고 있는 건 아닐까? 우리는 늘 결손가정, 문제아, 불행 등의 어휘를 한 세트로 이해하고 있는 것은 아닐까?

이런 질문을 스스로 던지고 그에 답한 작품이 바로 『걱정쟁이 열세 살』이다. 결손가정의 아이들이 반드시 불행할 거라고, 오로지 그 '결손'만 생각하며 살 거라고 단정짓지 말라고, 우리의 삶은 다양한 층위로 이루어져 있다고, 그 아이들은 그 아이들 나름의 삶을 살아가고 있다는 점을 설득력 있게 그려내고 있는 것이 바로 이 작품이다.

가족 문제에 대한 새로운 접근은 그동안 동화작가들이 외면해왔던, 가족 제도의 문제에 새롭게 접근했다는 점에서 높이 평가되어야 할 것이다. 그러나 경계해야 할 점도 있다. 가족 제도에 대한 깊이 있는 성찰과 아이들의 사고 수준에서 납득할 수 있는 해결 방안이 모색된 작품이 제출되지 않으면 이 또한 한때의 유행으로 그칠 것이다.

기본적으로 동화는 가족 서사이다. 가족, 가족 제도에 대한 탐구는 유행 차원의 접근을 넘어서 끊임없이 탐구되어야 한다. 게다가 가족의 위상과 기능은 최근 10년 사이 급격하게 변해가고 있다. 이를 외면하는 것은 동화작가의 직무 유기이다.

## 4. 어린이의 삶에 대한 철저한 옹호

잠깐의 호황이 지나간 뒤 2000년대 중반부터 어린이문학 동네의 침체기가 시작된다. 어린이책의 호황 속에서 변방의 떠돌이였던 동화작가들은 처음으로 출판사로부터 귀빈 대접을 받을 수 있었고, 몇몇 유명 작가들의 원고를 받기 위해 줄을 선 편집자의 모습도 볼 수 있었다. 그만큼 작가들이 책을 내기는 쉬웠다. 검증된 유명 작가라면, '적당히' 쓰기만 해도 출간은 보증수표였다. 하지만 이는 부메랑이 되어 고만고만한 생활동화의 양산에 그치게 되었다.

처음 어린이문학이 부흥기를 맞은 것은 앞서도 말했듯, 구제금융 시기 이후 자녀의 문화자본 축적, 논술 대비라는 요인이 강했다. 하지만 문학은 그 자체로는 무용한 장르이다. 문학의 힘은 세속적 눈으로 보았을 때 별다른 쓸모가 없으며, 설령 쓸모가 있다 하더라도 아주 긴 시간 뒤에야 약효를 발휘한다. 그러므로 구매자인 부모는 좀더 공부와 입시에 유리하고, 즉각적인 효과를 볼 수 있는 지식정보서, 아동 자기계발서로 쉽게 시선을 옮길 수밖에 없었다.

2000년대 중반 이 위기를 넘긴 것은 뛰어난 예술성을 갖춘 신인작가들의 출현 덕분이었다. 동화를 기획물이 아닌 예술의 한 장르로 인식한 일군의 작가들은 현실 아이들의 삶을 어떻게 재미있게, 그리고 교훈적으로 그려볼까 하는 생각에서 벗어나 일반 문학처럼 자기표현의 한 양식으로 받아들였다. 동화는 다만 자기 생각을 적절히 드러내기 위한 그릇이고, 중요한 것은 읽는 독자가 아닌, 쓰는 나 자신인 것이다. 이는 긍정과 부정의 계기 양면을 다 가진다. 수십 년 동안 사람들 머릿속에 내면화되어 있던 '동화는 수신담이나 교육적 도구의 일부'라는 악습에서 벗어날 수 있다는 점에서 긍정적이며, 자칫 잘못하면 동화 고유의 미적 자질을 잃고 쓰다 만 소설처럼 될 가능성이 있다는 점에서 부정적이다.

아무튼 이런 '자기표현의 양식'이라는 작가들 자의식의 강화 덕분에 우리 동화는 점점 소설을 닮아가기 시작했다. 동화를 그저 아이들을 위한 읽을거리가 아니라 명확히 예술의 한 장르로 인식하고 자신의 미학적, 형식적 실험을 밀고 나간 작가들의 역할은 매우 소중하다. 하지만 앞서도 말했듯 거대한 촛불의 물결[7]로 시작된 앞으로의 시기는 너무나 엄중하리라 예상된다.

고작 초등학교 5학년 아이들이 영어 학원 숙제로 중고생 수준의 영어 단어를 일주일에 50개씩 외워야 하고, 밤 10시가 넘어 학원에서 돌아오기도 한다. 여유가 있는 집의 아이들은 방학 때마다 해외로 어학연수를 간다. 쉬는 시간도 노는 시간도 없다. 오로지 영어 단어 외우느라 혹은 한자인증시험을 통과하기 위해 한자 외우느라 바쁘다. 시간이 나도 어울려 놀 줄을 모른다. 핸드폰이나 닌텐도 게임기만 두드려댈 뿐이다. 국제중학교까지 문을 연다니 수십 년 전 관 속에 들어간 중학교 입시라는 유령이 다시 전국의 학교를 배회할 듯하다. 아마도 수년 내에 초등학교까지 학교 귀신 이야기가 다시 부활할 게 뻔하다. 학교 귀신은 입시 지옥과 밀접한 관계를 맺고 있기 때문이다.

단지 살아남기 위해 정글의 야수처럼 서로에게 으르렁거리는 아이들의 삶을 위로해주고, 그들의 삶을 옹호해줄 이는 누구인가? 바로 동화작가이다. 그동안 자신의 예술적 성취를 위해 자신의 창작 역량을 가늠해온 작가들에게 이제는 별다른 시간적 여유가 없다. 이제 우리 아이들

---

7 이 글을 쓴 당시 2008년 봄과 여름, 미국산 쇠고기 수입에 반대하는 촛불 집회가 일어나 많은 시민들이 자발적으로 동참하여 전국적으로 확산되었다.

을 위해 전사처럼 싸워줄 작가들이 필요한 시기가 온 것이다.

## 5. 나오며 —리얼리즘의 갱신과 확장

한동안 리얼리즘은 과거의 유산으로 치부된 적이 있다. 마법과 판타지와 사이버 세계가 세상을 장악하고 있는 때에 웬 생뚱맞게 리얼리즘? 하며 말이다. 하지만 리얼리즘을 단순한 기법과 형식으로 보아선 안 된다. 현실변혁, 소외된 자들의 옹호자로서의 리얼리즘, 세계관으로서의 리얼리즘의 의미를 다시 한번 각인해야 할 것이다. 하지만 지금 강조되어야 할 리얼리즘은 새롭게 상상력을 갱신하고, 그 외연을 넓힌 개념의 리얼리즘이어야 한다. 앞서 언급한 옛이야기와 신화적 상상력의 복원을 통한 창작동화의 활성화와 판타지의 창작은 리얼리즘의 복원과 대치되는 개념이 아니다. 옛이야기적, 신화적 상상력을 통해 만들어진 어떤 작품이라도 세계관으로서의 리얼리즘을 가지고 있다면, 이는 리얼리즘의 갱신과 확장으로 볼 수 있을 것이다.

이런 의미에서 주목해야 할 작품은 이현의 『장수 만세!』(우리교육, 2007; 창비, 2013 재출간)이다. 이 작품은 이승과 저승을 오가며 생령이 나타나는 등 판타지 형식을 갖추고 있지만, 주제와 세계관에 있어서는 입시 문제로 고통받고 있는 이 땅의 청소년들의 삶을 옹호하고 있다. 낭만성에 빠지지도 않고, 자연주의 소설처럼 전망 없이 현실만을 섬세하게 그려내는 데 그치고 있지도 않다. 어린이문학은 자라나는 어린 세대를 내포 독자로 한다는 점에서 희망의 문학이 될 수밖에 없다. 이런 어린이문학의 특징은 리얼리즘의 정신과 일맥상통하며, 이런 세계관의 복원이야말로 앞을 내다보기 힘든 이 깜깜한 시기에 길을 밝혀주는 작은 촛불의 역할을 할 수 있을 것이다.

『경남문학』 2008년 겨울호

03

# 동화의 현실 인식

## 박기범의 『새끼 개』『어미 개』『미친개』

### 1. 들어가며

작가의 현실 인식, 세계관은 글을 쓸 때 매우 중요한 요소이다. 작가의 세계관은 작품의 주제와 밀접한 연관을 맺고 있기 때문이다. 그런데 문학작품이 과연 작가의 세계관, 작가의 머릿속에 먼저 존재하는 주제, 전언, 이데올로기 등에 의해 완벽하게 지배되어 탄생할까?

우리는 그렇지 않은 경우를 더 많이 볼 수 있다.

작가의 세계관은 소재를 취하는 것, 우리가 이미 경험한 현실 혹은 경험하고 있는 현실과 세계 중에서 어떤 것을 도려내 문학적으로 형상화할 것인가의 문제에서부터 작동한다.

그런데 이렇게 선택된 소재, 특정하게 오려진 현실이 작가가 먼저 생각한 주제와 전언을 위반하거나 넘어서는 경우를 종종 볼 수 있다. 리얼리즘의 기율에 충실한 작품일수록 이런 현상은 두드러진다. 현실 법칙이 작품 속 인물을 견인해가기 때문이다.

장르적 특성 또한 작품을 지배하는 보이지 않는 손이다. 소설은 파트롱(patron)이라는 온실에서 추방된 예술가들의 장르라는 것, 자기 이름을 내걸고 상품 시장에 던져진 부르주아의 장르라는 것, 타락한 시대에 타락한 방식으로 진정한 가치를 추구하는 장르라는 것은 이미 널리 알려져 있다.

막스 뤼티는 『유럽의 민담』(보림, 2005)에서 전설은 민담과 달리 현실에 대한 비극적 인식을 담아낼 수 있다고 했다. 가설을 한번 세워보자. 소설 장르는 혹시 낙원에서 추방당한 예술가들이 상품 시장에서 자기 이름을 팔아먹어야만 살 수밖에 없는 타락한 시대에 대한 비극적 인식을 바탕으로 쓰여지는 서사물이 아닐까? 소설 장르가 갖고 있는 이런 비극적 인식틀이 소설을 소설답게 하는 것이며, 이런 특성으로 말미암아 근대의 대표적 대중 서사 장르로 자리매김하게 된 것은 아닐까?

최근 어린이문학의 서사 장르를 동화와 소설로 구분지을 것인지, 동화라는 통칭을 쓸 것인지에 대한 논의가 이루어지고 있다. 내 관심사는 동화와 소설의 구분보다 '동화적인 것과 소설적인 것이 따로 존재할까? 존재한다면 동화적인 것은 무엇이며, 소설적인 것은 무엇일까?'이다.

앞서의 가설을 따라가보자. 소설 장르가(소설가가 아닌) 현실에 대한 비극적 인식을 밑바탕에 깔고 있다면, 개별 작가의 세계관을 압도하고 현실 인식을 강제하는, 소설과는 다른 동화 장르의 현실 인식 방법이 존재할 수도 있지 않을까?

일단 내 가설의 결론부터 말하겠다. 동화 장르는 현실에 대한 낭만적 인식 방법을 갖고 있다. 다만 낭만적 인식을 갖고 있는 이들이 동화를 써서 그런 건지, 장르 자체의 속성이 낭만적 인식을 바탕에 깔고 있어서 그런 건지 딱 부러지게 말하기는 어렵다. 그러나 닭이 먼저든 달걀이 먼저든 닭은 달걀을 낳고 달걀은 닭이 된다. 그 사실은 결코 변하지 않는다. 논의를 위해 박기범의 세 작품을 가져와 이야기해보겠다.

## 2. 현실에 대한 비극적 인식

먼저 『새끼 개』(낮은산, 2003)를 보자. 이 작품을 알레고리로 해석하면 '소통'에 관한 이야기를 하는 것으로 보인다. 새끼 개를 키우는 두 아이는 결코 이 새끼 개를 학대하거나 못살게 굴지 않는다. 새끼 개를 잘 보살피고 싶어하고 친하게 지내고 싶어한다. 하지만 아이들은 "개가 하는 말을 여전히 알아듣지 못"하고 "놀고 싶은 마음만 가득"해 "마냥 다정한 얼굴로 다가"설 뿐이다. 개는 "답답"하고 "속이 상"하지만 그가 할 수 있는 방법이라고는 "성질이 아주 나쁘고 사나운 개"처럼 보이기 위해 짖거나 으르릉거리는 것밖에 없다.

새끼 개의 두려움과 반가움은 사람들에게 그저 '사나움'으로밖에 인식되지 못한다. 진심으로 새끼 개를 아끼던 두 아이는 새로운 개를 키우게 되고 새끼 개는 잊혀져간다. 가게를 탈출한 새끼 개는 우연히 두 아이를 보게 되고 자기를 그토록 "힘들"게 했던 아이들을 향해 가다 그만 차에 치여 죽게 되고 만다.

엄마의 보살핌이 필요했던 새끼 개는 아이들의 지나친 관심이 괴로웠고, 개의 반가움은 사람에게는 사나움으로 인식되었을 뿐이며, 개가 아이들을 받아들일 수 있게 되었을 때는 비극적 최후만 기다리고 있을 뿐이다.

졸고 「동화와 소설 사이」(『몸의 상상력과 동화』, 문학동네, 2008, 98~110쪽)에서도 말한 것처럼 완벽한 만남이란 우리 인생에서 몇 번 찾아오지 않으며 그 완벽한 만남은 시간이 지나면 빛이 바래기 마련이다. 우리 현실이란 대개 한발 늦거나 한발 빠르기 일쑤이다.

이 작품을 우화적으로 읽어내면 '새끼 개'는 다른 이름으로 대체될 수 있다. 그 대체된 이름은 바로 '사람'이다. 사람으로 대체되는 경우 이 작품은 근원적으로 소통 불가능한 인간 존재 조건에 대한 이야기이다.

이 작품은 사람 사이에 대한 알레고리가 아닌 새끼 개의 눈으로 본 인간에 대한 이야기로도 읽어낼 수 있다. 이때 '새끼 개'는 다른 이름으로 대체될 수 없다. 세상에 우연히 던져진 한 목숨의 슬픈 이야기, '순돌이'로 호명되었지만 결코 자신의 선택으로 '순돌이'가 되지 않은 그저 '새끼 개'일 뿐인 한 목숨의 비극적 이야기로 말이다. 새끼 개의 눈으로 본 삶에 대한 이야기는 결국 인간에 대한 비판을 수반한다. 그리고 이런 인간에 대한 비판, 타자가 진정으로 원하는 것이 아닌 자신이 원하는 것을 타자의 소망으로 착각하는 인간에 대한 비판으로 말이다.

이때 '새끼 개'는 슬며시 '자연'이란 이름으로 대체된다. 자연과 진정으로 소통하지 못하는 인간이 자연을 파멸로 이끌어가는 이야기로 말이다. 이렇게 자연이란 이름으로 대체되었을 때 이 작품은 다시 우화로 환원된다. 이 작품은 우화인가? 아니면 모든 텍스트를 우화적으로 해석하는 우리의 관습 때문에 우화로 읽히는 것인가?

어쨌든 이 작품은 우리를 불편하게 한다. 어떤 방식으로 해석하든 현실과 삶에 대한 비극적 인식이 드러나며, 인간과 인간의 소통에 대한 우화로 읽어냈을 때 이 작품의 삶에 대한 비극적 인식은 더욱 두드러지기 때문이다.

인간과 자연에 대한 우화로 읽어냈을 때는 인간에 대한 비판이 선명해지기에 비극적 인식은 약화된다. 인간에 대한 비판이 살아 있다는 것은, 그래도 인간은 비판을 통해서 어떻게든 나아질 수 있지 않을까 하는 작은 희망을 밑바탕에 깔고 있기 때문이다. 어쨌든 우리는 관습적 혹은 상상적으로 동화를 우화적으로 읽어낸다. 마치 카니자의 삼각형(Kanizsa Triangle)[8]처럼.

### 3. 현실에 대한 낭만적 인식

같은 시기 출간된 『어미 개』(낮은산, 2003)를 보자. 이 작품은 죽음으로 결말이 맺어지기에 언뜻 비극인 듯싶지만 『새끼 개』와 달리 목숨, 숙명, 소통에 대한 낭만적 인식을 바탕에 두고 있다. 주인 없이 시장을 떠돌던 개는 혼자 사는 할머니를 만나 해마다 두 번씩 새끼를 낳고 그 새끼를 다른 이에게 내주며 살아간다. 발정기가 되면 새끼를 배고 싶어 해산의 고통을 감내하는 어미 개와 그 새끼를 모두 거둘 수 없어 "끙끙" 우는 어미 개를 뒤로하고 개장수에게 새끼를 팔아야 하는 할머니의 비극적 숙명이 교차되지만 어미 개와 할머니는 친구처럼 자매처럼 살아가다 죽음을 맞이한다. 『새끼 개』에서 새끼 개와 두 아이가 끝내 아무런 소통을 하지 못한 채 죽음을 맞이하게 되는 반면, 『어미 개』에서는 어미 개와 할머니가 서로 아름다운 이야기를 나눈다. 결말에서 작가는 낭만

8 카니자의 삼각형은 1955년에 이탈리아 심리학자인 카니자 교수가 개발한 것이다. 세 모서리에 팩맨이 입을 벌리고 있을 뿐 삼각형이 그려져 있지 않지만 우리는 삼각형을 볼 수 있다. 인간에게 각인된 인식이 얼마나 큰 영향을 끼치는지 알 수 있다.

적 결말을 위해 무리한 개입을 한다. "할머니와 감자는 이제 나무 되어 살고 있어요. (…) 두 할머니는 어린 나무로 태어나 웃고 살아요. 얼굴 마주 보며 찡긋찡긋 웃으며 살아요." 하며. 하지만 독자들은 편안하다. 슬프고 눈물이 나지만.

소외당한 이와 소외당한 이의 만남, 그리고 죽음을 통해 다시 만난다는 감천부활 구조는 우리 동화의 고전적 테마와 구조이다. 이 작품이 같은 테마를 반복하면서도 진부하지 않고 아름다운 것은 다른 작품과 달리 어미 개 '감자'의 자연 본능, 즉 출산과 이별의 고통이 따를 수밖에 없음에도 그것을 따를 수밖에 없는 자연의 엄숙한 숙명을 보여주기 때문이다.

『새끼 개』와 『어미 개』가 같은 시기에 쓰였는지는 알 수 없지만 어쨌든 출간 시기는 같다. 현실에 대한 비극적 인식과 낭만적 인식이 도드라지는 두 작품이 비슷한 제목을 달고 짝을 이뤄 출간된 것은 무엇을 의미하는가?

### 4. 현실에 대한 비극적 인식과 낭만적 인식의 혼입

『미친개』(낮은산, 2008)는 자연과 인간, 소통에 대한 이야기를 담고 있지만 무엇보다 '존엄'에 대한 이야기로 읽힌다.(우화적 해석) 이 작품에 나오는 개는 진짜 미친개가 아니다. 다만 자기 생존을 위해 힘겹게 살아가는 한 목숨일 뿐이다. 하지만 인간에게 이런 떠돌이 개는 아주 위험한 존재일 뿐이다. 사람들의 입에서 입으로 부풀려진 소문은 이 개를 '미친개'로 낙인찍는다. 낙인찍힌 존재는 절대적 타자, 즉 제거의 대상이 된다. 작가는 독자로 하여금 개에게 완전히 감정이입이 되도록 그 개의 배고픔, 추위와 치명적 상처를 아주 꼼꼼하면서도 처절하게 그려준다. 그 개는 자신을 총으로 죽이려던 사람을 "밟고" 서서 죽일 수도 있지만 "크헝!" 하고 산이 울리도록 크게 짖고 나서 "도로 쫓아가 물어뜯고 싶다는 마음도 억지로" 눌러 삼키고 어디론가 떠나버린다. 생존을 위한 개의 험난한 여정 속에서 우리는 '자기 존엄성'에서 비롯된 비장한 아름다움을 느낄 수 있다.

나는 이 작품의 결말을 '미친개'가 죽은 것으로 기억했다. 왜 그렇게 기억했을까? 이렇게 야생의 삶을 살아가는 개의 최후는 결국 비극으로 끝날 수밖에 없다는 걸 알고 있기 때문이었을까?

이 작품을 읽고 나서 나는 김남중의 「자존심」(『자존심』, 창비, 2006)이 떠올랐다. 사람에게 잡힌 딱따구리가 스스로 죽음을 택함으로써 지키고자 한 것은 무엇이었을까? 작가가 제목으로 명시한 것처럼 나는 여기서 누구도 침범할 수 없는 자기 존엄을 읽어낼 수 있었다. 자기 존엄성을 지키기 위해서는 목숨까지 내걸어야 하는 처절한 아름다움.

단순한 몰락이 아닌 몰락을 '선택'한 이들이 스스로 몰락함을 통해 지키고자 했던 '그 무엇'(자존심이기도 하고 자기 존엄이기도 한)은 비장한 아름다움을 준다.

그런데 『미친개』의 개는 소멸을 선택했는가? 물론 아니다. 이 작품은 자기 존재 조건, 즉 시스템으로 인해 선택지가 결여된 인물의 생존과 자기 존엄을 지키기 위한 투쟁담이다. 이런 차원에서 『미친개』는 『새끼개』와 같이 시스템에 의해 선택지가 결여된 인물이 소통의 근원적 불가능으로 인해 소멸해가는 과정을 비극적으로 그린 것으로 볼 수 있다. 선택이 아닌 자기 존재 조건상 소멸해갈 수밖에 없는 인물의 처연한 결말은 우리를 허무주의로 이끌어갈 수도 있다.

물론 두 작품을 자연을 대상화한 인간에 대한 비판으로 읽어낼 수도 있다. 앞서도 말했듯 인간에 대한 비판은 인간에 대한 애정과 가능성을 밑바탕에 깔고 있다는 점에서 진부한 해석일지라도 긍정적인 면을 가진다. (이것이 바로 동화적 해석이 아닐까?)

작가는 미친개로 낙인찍혀 사지(死地)로 몰려가는 개를 통해 현실에 대한 비극적 인식을 드러낸다. 하지만 『미친개』는 「자존심」이나 『새끼개』와는 다른 결말을 보여준다. 이 개는 자연사(自然死)할 수 없음을 알면서도, 작가는 왜 현실 법칙과는 다른 결말을 보여주었던 걸까? 인간보다 더 당당하고 아름다운 개의 모습, "그 깊고 투명한 눈망울"을 가진 개의 모습으로 결말을 맺은 이유는 무엇일까?

혹시 현실에 대한 비극적 인식과 낭만적 인식의 혼입 때문은 아닐까?

## 5. 나오며

그런데 '소멸의 선택' 여부가 그렇게 중요한 것일까? 과연 현실에서 우리에게 이런 선택지가 부여되어 있기는 한 걸까? 영화 〈매트릭스〉에서처럼 선택지가 부여되었다고 착각하고 사는 건 아닐까? 선택지조차 받지 못한 사람들, 그리고 그런 사람들의 이야기는 어떻게 되는 걸까?

우리가 문학적으로 다루어야 하는 대상은 선택지조차 받지 못한 사람일까 아니면 다른 선택을 할 수 있었지만 소멸을 택해 '그 무엇'을 지키기 위해 분투한 이들의 이야기여야 할까? 아니면 선택지에서 '성공'을 택했지만 인간 존재 조건으로 인해 파멸과 몰락으로 허물어져가는 사람들의 이야기여야 할까? 이 모든 것을 좌우하는 보이지 않는 손 혹은 시스템에 대한 이야기여야 할까? 우리는 이 보이지 않는 손을 인정 혹은 긍정할 수밖에 없는 걸까? 아니면 그것에 대한 비판적 성찰이어야 할까?

글 앞머리에서도 말했지만 문학은 결국 작가가 세계를 어떻게 인식하는가에 달려 있다. 세계관에 따라 작가는 자기가 보는 대부분은 부정적이지만 얼마간은 긍정적인 세상 중에서 어느 것을 절취할 수밖에 없다(능동적 선택). 그리고 그 선택되고 절취된 세상은 그 세상의 작동 원리로 인해 자연스레 결말이 도출될 수밖에 없다(수동적 결말).

엉뚱한 질문을 한번 던져보자. 박기범의 개 연작은 우화라 단언할 수 있는가?

아니다.

우화적이라면 그것은 문학이 근본적으로 갖고 있는 은유성이나 환유성 때문일 것이다. 박기범이 우화를 쓰려고 했다기보다 우리가 우화적으로 해석하는 관습 때문에 우화적인 해석이 이루어졌을 것이다.

박기범의 동화는 낭만적인가?

얼마간은 맞다.

이는 동화 장르 자체가 갖고 있는 낭만성에서 기인한다고 본다. 동화의 어머니라고 할 수 있는 페어리 테일즈(fairy tales)는 결국 독신(瀆神)담이다. 벤야민은 동화(fairy tales)는 초자연적인 힘을 가진 신화적 존재들에게 맞서는 인간적 책략의 승리의 기록이라고 한다. 그러므로 독신담이며 승자의 이야기로 읽어낼 수 있다. 이런 면에서 동화의 낭만성은 뿌리가 깊다. 페어리 테일즈와 근대적 의미의 동화는 다르다고 하지만 본질적 속성은 거의 비슷하다.

박기범의 동화는 염세적인가? 또는 비극적 현실 인식을 밑바탕으로 하는가? 혹은 인간에 대한 근원적 불신을 깔고 있는가?

이 또한 얼마간은 맞다.

그가 포착한 대상은 결국 '은유로서의 인간(새끼 개, 미친개)'이 아닌 인간 자체에 의해 상처받고 그 어떤 선택지도 받을 수 없는 인물을 절취하여 보여주기 때문이다. 바로 이렇게 한 줌의 긍정성이 아닌 대부분의 부정성을 보여준다는 면에서 박기범은 현실주의자라고 볼 수 있다.

현실주의자는 먼 것보다는 가까운 것을 크게 그리고, 낭만주의자는 가까운 것보다 먼 것을 크게 그린다고 한다. 동시에 현실주의자는 현실이 갖고 있는 '대부분의 부정성'에 착목하고 낭만주의자는 '한 줌의 긍정성'에 착목한다.

동화작가는 아무리 현실주의를 말해도 근본적으로는 낭만주의자일 수밖에 없지 않을까 싶다. 섣부른 예단은 금물이지만, 위험을 무릅쓰고 말한다면 나는 자연인 박기범이 인간에 대해 그다지 큰 신뢰를 갖고 있지 못한 것으로 보인다. 그럼에도 그의 동화에서 낭만성[9]을 읽어낼 수 있는 건, 동화 장르가 갖고 있는 낭만적 현실 인식의 힘 때문이라 생각된다. (물론 뒤집어서 그가 아직 한 줌만큼이라도 인간에 대한 믿음을 갖고 있기 때문에 동화를 쓴다고 볼 수도 있겠다. 닭이 먼저든 달걀이 먼저든 간에.)

동화 장르는 현실에 대한 비극적 인식보다는 낭만적 인식을 저변에 깔고 있다. '동화'라는 체로 현실을 한번 흔들고 나면 현실성, 계몽성과 함께 꼭 낭만성이 남는다. 이 체의 문제는, 낭만성과 함께 현실순응주의

---

9 박기범의 『낙타굼』(낮은산, 2008)에 이런 말이 나온다. "무언가를 기다린다는 건 가만히 견디기만 하는 게 아니라는 걸 말이야. 희망을 놓지 않는다는 건 그리로 걸어간다는 것, 살아간다는 말과 같다는 것도 말이지."

라는 자갈들을 필연적으로 남긴다는 것이다. 이 현실순응주의, 체제순응주의를 걸러낼 수 있는 또다른 체는 존재하는가? 우리는 이 체를 버릴 것인가? 지킬 것인가? 이것을 어떻게 껴안을 것인가?

『어린이와 문학』 2009년 10월호

# 당신의 환상은 무엇인가?

## 유은실의 『일수의 탄생』

### 1. 이해

가끔 "이 동화는 아이들이 이해할 수 없는 내용이므로 좋은 동화가 아니다."라는 말을 들을 때가 있다. 이 진술의 의미는 맥락에 따라 섬세하게 따져보아야 하겠지만 나는 이 말을 썩 내켜하지 않았다. 자칫 동화에 대한 오해나 편견을 불러일으킬 수 있는 말이라 생각했기 때문이다.

100퍼센트 이해되는 문학작품이 존재하지 않듯이, 아동문학 역시 이해되는 것과 이해되지 않는 것, 확실성과 불확실성 사이에서 다양한 스펙트럼으로 존재한다. 동화를 읽고 나서 "내가 이해할 수 없는 이것은 무엇인가?" 혹은 "그래서 산다는 것은 무엇인가?"라는 해석되지 않는 나머지와 질문이 남는 것은 어쩌면 당연한 일이다.

정신분석학자들은 아동의 이해의 범위를 초월하는 경험은 무의식의 형태로 보존되거나 상징적 파생물로 변형되어 이해나 해석을 기다리게 된다고 한다. 그래서 많은 정신분석가들이 피분석자의 현실의 문제를 해결하기 위해 이들의 유년기로 거슬러 올라가거나 아예 유아기와 아동기를 평생 연구 대상으로 삼기도 한다.

'이해 너머에 있는 경험'은 아동에게 심리적 외상을 남긴다. 이 외상은 무의식의 수면 밑으로 잠재될 뿐 결코 망각되지 않는다. 이렇게 상처받은 내면 아이를 가진 사람들은 신경증이나 강박증에 시달리며 살기도 한다. 그 이유도 모른 채 말이다.

그래서 아이에게 어떤 심리적 외상도 주지 않으려는 어른들을 볼 때가 있다. 하지만 상처 없는 인간은 불가능하다. 아니 상처 자체가 인간의 존재 조건이다. 이해 너머에 있는 경험과 외상이 인간에게 병리적 증상만 주지는 않는다. 오히려 외상이 인간다운 깊이를 만들어준다. 치유의 힘을 가진 자는 신처럼 완벽한 존재가 아니라 오히려 질병의 소유자이거나 깊이 앓았던 자인 것이다.

이것은 비단 삶의 경험뿐만 아니라 문학적 경험에도 적용할 수 있다. 어렸을 때 듣거나 읽은 책에서 이해되지 않은 나머지들은 사람들의 마음속에 깊이 저장되어 있다가 삶의 특정한 경험 속에서 불쑥 솟아오른다.

유소년기에 읽은 특정한 문학 텍스트가 어른이 되어서도 계속 기억에 떠오르는 것은 단순히 우연이거나 감동이나 재미 때문만은 아닌 것이다. 경험을 통해 생긴 심리적 외상이 문학 텍스트를 만나 상징적 파생물로 변형되기도 하지만, 텍스트가 가지고 있는 이해 너머에 있는 무엇이 외상[10]을 일으키기도 한다. 그런 외상은 자기 삶의 경험과 뒤섞이기도 하고, 고유한 텍스트의 질문 형태로 남아 해석을 기다리면서 계속

10 외상이라는 말이 거슬린다면 흔적이나 각인이라고 해도 좋다. 그러나 나는, 적어도 내게 깊은 영향을 준 문학 텍스트는, 언제나 통증과 함께였다.

보존된다.

그런 의미에서 유은실의 『일수의 탄생』(비룡소, 2013)은 생각할 거리가 많은 작품이다. 책을 출간할 때마다 화제와 호평을 불러일으켰던 것에 반해 이 작품은 여러 해석과 의견이 분분하다. 유은실 작품답지 않게 냉소적이라는 말도 들리고, 아이들이 이해하기 어려워 별로라는 말도 들려온다. 나는 이 후자의 평가에 더욱 주목했다.

정말 이 작품에는 아이들의 이해 너머에 있는 것이 존재하는가? 그렇다면 이해 너머에 존재하는 것은 무엇이며, 또 어떤 의미를 가지는가?

## 2. 자아

분석에 앞서 평론가들 사이에 어떤 이야기들이 있었는지 거칠게나마 살펴보자. 「2013년 동화를 돌아보다」라는 좌담[11]에서 비판적 입장에 선 여을환은 "많이 부족"하고 "요즘 어린이들에게 과연 의미 있는 질문이 될까 의문"이며, "어린이를 위해서 쓰는 작품이라기보다 어린이에 대해서 쓴 작품이 아닌가 하는 느낌을 주는 작품"으로 평가하며, 조태봉은 "어린이에 대해서 쓴 작품도 아닌 것 같은" 작품으로 보았으며, 우호적 입장에 선 송수연은 "'너는 누구니?'를 이렇게까지 정면으로, 화장도 안 한 맨얼굴로 심각하게 물어본 작품이 있나 싶"은 작품으로, 김민령은 "마지막 부분을 어떻게 봐야 할지는 따로 생각해봐야겠"다며 잠정적 평가를 보류하면서 "부모님 세대부터 현재까지 흘러온 시간을 보

11 김민령·손수연·여을환·조태봉, 「좌담: 2013년 동화를 돌아보다」, 『어린이와 문학』, 2014년 3월호.

여주는 게 무척 새로운 시도"인 작품이라 보았다.

이 외에 『창비어린이』 계간평[12]에서 남지현은 "작품의 중반부까지 인물이 너무 무기력하"고, "어른들이 일수에게 내리는 평가도 가혹"하며 "일수 덕에 돈방석에 앉게 되었다고 기뻐하는 어머니는 또 어떻게 이해해야 하는 걸까." "이 이야기는 어떤 아이들에게 위로가 될까."라며 비판적 평가를 제출하였다. 이에 반해 『어린이와 문학』 서평란에서 우지현[13]은 "우리 주변에서 작동하고 있는 '구조 그 자체'"를 탐구하는 작품이며, "일수가 안정된 생활을 버리고 '네 쓸모는 누가 정하지?'라는 물음에 대한 답을 찾기 위해 길을 떠나는" 정체성 찾기의 이야기라며 상반된 평가를 제시하고 있다.[14]

나의 글도 그렇지만 모두 얼마간의 진실과 얼마간의 자의적 해석을 담고 있는 평가이기에 이들의 평가에 옳다 그르다 점수를 매기는 일은 적절치 않겠다. 그러나 확실한 것은 이 동화에는 쉽게 이해되지 않는 그 무엇이 있다는 사실이다. 특히 김민령이 "따로 생각해봐야겠"다며 평가를 보류하고, 여을환이 "의아"스러워했던 일수와 일석이 모두 "뭘 찾겠다고"(『일수의 탄생』) 집을 떠난 '마지막 장면'이 가장 그러하다.

나는 일수가 가훈을 써주는 사람이 되는 것을 보고 성공 신화에 대한 풍자인가 싶었다. '오, 역시 유은실이야.' 하면서 말이다. 그런데 이마저도 버리고 집을 떠나는 장면에서, 나 역시 다른 이들처럼 혼란이 왔

---

12 「이 계절에 눈을 끄는 책」, 『창비어린이』 2014년 봄호.

13 「중간짜리 인간의 성장 이야기」, 『어린이와 문학』 2014년 3월호.

14 그 밖에 「현실 속의 어린이, 책 속의 어린이」란 제목의 토론회 때 김지은은 "한 번도 자기 자신인 적이 없었지만 서른 살이 되어서야 비로소 탄생을 경험하는 이야기"로, 권혁준은 "일수 엄마 같은 엄마에게 양육된 아이가 청년으로 성장한 현실을 이 소설은 날카롭게 반영"하고 있는 작품으로 보고 있다. 『어린이와 문학』 2014년 4월호.

다. 작가가 인간과 세계에 대한 전망을 잃은 건가, 이건 도대체 어떻게 해석해야 하는가? 하고 말이다.

이 작품은 우화처럼 보이지만 우화가 아니다. 의미는 겹겹이 포개져 있고, 이로 인해 다양한 해석이 가능하다.[15] 그중 정체성, '진정한 자아 찾기'를 열쇳말로 이 작품을 열어보자. 작품 분석에 앞서 짧게나마 자아란 무엇인지 한번 생각해보자.

신생아의 자아는 텅 비어 있다. 텅 빈 자아로는 살아갈 수 없기 때문에 아기는 자신을 돌봐주는 엄마를 보며 자아를 상상적으로 구성한다. 유아에서 아동으로 성장해감에 따라 아이의 내면은 이 2자 관계를 벗어나 사회적 관계망 즉 상징계로 진입한다.

아이의 자아를 둘러싼 심리적 피부는 폐곡선이 아니다. 우리 내면은 어딘가에 봉합 불가능한 구멍이 나 있다. 그렇기에 엄마와의 2자 관계를 벗어날 수 있으며, 동시에 그 구멍으로 자아가 빠져나가 다시 텅 빈 존재가 될 수 있다. 그것을 막기 위해 우리는 '어떤 것'을 가져와 이를 상상적으로 봉합한다.[16]

유년기와 아동기의 '어떤 것'이 바로 엄마 혹은 아빠의 욕망이다. 이렇게 아이의 자아는 엄마 아빠의 심리적 복합체에 의해 점령당한다. 그러나 아이들은 영원히 부모의 심리적 부산물로 살아갈 수는 없다. 독립적 존재로 살아가기 위해, 나에 대한 고유감각을 가진 한 인간으로 살아가기 위해, 부모와의 '인정투쟁'을 통해 부모의 욕망이 아닌 자기 자신의 것으로 구멍을 채워가거나 봉합해야만 한다.

---

15 이것을 보고 그것이 떠오르면 우화이다. 그런데 『일수의 탄생』은 읽고 나면 이것, 그것, 저것, 또다른 것들이 떠오른다.

16 그러나 이렇게 메워놓은 봉합체는 상상적인 것이기에 쉽게 미끄러지거나 부스러진다.

"일수는 스스로 결정하는 게 어려"웠고, "어머니는 (일수에 대해) 결정해주는 걸 좋아했"다. 이렇게 일수는 다 큰 어른이 될 때까지 그 '어떤 것'을 자신의 것으로 채워놓지 못하고 엄마의 욕망에 점령당한 채 살았다.[17] "전에는 모든 게 분명했는데, 요즘은 분명한 게 하나도 없는 것 같아……. 내 고민은 사춘기 때 하는 거래. 서른이 넘었는데 이제 사춘기란 말이야?" 이 말은 분명 일석의 한탄이다. 하지만 일수가 한 말이라고 해도 하등 어색할 것이 없다. 말만 일석이가 했을 뿐, 일수도 똑같은 생각을 했을 것이다. '분명함'을 결정해준 것은 엄마였는데 이제 그 '결정자'라는 환상이 깨어지고 있기 때문이다.

억압된 것은 언제나 회귀한다. 꽃이 피어야 열매가 맺히는 것처럼, 묻어두고 지나간 문제는 시간이 얼마나 흐르든 반드시 해결하고 넘어가게 되어 있다. 결국 일수는 엄마의 것이 아닌, 내 것을 찾아 집을 나선다. 이렇게 텅 빈 내가 아니기 위해 새로 태어나는 아이의 이야기, 인간의 보편적 삶의 조건을 그려낸 이야기가 바로 『일수의 탄생』이다.

### 3. 환상

자, 이렇게 『일수의 탄생』은 간단히 해석되는가? 그럼에도 여전히 남는 의문이 있다. 아이가 쓴 것처럼 붓글씨를 쓰는 것도 재주이고, 가훈을 써주는 사람으로 살아가는 것도 충분히 의미 있는 삶, 일수의 정체성으로 볼 수 있지 않을까? 일수는 왜 힘들게 찾은 자신의 능력과 정체

17 어른이 된 일수는 엄마에게 엄마의 인생관은 무엇이냐고 묻는다. 그러자 엄마는 "백일수! 우리 아들 백일수! 내 인생관이 여기 있잖아!"라고 말한다. 엄마에게 일수는 그 자신이었다.

성을 버리는 것일까? 그 또한 진짜 내 것이 아니라고 생각하는 것일까? 일수는 그렇다 쳐도, 일수와는 달리 확신과 자신감에 차서 살았던 일석이는 왜 잘되던 중국 음식점을 버리고 일수와 함께 "뭘 찾겠다고 헤매고 있"는 것일까? 이 "의아"스러운 '마지막 장면'에 이 동화의 특별한 비밀이 숨겨져 있다.[18] 나는 이것이 환상과 관련되어 있다고 생각한다.

인간의 현실을 유지시켜주는 가장 강력한 장치는 환상이다.[19] 환상은 공상이나 꿈, 소망이 아니다. 인간을 인간답게 하는 것, 그리고 현실을 더욱 현실답게 하는 것이 바로 환상이다. 꿈이나 소망은 실현 가능한 것 혹은 소멸될 수 있는 것이다. 하지만 환상은 욕망과도 같아 충족되지도 않고 소멸되지도 않는다.[20] 다른 상징물로 대체될 뿐이다.

일수 엄마를 유지시켜주는 환상은 바로 성공한 아들의 모습이다. 일수를 유지시켜주는 환상 또한 성공한 아들이 되는 것처럼 보인다. 하지만 실상은 그게 아니다. 별다른 재주가 없는 일수는 자신이 엄마의 욕망을 충족시켜줄 수 없다는 것을 안다. 일수는 엄마에게 당신의 욕망대로 살 수 없다며 인정투쟁을 벌이기보다는 보다 손쉬운 방법으로 죄책

---

18 아마 이 작품이 '그리고 일수는 만나는 사람마다 가훈을 써주며 오래오래 행복하게 살았대요.'라는 식으로 끝났다면 훨씬 이해도 쉽고 더 많은 사람들에게 환영받는 작품이 되었을 것이다. 그러나 작가는 이 쉬운 결말을 버리고 사람들의 혼란을 야기하는 결말을 택한다. 그 이유를 캐는 것은 중요하다.

19 얼마 전 텔레비전 프로그램인 〈라디오 스타〉에서 개그맨인 유세윤이 '나는 무엇이 될까 그게 궁금했는데 그 무엇이 된 거 같다. 미래가 하나도 궁금하지 않다. 그래서 너무나 힘들다.'는 요지의 말을 하며 눈물을 보인 적이 있다. 이 에피소드만 보아도 이 말의 의미는 쉽게 이해가 갈 것이다.

20 엄마같이 자신을 사랑해줄 여자와 결혼하고 싶다는 환상을 가진 사내가 있다고 치자. 사랑에 성공하면 드디어 자기 꿈을 이루었다고 생각할 것이다. 하지만 시간이 지나고 나면 결국 이는 환상에 불과하다는 것을 깨달을 것이다. 그러나 아무리 다른 여자를 만나보아도 그 환상은 결코 충족되지 않는다. 엄마의 사랑과 똑같은 사랑을 줄 수 있는 여자는 이 세상에 단 한 명도 없다. 그가 생각하는 엄마의 완벽한 사랑도 사실은 진짜 엄마의 사랑이 아니라 상상적으로 구성된 사랑이기 때문이다.

감에 빠져든다. 일수를 유지시키는 환상은, 엄마를 돈방석에 앉히는 성공한 아들이 아니라 바로 엄마의 욕망을 충족시켜주지 못한다는 죄책감인 것이다.[21] 엄마의 욕망을 실현시킬 수 없기에, 죄책감에 빠진 아들은 그 죄책감을 벗어나는 순간 자기 현실도 흔들리기에, 죄책감을 유발하는 엄마의 시선('하면 된다'라는 액자로 표상되는)에서 벗어나지 못한다.[22] "문구점에 꼭 필요한 사람"이라며, "어머니를 지켜드려야 한다"며 말도 안 되는 자기 합리화를 하며 말이다. 일수가 사춘기부터 엄마와 제대로 된 인정투쟁을 하지 못한 채 영원한 어린아이가 된 것은 일수 또한 자기 환상의 향유자였던 까닭이다.[23]

일수는 자신만의 환상이 필요하다. 나를 엄마의 것이 아닌 내 것으로 살게 하는 그 무엇. 엄마 환상의 대체물로, 죄책감에 빠진 어린아이의 환상으로 계속 살 수는 없는 일이다. 그래서 그는 반드시 엄마의 시선, '하면 된다'라는 액자의 시선을 벗어나 집을 나가야 한다. 엄마의 환상

21 환상과 욕망은 다르다. 환상과 욕망은 일치할 때도 있고, 그렇지 않을 때도 있다. 일수가 성공한 아들이 되는 것은 일수 엄마의 욕망이자 환상이었다. 하지만 이 욕망이 현실화될 수 없게 된 엄마는 "어머니가 포기하지 않는 한, 자식은 반드시 꿈을 이루게 되어 있다."며 '꿈을 이루는 아들'을 일수에 대한 자신의 욕망으로, '포기하지 않는 엄마의 모습'을 자신의 환상으로 분리시킨다. 마찬가지로 일수의 경우 죄책감은 환상이 될 수 있지만 욕망은 될 수 없다. 하지만 결말에서 일수가 집을 나가는 장면에서는 일수의 욕망과 환상은 일치된다.

22 호랑이에게 물리지 않기 위해서는 호랑이 등에서 떨어지면 안 된다. 무서운 엄마를 가진 아이일수록 그 아이는 엄마에게서 떨어지지 않으려고 한다. 일수가 "슬픔 어린 눈으로 간절하게" '하면 된다'가 쓰인 액자를 떼었으면 했을 때, 일수 엄마는 단호하게 "그러면 니가 나가."라고 말한다. 일수 엄마는 자기 욕망을 절대 포기할 생각이 없는, 적어도 일수에게는 무서운 엄마이다.

23 "천둥 번개가 치는 날엔 가슴이 두근두근"하다며, 혹시 할머니가 죽었다고 좋아하는 손자에게 "하늘이 벼락을 내릴지도 모른다는 생각이 들었"다며 똥과 관련된 출생의 비밀을 함부로 말했던 할머니가 죽었을 때 죄책감을 느끼는 장면. 일수 아빠가 일수 엄마에게 자신의 어머니에게 가장 고마운 점을 "죄지은 느낌 없이 살 수 있"게 한 것이라며, "일수한테 너무 기대하지 마. 대단해지지 않았을 때, 엄마에게 죄지은 느낌으로 계속 살게 될지도 몰라."라고 말하는 장면은 의미심장하다.

도, 엄마 환상의 파생물인 죄책감 같은 병리적 환상도 아닌 참다운 자신의 환상을 찾아서.

일석이가 집을 나가는 이유 또한 마찬가지이다. 일석이의 환상은 "뭐든 빨리 정해서 무조건 밀고 나"가는 것이 선이라고 생각하는, 목표 중심적, 성공 중심적 삶이었다. 하지만 실연을 겪으며 그 환상은 깨어진다. 일수는 약한 아이처럼 그려지고, 일석이는 강한 아이처럼 그려지지만 일석이는 일수의 반대편에 있는 타자가 아니다. 인간의 존재 조건은 결국 비슷하다. 일수가 일석이고, 일석이가 일수인 것이다. 일석이처럼 살아도 환상은 결국 부서진다. 그래서 일석이 또한 자신을 지탱해줄 새로운 환상을 찾아 나가는 것이다.

그런데 환상은 말 그대로 환상이기에, 어차피 부서질 것이 아닌가? 그렇다면 일수와 일석이 언젠가 '자기의 것'을 찾아 집으로 돌아온다 하더라도 그것 역시 '자기의 것이라고 상상한 것'에 불과한 게 아니냐고, 엄마의 것이든 일수의 것이든 전부 환상에 불과한데 무슨 정체성이니 자아 찾기니 그런 말이 가능하냐고 따질 수 있을 것이다.

그런 식으로 생각을 극단적으로 밀고 나가면, 우리 삶은 모두 환상이라는 결론에 도달한다. 사실 우리 삶은 마지막 페이지가 있는 텍스트와 같다. 인어공주의 물거품처럼 결국에는 사라지고 마는 존재인 것이다.[24] 그래서 이 따짐도 틀린 말은 아니다.

그런데 인간은, 삶이 환상이라는 것을 알면서도 그것을 포기하지 않는다. 환상의 대체물을 찾아 부유하며 사는 자도 있지만, 삶이 환상이라는 것을 각성한 자가 더 치열하게 살기도 한다. 그것은 바로 대체되지

---

24 일수 아빠가 일수에게 "인생 별거 없다."라고 하는 장면은 '인생 별거 아니다. 그저 환상에 불과할 뿐이다.'라는 말로 보인다.

않는 환상, 환상임을 알면서도 포기하지 않는 환상, 아니 포기되지 않는 환상이란 것이 존재하기 때문이다. 그렇다면 이 포기되지 않는 환상이란 무엇인가?

나는 이 포기되지 않는 환상의 단서를, 일수에게 줄곧 냉정한 태도로 "너는 누구니?"[25]라고 묻던 명필 원장님이 은퇴하며 일석에게 남긴 메뉴판에서 발견했다. 이 메뉴판에는 가격이 적혀 있지 않다. 자장면이나 짬뽕, 탕수육에 가격이 적혀 있지 않은 것처럼 보이지만 사실은 자기 자신의 글씨에 가격을 매기지 않은 것이다.

부서지지 않는 환상은 가격을 매길 수 없다. 참된 환상은 교환되지 않는다.[26] 환상임을 알게 되어도 포기되지 않는 환상. 그것이 참다운 환상, 바로 윤리적으로 올바른 환상이다. 이런 환상이 인간을 인간 너머의 존재로 만들고 세상을 바꿔왔다.

『일수의 탄생』은 이렇게 어린 독자들에게 넌지시 묻는다. 네가 찾아 나가야 할 진정한 환상은 무엇이냐고. 그리고 이야기한다. 언제든, 심지어 어른이 되어서도 얼마든 너 자신을 찾아 다시 태어날 수 있으니 너무 걱정 말라고.

---

25 "너는 누구니?" "선생님 댁 가훈은 뭐예요?" "네 쓸모는 누가 정하지?"라는 말도 '너의 진정한 환상은 무엇이니?'라고 묻는 게 아닐까.

26 이런 환상은 사람에 따라 자본의 바깥이라 부를 수도 있고, 순수 증여, 자유와 평등과 같은 이념, 절대 사랑과 같은 것으로도 부를 수 있을 것이다. 나는 이런 포기되지 않는 환상을 죽음으로 역사의 증인이 된 저 80년 광주의 도청 사수대에게서, 아이들에게 구명조끼를 던지고 자기 목숨을 던진 세월호의 교사와 승무원과 이름 모를 사람들과, 증인만이 없을 뿐 재난과 역사의 현장에서 고귀한 인간애를 발휘하며 이 세상을 떠났을 모든 이에게서 본다.

## 4. 질문

문학은 질문이다. 작품에 따라 사랑은 무엇인가를 묻기도 하고, 늙음이란 무엇인가를 묻기도 한다. 분단이란, 용서와 화해란, 아름다움이란 무엇인가를 묻는 텍스트도 있다. 하지만 결국 모든 텍스트에서 독자가 마지막으로 마주하는 질문은 결국 '삶이란 무엇인가?'라는 존재론적인 질문이거나 '어떻게 살아야 할 것인가?'를 묻는 윤리적 질문이다.

아이들이라고 해서 이런 질문을 못 받을 이유는 없다. 지금 당장 아이들이 이 질문의 의미를 완벽하게 이해하고 나름의 답지를 제출하지 못하더라도 말이다. 답하지 못한 질문은 수면 밑으로 가라앉았다가 언제든 다시 떠오른다. 마치 달빛에 드러나는 그림자처럼 이 작품이 아이들에게 던진 질문은 평생에 걸쳐 따라다닐 것이다. 그래서 질문의 형태로 남는 이해되지 않는 나머지들은 매우 중요하다.

누군가 이렇게 따질 수도 있을 듯하다. 작가는 질문만 하는 게 아니라 세상의 이면을 보여주기도 하고, 우리가 도달해야 할 이상적 세계를 보여주기도 한다고. 그래도 그 보여줌의 결과물은 늘 이렇다. "네가 보는 것이 진실인가? 그래서 지금 이곳은 살 만한가?" 결국 최후에 남는 것은 질문이다. 때로 시대에 따라 질문이 아닌 선언이나 계몽에 가까운 문학작품이 사람들의 마음을 흔들어놓은 때도 있었으나 그러한 작품은 결코 시간의 무게를 이겨내지 못했다.

그동안 우리 아동문학은 어떤 질문을 던졌던가? 적절한 응답을 끌어낼 수 있는 적절한 질문을 던져왔나? 질문을 던지기보다는 그저 손수건이나 보자기만 한 자기 경험이나 깨달음을 바탕으로 아이들에게 자꾸 무엇인가를 보여주거나 가르치려고만 한 것은 아니었을까?

좋은 책이 세상을 바꿀 수 있을 것이라 믿었는데, 우리는 그동안 어떤 질문을 해왔기에, 어떤 환상을 좇았기에 좋은 책을 읽은 어린이들은 그다지 좋은 어른으로 성장하지도 못했고, 우리 어린이문학 동네는 해마다 위기를 외칠 수밖에 없는 상황이 되었는가. 한국 아동문학의 부흥이 시작된 지 20년이 다 되어가는데, 그동안 무슨 일이 있었던 것일까?

지금 우리에게 가장 시급한 것은 바로 나의 현실을 작동시키는 환상이 무엇인가를 냉철하게 묻는 것이다. 『일수의 탄생』은 모두에게 묻는다. 당신의 포기되지 않는 환상은 무엇인가?

『창비어린이』 2014년 여름호

05

# 평화와 통일을 꿈꾸는 문학

## 1. 들어가며

통일이라는 말. 참 낯설다. 7, 80년대 준전시동원 체제, 병영 시스템 속에서 유소년기를 보낸 내게도 이리 낯설게 느껴지니, 세계사적 냉전이 사라진 시대를 살아가는 지금 아이들에게 통일이라는 말은 더욱 낯설 것이다.

필자가 초등학교를 다녔던 70년대 후반에서 80년대 초반, 민방위 훈련 때 울려퍼지는 커다란 사이렌 소리는 어린 나에게 불안과 공포심을 주었다. 가족들은 지금 학교와 일터로 뿔뿔이 흩어져 있는데 이렇게 전쟁이 나면 우리 가족은 어떻게 만날 수 있을까 하며 말이다. 텔레비전을 통해 본 전쟁의 참상, 피 흘리며 쓰러지는 사람들의 모습, 모든 것을 초토화시키는 폭격, 이런 건 오히려 현실감을 주지 못했다. 가장 무서운 공포는 이산의 공포였다.

한 달에 한 번씩 나를 불안하게 하는 이 공포의 근원인 분단. 이 불안을 제거하기 위한 가장 간단한 방법은 바로 통일이었다. 통일만 되면 전쟁과 이산, 사이렌의 공포로부터 벗어날 수 있으니까 말이다.

돌이켜보면 반공 이데올로기를 통한 군사독재 체제의 유지에만 관심이 있었을 뿐인 정권하에서 우리는 분단 체제가 우리에게 어떤 현실적 공포를 안겨주는지에 대해, 그리고 이 공포를 극복하기 위한 최선의 방법은 결국 남북한의 평화적인 통일밖에 없다는 아주 훌륭한 통일 교육을 받아온 셈이었다.

아이러니하게도 병영 시스템이 극대화되었던 70년대부터 평화 통일을 외쳐왔던 김대중이 대통령이 된 이후 평양에서 남북한 정상이 만난 사건을 정점으로 통일이라는 말은 점차 우리 기억 속에서 사라져간 듯하다. 대통령의 평양 방문 이후로 남북한은 극단적 군사적 긴장을 벗어나 평화 체제를 향해 나아가기 시작했고, 과거와 같이 각종 매체와 선정적 사건을 통한 전쟁 협박, 국민 인질극은 점차 사라져갔다. 게다가 '너희들이 즐기는 안락은 이 분단 체제 때문에 한순간에 날아갈 수 있지!'라고 비웃듯 울려퍼지는 그 사이렌 소리도 어느 사이에 들리지 않게 되었다.

그래서 지금 아이들에게 분단과 통일을 이야기하는 것은 더 어렵다. 이 아이들은 분단 체제로 인해 그다지 손해 본 것도, 그다지 불편한 것도, 그다지 불안한 것도 느끼지 않고 살아왔다. 게다가 자신의 꿈은 정규직이거나 (정년이 보장된) 공무원이라고 말할 만큼 고용 불안이 심화된 사회 속에서 역사와 사회를 돌아볼 겨를마저 줄어들고 있다. 통일에 대해 자유롭게 말할 수 있는 시대가 되었는데도 오히려 통일이라는 단어가 잊혀지게 된 것이다.

요즘 아이들에게 북한은 일본처럼 우리와 사이가 좋지 않은 '이상한 이웃 나라'일 뿐이다. 전쟁의 참상을 겪고 이산가족이 되어 수십 년 동안 부모 형제의 생사 여부조차 모른 채 살아온 할아버지 할머니 세대와도 다르고, 어느 순간 어느 장소에서든 늘 너희들은 지금 북한이란 '괴뢰 집단'에게 인질로 잡혀 있는 거나 다름없다는 협박을 받으며 자란 부모 세대와도 다르다.

어느새 분단 체제는 공기처럼 투명하게 우리 삶 속에 들어와 있어 가끔 절대량이 부족할 때에나 답답함을 느낄 뿐 평상시에는 그 누구도 의식하며 살지 않게 되었다. 하지만 천안함 사태에서 보듯 이 거대한 모순덩어리는 언제든 수면 위로 올라와 우리 숨통을 바짝 조일 수 있다.

천안함 사태나 연평도 사건처럼, 그리고 총선 이후 지루하게 이어지는 종북 논쟁처럼 분단 상황은 언제든지 우리 사회를 상식 이하 수준으로 떨어뜨리곤 한다. 이 체제가 계속 유지되는 한 이성적이고 합리적인 사회로의 진입은 계속 유보될 것이다. 그래서 새로운 서술 방식으로 쓴 분단과 통일 이야기는 매우 중요하다.

## 2. 동화, 분단 현실을 새롭게 마주하다

이원수와 권정생을 잇는 우리 어린이문학의 저류에는 분단 현실을 자각하고 이를 극복하기 위한 민족문학 담론이 면면히 흐르고 있었다. 그러나 동화 장르가 양적으로나 질적으로 폭발적인 성장을 한 지난 10년 동안 이런 현실주의적 전통을 이어가는 작품을 자주 만날 수 없었다. 이는 90년대 초반 사회주의권의 몰락 이후 민족과 같은 거대 담론에서 개인과 같은 미시 담론으로 관심사가 이동한 한국문학의 전반적 흐름과 무관하지 않다.

앞서도 말했듯 분단 체제는 북풍이나 종북 논쟁처럼 우리 사회를 끊임없이 비합리와 비이성의 도가니로 만들어놓곤 한다. 우리 사회를 질곡에 빠뜨리는 이 시스템의 문제에 대해 왜 우리 작가들은 그다지 관심을 기울이지 못했던 것일까?

문학은 허구다. 아이러니하게도 허구라는 형식이 거꾸로 실제 현실보다 더 명징하게 현실을 인식할 수 있게 한다. 이런 면에서 독자들에게 현실과 사회를 더 깊이 있게 들여다볼 것을 소망하는 작가들은 분단과 민족 문제를 그저 철 지난 주제로 생각해서는 안 된다. 지난 10년 동안 소재와 주제의 확장을 통해 기존 동화의 통념과 금기를 깨온 것처럼 이제 우리는 전통적 현실주의 흐름을 불러내어 상상력을 갱신할 필요가 있다.

민족 문제를 '말하는 것'만으로 의미를 가졌던 시기는 이미 지났다. 이 분단 체제를 공기처럼 받아들이고 있는 세대에게 '분단은 악, 통일은 선'이라는 낭만적 접근은 아무 의미가 없다. 이런 접근은 2, 30년 전 도덕 교과서에 자리잡았던 반공 예화를 통일 미담으로 바꾼 것과 다를 바가 없다.

제11회 문학동네어린이문학상을 수상한 『봉주르, 뚜르』(한윤섭, 문학동네, 2010)를 잠깐 살펴보자. 엄마 아빠를 따라 프랑스로 간 주인공 봉주는 파리에서 뚜르로 새로 이사한 집 책상 한 귀퉁이에서 한글로 쓴 '사랑하는 나의 조국, 사랑하는 나의 가족', 그리고 '살아야 한다'라는 문장을 찾아낸다. 낯선 땅에서 발견한 의미심장한 한글 낙서에 자극을 받은 봉주는 이 낙서의 주인공을 찾아 나선다.

이 낙서의 주인은 한국어를 할 줄 아는 같은 반 아이 토시. 토시는 일본인으로 알려져 있다. 그런데 일본 식당을 하는 토시와 토시의 가족은 한국어를 할 줄 알면서도 봉주네가 음식을 먹으러 왔을 때는 한국어를 전혀 모르는 척한다. 도대체 이들에게는 어떤 비밀이 숨겨져 있는 건가?

결국 봉주는 토시로부터 국적은 일본이지만 자신은 조선민주주의인민공화국 사람이라는 말을 듣게 된다. 일본 국적이지만 단 한순간도 자신이 '공화국 사람'이라는 걸 잊어본 적이 없다며 말이다. 봉주와 토시는 여러 사건을 거치며 서로 간의 오해를 풀고 친구가 된다. 하지만 안타깝게도 서로를 친구로 받아들인 순간 토시는 뚜르를 떠날 수밖에 없게 되었다.

이 작품의 의의는 단순히 분단 문제를 소재로 했다는 데 있지 않다. 이 작품의 장점은 시종일관 어른의 계몽 의지에 함몰되지 않고 현실 아이들의 사고와 시선을 장악한 채 서사가 진행된다는 점이다. 이는 작품의 주요한 코드 중 하나인 '우정'의 생성과 헤어짐을 통해 완성된다.

이 작품의 최고의 미덕은 분단 문제를 말하기 위해 우정을 끼워넣은 것도 아니고, 우정 뒤에 분단이 배경처럼 자리잡은 것도 아니라는 점이다. 봉주와 토시의 우정, 그리고 그들을 가로막고 있는 분단 문제는 씨실과 날실처럼 교직되며 켜켜이 서사를 쌓아간다. 우정과 분단 어느 한 요소라도 허술하게 짜였다면 이 작품의 전체 구조는 허물어지고 말았을 것이다.

감정의 과잉 없이 사건을 관조하며 현실 법칙에 따른 서술의 객관성을 유지해나가는 문장 또한 돋보인다. 서술의 객관성을 확보한 문체는 무언가를 가르치고 이끌어야 한다는 동화에 대한 잘못된 통념을 벗어나 어린이의 시선을 유지하는 데 커다란 장점으로 작용한다. 그 밖에 추리적 방식을 차용하여 긴장감을 지속시키면서 동시에 문학적 진정성을 놓치지 않은 점 등이 이 작품의 또다른 장점이다.

문학의 힘은 자동화된 의식과 행동을 낯설게 하는 것이다. 이런 낯설음은 그간 자연스럽게 받아들였던 모든 현상과 사건을 부자연스럽게 느끼게 한다. 이 부자연스러움은 당연히 받아들였던 모든 것들을 되돌아보게 하고 이것이 과연 당연한 일인지를 성찰하게 한다.

이렇게 분단 체제를 공기처럼 받아들이고 살아가는 아이들에게 한반도와 전혀 상관없는 땅에서 벌어진 봉주와 토시의 슬픈 이야기는 우리가 살고 있는 이 땅, 공기와 같은 분단 체제를 낯설게 보게 한다. 분단은 먼 나라의 혹은 그저 조상님들의 이야기가 아니라 바로 나의 이야기가 될 수도 있다고 말이다.

또한 자신을 조선민주주의인민공화국 사람이라고 하며 자신은 한국어가 아닌 공화국 말을 한다는 토시의 자존심 강한 모습은 북한에 대해 우리가 어떤 태도를 취해야 하는지도 돌아보게 한다. 그들은 거지 국민 혹은 불량 깡패 국가의 신민이 아닌 것이다.

### 3. 청소년소설, '이쪽'과 '저쪽'의 경계에 한 발 내딛다

제10회 사계절문학상 당선작인 『우주 비행』(홍명진, 사계절, 2012)은 탈북 청소년의 문제를 그리고 있다. 이 작품의 주인공 승규는 국경을 넘어 중국에 머물다 남한으로 온 열아홉 살 소년이다. 어머니, 누나와 함께 북을 떠났지만 누나는 중국에서 잃어버리고 어머니와 둘만 오게 되었다. 승규는 신분 조사 과정에서 두 살을 낮춰 적어 남한에서 열일곱 살로 새로운 인생을 시작한다.

희망이라고는 쉽게 찾아볼 수 없는 도시 빈민들이 모여 사는 임대 아파트에서 살던 승규 앞에 어느 날 사회복지관 직원인 '노랑머리'가 나타난다. 승규의 사회적 적응을 책임져야 하는 노랑머리는 승규에게 복지관에서 운영하는 밴드부에 들어올 것을 제안한다.

늘 자신의 '출신' 때문에 위축되어 있는 승규는 처음에 이 제안을 거절한다. 하지만 노랑머리와 밴드부 지도교사인 곽 선생의 설득으로 결국 승규는 드럼을 치게 된다. 무언가에 마음을 쏟을 곳이 필요하던 승규는 곧 드럼에 매료된다.

기존에 있던 임대 아파트의 아이들과 '우주 비행'이라는 밴드를 결성한 승규는 복지관 바자회 때 짧은 공연을 하기 위해 연습에 매진한다. 그 과정 속에서 승규는 늘 부딪치던 상휘와는 우정을, 소녀 가장인 해나에게는 풋풋한 사랑을 느끼며 새롭게 세상을 향해 한 발을 내딛고자 한다.

청소년 시기는 머리 모양과 청바지 길이 같은 사소한 것에서부터 나는 누구인지 세상은 또 무엇인지와 같은 존재론적 질문에 이르기까지 정체성에 대한 고민이 본격적으로 이루어지는 시기이다.

이 작품에서 주인공 승규는 이런 청소년기의 고민과 더불어 새로운 체제에서의 적응이라는 이중의 정체성 문제를 겪고 있다. 엄마로부터 분리된 아이는 또래집단이나 학교, 국가처럼 자기 정체성을 유지시켜줄 가상의 피부가 절실하게 필요하다. 청소년기에 국적은 자기 정체성 유지를 위해 중요한 역할을 한다. 그래서 그들은 월드컵이나 올림픽처럼 애국심을 자극하는 스포츠 이벤트에 열광한다. 히틀러 유겐트나 청소년

홍위병 또한 괜히 생긴 게 아니다.

그러나 승규는 학교도 다니지 않고 소속감을 느낄 또래집단도 없다. 게다가 '저쪽' 체제를 탈출했지만 아직 '이쪽' 체제의 아이라고 할 수도 없다. 사실상 나라 없는 아이인 셈이다. 그가 유일하게 마음을 붙일 가족마저 누이의 부재로 인해 늘 불안정하다. 승규가 끊임없이 출신을 묻고 고아 의식을 가지는 건 당연하다.

주인공의 혼란은 나이 문제와도 결부된다. 승규는 열아홉 살이지만 열일곱으로 살아야 한다. 작은 키 때문에 무시당하는 것도 억울한데 제 나이보다 어린아이들과 말을 트고 지내야 한다. 이런 일이 생길 때마다 승규는 생물학적 제 나이를 대야 할지, 남한에서 새롭게 얻은 사회적 나이를 대야 할지 혼란스럽다.

사람은 누구나 무언가에 몰입하고 삶의 의미를 찾고 싶어한다. 그건 인간의 기본적인 특징이다. 에너지가 넘쳐흐르는 청소년기에 그 열정은 더욱 강할 수밖에 없다. 그러하기에 무언가에 몰입할 게 없는, 아니 몰입할 수 없는 이중의 정체성 문제에 시달리는 탈북 소년은 존재 증명을 위해 드럼 치기에 몰입한다.

아쉬운 점도 있다. 이 작품은 이런 이중의 고민이 더이상 깊이 드러나지 않는다. 그래서 그냥 탈북 소년이 아니라 임대 아파트에 사는 불행한 가족사를 가진 아이로 슬쩍 바꿔 놓고 몇 가지 설정만 좀 손을 보아도 별 무리 없이 읽힐 수 있다.

또한 결말 부분에서 서둘러 희망의 메시지를 전하려고 한 것도 걸린다. 그간 한국 아동청소년문학 동네에서는 현실성을 떨어뜨리는 낭만적인 결말에 대해 경계를 해왔고 상당 부분 극복을 해왔다. 그런데 이 작품에서는 이 고질병이 다시 도진 듯하다.

동화에서는 이원수, 권정생의 작품 이후 비무장지대 안에 세워진 가상의 남북 공동 초등학교 이야기를 그린 『꽝포 아니야요! 남북 공동 초등학교』(신천희, 문원, 2002), 북한의 아이들이 겪는 비참한 생활상을 그려낸 『꽃제비』(김바다, 대교출판, 2003), 남한에 정착한 새터민 아이들의 문화적 혼란을 그린 『나는야, 늙은 5학년』(조경숙, 비룡소, 2009) 같은 작품이 꾸준히 출간되며 분단 현실의 문제에 접근했다. 『봉주르, 뚜르』가 거둔 성과는 이런 문학적 흐름의 연장선에서 꽃을 피운 것이리라. 마찬가지로 『우주 비행』은 여러 한계에도 불구하고 청소년소설에 있어 첫 삽으로서 의미를 가진다.

신자유주의 체제가 공고해지면 공고해질수록 타자와의 심리적 거리는 점점 더 멀어진다. 이런 사회 속에서 저 북쪽 너머에 살고 있는 사람들은 소통 불가능한 절대적 타자로 자리매김될 수밖에 없다. 이런 절대적 타자화의 지속은 바람직하지 않다. 남한 사회가 헤어날 수 없는 자기모순에 부딪쳤을 때 마치 2차 세계대전 당시 독일이 유태인을 희생양으로 삼아 자기모순을 해결하고자 한 것처럼 북한 사람들을 대하게 될 수도 있기 때문이다. 이미 내전을 한번 겪은 경험과 심리적 외상이 있기에 이는 쌍방 간의 폭력, 돌이킬 수 없는 제2의 내전의 형태로 돌변할 수도 있다. 그래서 이런 다양한 문학적 시도는 매우 중요하다.

잊지 말자. 앞에서 누누이 밝혔듯이 '잃어버린 반쪽' '오라! 통일 세상이여'와 같이 낭만적이고 구호적인 키워드로는 통일을 주제로 한 청소년소설은 100퍼센트 실패에 이르게 될 것이다.

가만히 실눈을 뜨고 우리 사회를 들여다보면 분단 체제로 인해 오목거울이나 볼록거울처럼 왜곡된 곳이 곳곳에 도사리고 있을 것이다. 이런 왜곡된 거울이 우리 사회를 어떻게 일그러지게 비추고 있는지 그리고 우리 청소년들의 일상과 어떻게 만나 이들의 삶에 구체적으로 어떤 영향을 미치는지를 드러낼 청소년소설이 필요하다.

## 4. 나오며

공장에서 쫓겨난 노동자가 원직 복직하는 것이 평화
두꺼비 맹꽁이 도롱뇽이 서식처 잃지 않는 것이 평화
가고 싶은 곳을 장애인도 갈 수 있게 하는 것이 평화
이 땅을 일궈온 농민들이 더이상 빼앗기지 않는 것이 평화
성매매, 성폭력, 성차별도 더이상 존재하지 않는 세상
군대와 전쟁이 없는 세상 신나게 노래 부르는 것이 평화
배고픔이 없는 세상 서러움이 없는 세상
쫓겨나지 않는 세상 군림하지 않는 세상

지난봄 평화박물관에서 진행하는 평화책 목록 작업을 하며 알게 된 노래 〈평화가 무엇이냐〉(문정현·조약골 글, 조약골 곡)이다. 이 노랫말보다 더 정확하고 아름답게 평화를 표현한 말을 나는 아직 만나지 못했다.

분단과 통일의 문제는 필연적으로 '평화'와 만나게 된다. 이렇게 분단 체제를 이야기하고, 통일과 관련된 책을 이야기하는 것은 남북한에 살고 있는 모든 이들의 평화를 위해서이다.

사실 문학이 할 수 있는 것은 그다지 많지 않다. 문학은 그저 사람들로 하여금 무언가를 꿈꾸고 상상하게 한다.

그동안 우리는 상식이 통하는 사회를 꿈꾸는 것만으로도 늘 버거웠

다. 하지만 이제부터라도 전쟁이 사라진 세상, 분단 체제를 빌미로 서로가 서로를 공포로 협박하지 않는 통일된 세상, 그리고 평화로 가득한 아름다운 세상을 모든 이들이 문학을 통해 꿈꾸고 상상해볼 수 있기를 바란다.

2012년 가을 한국어린이도서관협회 주최 〈통일평화교육 지원사업〉 세미나 발표문

# 자연과 인간의 이분법적 대립을 넘어서
## 김우경 작가론

### 1. 들어가며

2009년 여름 우리 어린이문학 동네의 큰 별 하나가 졌다. 김우경 선생이 돌아가신 것이다. 아프시다는 이야기는 오래전부터 들려왔지만 그래도 꿋꿋이 병마와 싸워가며 몇몇 매체에 글을 연재하고 계셨기에 이렇게 쉽게 가실 거라고는 아무도 생각하지 못했을 것이다. 게다가 선생이 생전에 자신의 죽음을 알리지 말라 하셨기 때문에 장례식도 조용히 치러졌다. 그 깊은 뜻이야 모를 바가 아니지만 그렇게 쉬이 보내드릴 분이 아니었기에 남아 있는 자들의 마음은 서운하고 또 서운하다.

김우경은 1989년에 부산문화방송 신인 문예상으로 등단했고, 1990년 계몽사 아동문학상을 받았으며, 1993년 새벗문학상 단편 부문에 당선되었고, 『머피와 두칠이』(지식산업사, 1996)로 대산창작기금을 수상했다.

그가 출간한 책을 살펴보자. 『머피와 두칠이』를 시작으로 『풀빛 일기』(지식산업사, 1998), 『우리 아파트』(지식산업사, 1999), 『수일이와 수일이』(우리교육, 2001), 『하루에 한 가지씩』(문학과지성사, 2002), 『반달곰이 길을 가다가』(지식산업사, 2002), 『선들내는 아직도 흐르네』(문학과지성사, 2004)를 펴냈다. 그리고 「맨홀장군 김한새」를 『우리 어린이문학』 1호와 2호에 2004년부터 연재 중이었으며, 「검정소금 붉은도깨비」를 『개똥이네 놀이터』에 2007년 3월부터 2008년 11월까지 연재했다.[27]

그는 첫 출간작인 『머피와 두칠이』 이후 「검정소금 붉은도깨비」에 이르기까지 자연의 편에서 인간 문명의 반자연성에 대한 비판적 성찰을 그려내고자 했다. 그의 작품세계를 꼼꼼히 이야기하기에는 허락된 지면이 턱없이 부족하지만, 이 글에서 장편과 단편으로 나누어 일별해보고자 한다.

## 2. 인간 문명에 대한 끊임없는 비판
## —자연과 인간의 이분법적 인식의 빛과 그림자

먼저 김우경의 장편 작품을 보자.

『머피와 두칠이』는 개가 화자이자 주인공인 이야기다. 두칠이와 싸움개 헉크의 대립, 두칠이를 비롯한 동물들과 자기가 키우던 개를 함부로 잡아먹는 인간들과의 첨예한 대립 구도가 이야기를 긴장감 넘치게 한다.

---

27 『개똥이네 놀이터』에 연재된 「검정소금 붉은도깨비」는 같은 제목으로 2012년 고인돌 출판사에서 단행본으로 출간되었다. 「맨홀장군 김한새」의 전반부는 무크지 『우리 어린이문학』 1호(우리교육, 2004)와 2호(우리교육, 2005)에 연재되었고, 후반부는 『개똥이네 놀이터』에 연재되었다. 이 작품은 돌아가시기 불과 석 달 전에 마무리되었으며, 『맨홀장군 한새』라는 제목으로 2012년 문학과지성사에서 단행본으로 출간되었다.

아이들은 개를 좋아한다. 그래서 수없이 많은 동화에 온갖 개들이 등장한다. 그런데 대부분의 동화에서 보이는 앙증맞거나 충성스러운 개의 모습은 모두 인간의 시선에 의해 포착된 것이다. 하지만 『머피와 두칠이』는 동화의 관습에서 벗어나 최대한 개의 처지에서, 즉 자연의 편에서 인간을 보려 한다.

인간이 아닌 자연의 편에 선 김우경에게 있어 인간이란 "절대로, 절대로" "세상에서 제일 믿을 수 없는" 존재이다. 두칠이를 괴롭히던 헉크가 팔려간 뒤 두칠이는 산속에서 들고양이 '가을 수수깡'을 만나 "내 주인은 바로 나 자신이야!"라는 말을 듣는다. 고양이는 "사람하고 같이 산 적은 있지. 하지만 그때도 내 주인은 바로 나 자신이었어. 사람이 내 주인일 수는 없지!"라고 한다.

그 말을 이해할 수 없었던 두칠이는 자기마저 주인의 보신용이 되리라는 걸 알고 갈등 끝에 자신의 삶을 찾아 길을 떠난다. 더이상 인간의 종이 아닌 스스로 자기 몸의 주인이 되려는 것이다. 하지만 그 길은 험난하다. 박기범의 『미친개』의 개처럼 두칠이의 새로운 삶은 결코 순탄치 않을 것이다. 김우경은 그렇다고 해서 자연과 인간의 어설픈 화해로 이야기를 마무리짓지 않는다. 두칠이는, 즉 자연은, 스스로 자신의 주인이 될 권리가 있다고 선언한다.

그다음 출간작인 『풀빛 일기』는 꿩의 일기를 통해 재미로 목숨을 앗아가는 인간의 야만성을 비판한다. 하지만 안타깝게도 꿩인 풀빛은 두칠이보다 훨씬 수동적이다. 수동적 인물은 결국 근본적 한계를 가질 수밖에 없다. 우리가 궁금한 건 인간 세상에서 뛰쳐나온, 속된 말로 '답이 안 나오는' 두칠이들의 삶인데 이 작품에서는 그것과 무관하게 인간의 손쉬운 반성만 보여줄 뿐이다.

막내 꿩인 풀빛은 사냥꾼의 총에 식구들을 잃고, 홀로 사로잡혀 우리에 갇힌다. 풀빛은 사냥꾼의 자폐를 앓는 아들과 그 아이를 보살피는 할아버지의 돌봄 속에서 형제들과 다시 만날 거라는 희망을 잃지 않고 겨우 살아간다. 그러던 어느 날 사냥꾼은 멧돼지 사냥에 나섰다 크게 다치고, "무언가를 깨달은" 사냥꾼의 손에 의해 풀빛은 자연의 품으로 돌아가게 된다. 장 안에 갇혀 있다 인간에 의해 풀려나는 꿩의 수동적 모습은, 비록 같은 장 안에 갇힌 닭의 길들여진 삶과 대비된다 하더라도, 두칠이의 적극적 모습에 비해 그 힘이 약하다.

『풀빛 일기』는 일기 형식을 통해 풀빛의 주관적 심정을 고스란히 드러냄으로써 어린 독자와의 심리적 거리는 좁혔을지언정 밀집된 긴장과 갈등을 통해 주제를 향해 밀고 나아가는 서사의 힘은 잃고 말았다. 또한 자연과 인간의 관계를 단순한 대립 구도로 파악했다는, 또 그 대립을 해소할 방안을 관념적으로 제시했다는 비판에서 자유롭지 못하다.

인간은 자연의 일부이며 동시에 자연으로부터 빠져나와 자연과 대립구도를 형성하고 있다. 인간이 자연과 분리되어 있다는 증거가 바로 '문화'다. 하지만 인간이 문화를 갖고 있다고 해서 자연의 일부가 아니라고 할 수도 없다. 문화는 생득적으로 체현되는 것이 아니기 때문이다. 자연이면서 자연이 아닌 인간의 모순, 자연과의 동시적 비동일성은 인간을 끼이거나 걸친 존재, 혹은 경계에 선 존재로 만들어놓는다. 이런 인간의 이중성을 철저히 자각하지 않으면 근본주의적 생태주의나 무조건적인 개발주의 또는 이것도 저것도 아닌 허무주의와 같은 극단에 빠질 수밖에 없다.

세상을 이분법으로 이해하는 건 가장 쉽고 단순한 방법이다. 하지만 이 이분법에는 함정이 있다. 세상을 둘로 나누기 위해 중간의 것들을 극단화해 한쪽으로 밀어붙이거나 아예 삭제해버리는 것이다.

검정색과 흰색 사이에 셀 수 없이 많은 회색이 존재하며, 검정에도 다양한 명도를 가진 검정이 존재하지만, 이분법은 그 사이의 개별적 존재를 무화시키는 위험성을 안고 있다. 인간은 자연과 맞서 있으면서 기대 있고 자연에 속해 있으면서 속해 있지 않다. 그러므로 자연과 인간의 관계를 다룰 때는 섣불리 이분법적 잣대를 들이대선 안 된다.

물론 자연의 편에 서서 모든 목숨을 아끼고 사랑하고자 하는 작가의식은 충분히 존중받아야 한다. 한쪽으로 치우쳐 있는 상황을 '되구부리기' 위한 그의 태도는 정치적으로 올바르다. 하지만 이런 이분법적 인식은 결국 '인간은 나쁘다'라는 극단적 결말이나 '나쁜 인간이 되지 않기 위해 환경과 생명을 보호해야 한다'는 교훈 가득한 도식적 결말로 함몰될 수밖에 없다.

『우리 아파트』는 인간 문명과 자연의 대립을 다룬 두 작품과 달리 아파트촌에서 살아가는 아이들의 소소한 일상을 그린 사실동화다. 이 작품에서도 앞선 두 작품에서 보여준 인간 문명에 대한 비판이 간간이 보이며, 아이들의 일상이 오밀조밀 잘 드러나기는 하지만 기존 생활동화의 한계를 돌파할 만한 문제적 인물이나 문제적 상황이 제시되지는 못했다.

그가 새로운 돌파구로 열어 보인 장편은 『수일이와 수일이』 『선들내는 오늘도 흐르네』다. 『수일이와 수일이』는 현실 이야기에 민담 요소를 끌어와 서사를 주제와 긴밀하게 밀착시킨 작품이다. 김우경은 쥐가 손톱을 먹으면 사람이 된다는 옛이야기 모티프를 가져와 학원 공부에 신음하는 어린이들을 위로하고, 생명 복제 문제에 대해 비판의 화살을 날린다. 이 작품은 『풀빛 일기』나 『우리 아파트』의 한계를 단번에 넘어선 뛰어난 작품이다.

그런데 경쾌하고 유머러스한 이야기 전개, 이 시대 어린이들의 일상과 아픔에 바싹 다가섰다는 것 등 여러 미덕에도 불구하고 이 작품 역시 이분법적 한계에 갇혀 있다. 자연과 인간을 극단적으로 대립시키지는 않았지만 여전히 이분법적 시각을 저변에 둔 채 과학 문명을 비판하다보니 작가의 의지와 무관하게 자연의 일부인 '가짜 수일이'에게 상처를 주게 된 것이다.

사람이 된 '가짜 수일이'는 사실 '가짜'가 아니다. '가짜'란 호칭은 인간에 의해 명명된 것일 뿐, 자신의 의지와 상관없이 사람이 된 쥐는 '가짜'가 아니라 '희생자'다. 하지만 작가는 제 이익을 위해 함부로 과학기술을 남용하고 자연을 이용하는 인간의 이기성을 비판하기 위해 '진짜/가짜'로 이분해서는 안 되는 한 목숨을 '가짜'로 만들어버린 것이다. 그래서 작가는 '가짜 수일이'에게 뒤늦게나마 미안하다고 했다.[28] 이 역시 이분법으로 세상을 마주하는 세계 인식 방법의 또다른 한계가 아닐까? 이분법은 결국 누군가에게 상처를 주기 마련이다.[29]

『선들내는 아직도 흐르네』는 자연과 인간 문명의 대립이라는 기존 화두에서 벗어나 종군 위안부 문제를 다룬 작품이다. 김우경은 어떻게 해서든 과거의 사건과 현실의 아이들 삶 사이에 끈 하나라도 이어주려 노력한다. 그래서 현재 이야기인 선재, 훈재, 을구, 재구, 판태 등 시골 아이들의 우정과 갈등, 그리고 혜림이에 대한 선재의 풋사랑 이야기를 한 축으로, 또 무동 할배와 무동 할배의 형 때문에 종군 위안부로 끌려갔던 임점남 할머니의 이야기를 또하나의 축으로 작품을 진행시킨다. 이

28 「이재복의 어린이문학 편지—김우경을 만나다」, 월간 『우리교육』 2005년 3월호.

29 『수일이와 수일이』의 빛과 그림자에 대한 자세한 탐구는 졸고 「옛이야기를 통해 현실과 맞서고, 미래를 말하라」(『몸의 상상력과 동화』 63~79쪽)를 참조할 것.

렇게 한 마을을 배경으로 두 가지 이야기 축을 설정한 것은 '그것을 알려주마' 식의 일방적 역사 전달에 그치지 않고 역사의 현재성을 살리려는 작가의 의도로 생각된다.

하지만 이 작품 역시 작가의 계몽의식이 두드러지게 드러난다. 이 계몽의식 때문에 현실과 과거를 이어주는 매듭 같은 주요 인물인 신문기자 채영은 지나치게 이상화된 인물로 그려진다. 무동 할배와 임점남 할머니의 슬픈 역사가 본격적으로 그려질 무렵 채영은 다음과 같이 작품의 주제의식을 날것으로 드러낸다. "임점남 할머니랑 무동 할아버지한테 얽힌 이야기를, 선재 같은 아이들도 조금은 알아야 안 되나 싶어서요."

그리고 채영은 선재에게 종군 위안부 이야기를 '들려준다'. 채영이 '들려준' 이야기이기에 무동 할배나 임점남 할머니와 마을 아이들의 삶은 긴 시간의 거리를 넘어서 날실과 씨실처럼 직조되지 못한다. 그 점이 아쉽다.

김우경은 '깨끗한 우리말'을 잘 살려 쓰는 작가로 알려져 있다. 그는 우리 어린이문학 동네에서 몇 안 되는 개성적 문체를 가지고 있는 작가이다. "여치가 찔끼르르 울었다." "부추 무더기를 간종그리고 있었다." "땅바닥이 누룽지처럼 햇볕에 따닥따닥 눌러 붙는 듯했다." "햇살이 눈두덩 위에서 환하게 부서졌다. 눈알이 찌르르해지며 눈꺼풀 안쪽에 붉은빛이 생겨났다. 빨간 고추 껍질 같았다. 눈을 꼭 감으니까 노란 고추씨가 몇 개 둥둥 떠다녔다." 이런 문장은 『선들내는 아직도 흐르네』 아무 쪽을 펼쳐도 쉽게 만날 수 있는 빛나는 표현들이다. 자기 문체를 갖지 못해 대화글만으로 서사를 이끌어가는 많은 후배 작가들에게 김우경의 문장은 귀감이 될 수 있으리라.

다음으로 그의 단편 작품을 살펴보자.

김우경의 출간작 일곱 권 중 단편집은 『하루에 한 가지씩』 『반달곰이 길을 가다가』 이렇게 두 권이다. 단편집은 앞의 장편들보다 좀더 다채롭지만 여전히 그에게 중요한 화두는 자연의 편에 선 인간 문명 비판이다.

『하루에 한 가지씩』에는 열세 편의 단편동화가 담겨 있는데, 여기서는 자연과 인간의 문제를 그린 작품 세 편을 다루기로 한다.

먼저 볼 작품은 「하늘을 나는 새」이다. 「하늘을 나는 새」는 바닷가에서 먹이를 던져주는 사람에 길들여져 날지 못하고 물고기 사냥도 못하게 된 새들이 어떻게 자기 정체성을 되찾게 되는지를 보여주는 이야기이다. 새우깡에 길들여져 튼튼한 알을 낳지 못하게 된 갈매기를 그린 김하늘의 『마른새우』(여명미디어, 2002)와 비슷한 모티프를 공유하면서 『머피와 두칠이』 『풀빛 일기』에서 천착하고 있는 '길들여짐'에 대한 경계가 깊이 담겨 있다.

다음 작품 「까치와 총각」은 자연과 인간을 대립축으로 놓고 전봇대에 집을 지으려는 까치와 까치집을 허물어버리는 전화국 총각 아저씨의 싸움을 그리고 있다. 결국 총각은 까치도 지구의 한 주인임을 깨닫고 "맞아! 지금부터라도 나무를 심어야겠구나!"라는 깨달음에 이른다.

끝으로 「달아, 어쩌면 좋으니」에서는 병든 지구가 화자로 나온다. 여기저기 아픈 지구는 사람처럼 병원에 가서 의사에게 상담도 받고 큰 병일까 걱정도 한다. 그리고 결국 이 모든 병은 사람 때문임을 알게 된다. 의사는 지구에게 말한다. "먼저 믿음을 가져야 해요. 사람이 처음부터 그렇게 나쁜 동물이 아니라는 믿음이 있어야 합니다. 어떤 의사는 사람들이 끝내 자기네 별을 병들어 죽게 하고 자기들도 모두 죽게 될 것이라고 말합니다만, 저는 그리 보지 않습니다. 사람들은 자기들이 사는 별을 아낄 줄 압니다. 사람은 고마움을 아는 동물이에요. 가장 좋은 방법은 사람들이 스스로 별을 가꾸고 되살리도록 하는 것입니다."라고.

세 편 모두 좋은 주제를 다루고 있지만 매우 계몽적이고, 교훈은 날것으로 튀어나온다. 인간은 자연을 함부로 길들이면 안 된다, 야생동물이 살아갈 터전을 마련해주기 위해 나무를 심어야 한다, 우리 삶의 터전인 지구가 더 병들지 않도록 노력해야 한다는 식의 계몽은 초기작인 『머피와 두칠이』보다 덜 세련되다.[30]

'저학년을 위한 동화집'이란 타이틀이 붙어 있는 『반달곰이 길을 가다가』에 실린 일곱 편 중 세 편 역시 자연과 인간의 문제를 다루고 있다. 「허수아비 아저씨」는 농약 때문에 사라진 참새를 그리워하는 허수아비의 이야기를, 「어서 날아 봐」는 오염된 강에 알을 낳지 않으려는 잠자리의 이야기를, 「토끼 대왕」은 아파트를 짓기 위해 숲을 밀어내는 인간에 맞선 토끼 대왕의 이야기를 마치 훈화 자료처럼 보여주고 있다.

문학예술은 말하고자 하는 주제가 아니라 말하는 방식 속에 존재한다. 말하는 방식에 대한 고민 없이 작가의 머리말에 나와 있는 것처럼 "사람들이 산이나 들이나 강에게 너무 함부로 굴지 않았으면 좋겠어요."라는 작가의 생각을 전달하기 위해 등장한 허수아비나 잠자리나 토끼는 관념에 그치기 쉽다.

앞서 말한 「달아, 어쩌면 좋으니」는 이런 교훈성에도 불구하고 그가 왜 동화작가가 될 수밖에 없는지를 잘 보여주는 작품이다. 그는 인간을 '절대 믿을 수 없는 존재'라 생각할 정도로 불신하는 것 같지만 속 깊은

30 그가 단편동화로 등단했고, 이 책이 그의 첫번째 단편동화집인 것으로 보아 여기 실린 작품 중에는 『머피와 두칠이』나 『수일이와 수일이』 이전에 쓰인 것들이 많이 있지 않을까 생각된다. 김우경의 작품세계의 변모를 제대로 살피기 위해서는 출간연도보다 집필연도를 놓고 따져봐야 되는 게 아닌가 싶다. 하지만 『하루에 한 가지씩』에는 각 단편의 발표나 집필연도가 나와 있지 않다. 결국 비평가나 연구자는 눈으로 드러난 서지 사항을 보고 평가할 수밖에 없다는 점에서 독자들은 내 글의 한계를 알아주기 바란다. 결국 출간 순서도 작가가 짊어지고 가야 할 운명일 수밖에 없지 않을까?

곳에는 여전히 인간에 대한 믿음이 존재한다. 지구를 진찰한 의사로 분한 작가는 이렇게 말한다. "사람은 본디 착한 마음을 지녔어요. 사람은 무리를 지어 사는 버릇이 있는데, 여기저기 흩어져서 알맞게 무리지어 살 땐 그다지 해를 끼치지 않아요. 서로 아끼며 아름답게 살죠. 남을 생각할 줄도 알아요. 다른 생명들을 귀하게 여기며 함께 어울려 살아가지요. 자기들이 살고 있는 별을 아낄 줄도 압니다."

그는 이어서 도시가 인간을 나쁘게 길들이고 있다고 말한다. 김우경이 자연의 편에 서서 동화를 쓰고 있는 것은 바로 이런 인간에 대한 소박한 믿음, 인간의 속성은 착하다고 생각하는 낭만적 기질 때문이 아닐까? 인간과 인간 문명에 대해 철저히 비판하면서도 계몽성 강한 동화를 계속 쓴 것은 아마도 인간에 대한 희망을 완전히 접지 않았기 때문일 것이다. 어쩌면 이런 인간에 대한 희망을 자연과 아이들에게서 찾고 있었던 건 아닐까?

### 3. 한계를 넘어서

「검정소금 붉은도깨비」와 「맨홀장군 김한새」를 살펴보자. 먼저 「검정소금 붉은도깨비」는 동물 화자가 아닌 모든 자연물과 이야기를 나누는 아이 '소금이'가 나오는 판타지다. 소금이는 산신령과 지하세계의 물꼬대왕, 도깨비들과 여러 두꺼비, 지렁이, 모과나무 등 여러 동식물의 도움을 받아 온천과 골프장을 만드는 것을 막아낸다.

이 작품이 앞선 작품들과 다른 점은 자연과 소통하는 아이 소금이가 등장한다는 점이다. 그리고 과거 그의 동화가 아이들의 감성을 고려하지 않고 지나치게 무겁거나 계몽적이었다면 인물 설정에 있어서나 문체에 있어 두드러진 변화를 보여준다. 기존 산신령의 이미지와는 다른, 소리를 잘 지르고 화를 잘 내는 산신령이라든가 말꼬리 잡기식 말장난, 톡톡 튀는 대화문 등은 확실히 새롭다. 지나치게 묘사가 많거나 무거웠던 『선들내는 아직도 흐르네』의 문체와 비교해보았을 때 그 변화를 확연히 느낄 수 있다.

자연과 인간의 대립을 넘어서 소통을 모색하는 인물 소금이, 교훈보다 재미를 추구하는 아이들과도 소통하려는 문체의 변화, 그리고 『수일이와 수일이』에 이어 다양한 옛이야기 모티프를 활용한 판타지 형식. 김우경 작품세계 제2기가 새롭게 펼쳐지려는 것이었을까?

이 작품은 「맨홀장군 김한새」와 더불어 등단 20년 만에 자기 색깔에 변화를 주려는 확연한 흔적을 보여준다. 다만 지상과 지하세계를 넘나들고 다양한 동식물 캐릭터들과 신령, 도깨비 들이 등장하는 스케일에 비해 결말의 해결 과정이 너무 단순하다. 하루하루 버티고 견디며 싸워야 하는 병마의 손길 앞에서 글쓰기란 그에게 너무나 힘든 일이었을까?

이제 마지막으로 「맨홀장군 김한새」가 남았다. 이 작품의 의미는 매우 크고 여러 면에서 파격적이다. 동물이나 자연을 화자로 삼지 않고 「검정소금 붉은도깨비」와 마찬가지로 인간을 화자로 그리고 있다. 무엇보다 주인공 김한새는 우리 동화사에서 쉽게 보기 힘든 '여성 문제아' 캐릭터다.

김우경의 앞선 작품은 곱고 아름다운 우리말 표현들로 차 있다면 이 작품은 '문제아' 서술자의 말답게 거칠고 수다스러운 표현으로 가득하다. 작품 성격에 적절한 문체를 구사한 것이다.

등장인물들은 이분법적 시각으로 선명하게 대립되지 않는다. 한새의

중성적 캐릭터, 실험용 쥐였다가 변기에 버려진 사연 때문에 인간을 증오해야 마땅하지만 따뜻한 마음을 잃지 않은 강아지만 한 쥐, 그리고 권정생 동화에서 자주 등장하는 '소'가 연상되는, '투팍 아마루(Thupaq Amaru)'의 철학을 입에 달고 사는 라마 등은 기존의 이분법적 세계관에서 훌쩍 벗어나 있다.

그가 수다스럽게 보여주는 투팍 아마루를 살펴보자. 잉카말로 '빛나는 뱀'이란 뜻의 투팍 아마루는 스페인에게 점령당해 처형당한 잉카 제국의 마지막 황제다. 200여 년간 스페인의 식민지였던 페루에서 18세기 후반 호세 가브리엘 콘도르캉기란 사람이 자신을 잉카 제국 마지막 황제의 후손이라 주장하며 이름을 '투팍 아마루 2세'로 바꾸고 잉카 제국의 재건을 선언했다.

투팍은 결국 잉카 제국 부흥운동에 실패하고 서른아홉 나이에 비장한 최후를 맞이했지만, 그의 격정에 찬 삶과 혁명 정신은 계속 이어진다. 20세기 미제국주의자들과의 항전과 관련된 라틴아메리카 민중혁명운동은 투팍의 존재와 무관하지 않다. 페루의 후지모리 정권에 반발하여 원주민들이 잘 사는 나라를 만들고자 혁명운동을 꾀하다 1998년 페루 일본 대사관 습격 사건으로 세상을 떠들썩하게 한 테러리스트 단체의 이름 역시 투팍 아마루였다. 이렇게 투팍 아마루는 라틴아메리카의 해방을 상징하는 이름으로서 커다란 역사적 의미를 가진다.

김우경은 개인적인 호기심과 존경심 때문에 투팍 아마루의 이름을 작품 속에 삽입한 것일까? 아니면 투팍의 삶 속에서, 제국주의자들에 맞선 제3세계의 인민들의 삶과 투쟁에서 자연과 인간 문명의 대립을 넘어선 제3의 길을 찾고자 하는 것일까?

필자는 이 작품이 그가 갖고 있던 이분법적 세계관의 한계, 그리고 뜻하지 않게 자연에 상처를 주게 된 『수일이와 수일이』의 한계를 돌파해 나갔을 것 같은 예감이 든다. 그것은 바로 단색이 아닌, 쉽게 해석되지 않는 여러 캐릭터의 힘 때문이지 않을까 싶다.

## 4. 나오며

김우경은 한 잡지의 여는 글에 다음과 같은 말을 남겼다.

> 요즘 저는 남다른 기쁨을 느끼며 지냅니다. 어쩌면 올해 안에, 오래도록 지녀온 병을 떨칠 수 있을 것 같아서입니다. 악성이 아닌 양성이라는데도 뼈에 생긴 병이라 쉬 떨어지지 않아서 오래 달고 지냈는데, 병원에 안 가고 인제 스스로 떨칠 수 있게 된 것입니다. 알고 보니 길은 아주 가까운 곳에 있었습니다. 지금 제 주치의는 자연입니다. 늘 가까이에서 흔하게 아무렇게나 자라는 풀 나무 들이 병원 의사들보다 더 큰 힘을 가질 줄, 요사이 새롭게 몸으로 느끼고 있습니다. (…) 아무리 이름난 의사라도 자연만큼 잘 고치진 못하지요. 세상 어떤 선생님보다 큰 선생님이 자연입니다. 어떤 작가보다 훌륭한 작가가 자연입니다.[31]

김우경이 자연의 편에서 인간 문명을 끈질기게 비판한 것은 단순한 계몽 의지 때문이 아니라 자신의 몸에서 우러나온 것이리라.

그는 세상을 떠나기 몇 달 전까지도 원고와 씨름하고 있었다. 그리고

31 「어린이 문학의 가장 큰 스승은 자연입니다」, 『어린이문학』 1999년 9월호.

자신을 갉아먹는 병마와의 싸움 속에서도 새로운 이야기, 새로운 스타일을 확립하기 위해 그 어떤 젊은 작가들보다 더 분투했다.

매너리즘에 빠져 혹은 상업주의와 결탁하여 비슷비슷한 작품, 팔리기에 적당한 작품, 지금 이 땅의 모순을 슬쩍 비켜나 은연중에 지배계급의 이해와 요구를 대변하는 작품을 성찰 없이 찍어내고 있는 작가들에게 김우경은 사표(師表)가 될 자격이 충분하다.

그가 동화를 통해 끝까지 싸우고자 했던 자연을 파괴하는 괴물, 인간문명. 그는 자연의 편에 서서 20여 년 동안 이 괴물과 치열하게 응전을 했다. 그리고 이 치열한 응전은 8, 90년대 우리 사회운동이 그러했듯 이분법이라는 한계에 갇힐 수밖에 없었다. 김우경 스스로 그 한계를 인식했던 것일까? 『수일이와 수일이』를 통해 돌파구를 찾은 그는 판타지와 옛이야기의 상상력을 이어받아 새로운 실험을 통해 자연과 인간의 이분법적 대립을 넘어서고자 했다. 하지만 안타깝게도 그의 새로운 도전과 실험은 더이상 이어갈 수 없게 되었다.

그런 면에서 자연인 김우경은 "큰 스승"이었던 자연으로 돌아갔지만 작가 김우경은 여전히 진행형이다. 그의 문학 정신과 실험 정신을 후배, 동료 작가들이 이어갈 때에 비로소 김우경은 완성된 작가로, 아니 큰 스승으로 자리매김될 것이다.

『창비어린이』 2009년 겨울호

07

# 괴물이 된 아이들

### 1. 아이들은 어른의 식민지

사람들은 일이 뜻대로 되지 않거나 다른 사람이 자기 기대와 어긋나게 행동할 때 혹은 누군가 자신을 공격적으로 대하거나 스트레스를 줄 때 화가 난다. 그리고 그 정도가 심할 때 우리는 분노라는 감정을 느끼게 된다.

이 화나 분노는 입안에 들어온 흙먼지 같아 반드시 뱉어내게 된다. 몸 안에 쌓아두면 화병이 나서 견디지를 못하기 때문이다. 그런데 희한하게도 몸 안에 들어온 화와 분노는 다른 사람에게 뱉었을 때 쉽게 풀리곤 한다.

나를 화나게 한 사람이 자신과 비슷한 위치에 있다면, 그리고 그로 인해 벌어질 싸움을 감당할 수 있다면 그 화를 그에게 곧장 돌려주면 된다. 문제는 싸움을 감당할 수 없거나, 화나게 한 사람이 자신보다 우월한 위치에 있어서 곧장 화를 돌려줄 수 없는 경우다. 이 경우 사람들은 화를 풀 다른 대상을 찾는다. 그 대상은 누구나 예상하듯 자기보다 약한 자이다. 자기 때문에 생긴 화든 다른 사람과의 관계에서 생긴 화든 자기가 다스리지 못한 화는 이렇게 먹이사슬을 따라 아래로 아래로 이동한다.

사람들의 관계에서 먹이사슬의 가장 아래쪽에 위치하는 존재는 바로 아이들이다. 아이들은 이 화의 근원이 어디인지 알지 못한 채 이렇게 화풀이의 종착역이 되곤 한다. 이런 사회적 위치로 인해 화와 분노를 처리할 방법이 마땅히 없는 아이들은 그들 사이에서도 가장 약한 존재를 찾는다. 그렇게 왕따와 학교 폭력이 생겨나고 햄스터를 믹서에 가는 동영상처럼 끔찍한 동물 학대가 벌어진다.

물론 아이들이 가지고 있는 화와 분노는 어른들에게서만 온 것은 아니다. 그들 역시 사람이기에 그 자신에게서, 서로 간의 관계에서도 화는 발생한다. 이렇게 생겨난 화나 분노는 바람직한 건 아니지만 어쩔 수 없는 것이기도 하다. 그런데 어른들은 아이들에게서 생겨난 이러한 감정을 인정하지도, 수용하지도 못하는 것처럼 보인다.

많은 어른들은 어린아이들의 분노의 표현을 예의 없음이나 어리광, 투정 정도로 인식한다. 그래서 아이들이 화를 낼 때 그 화의 원인이 무엇인지 묻거나 따져보지 않고 버르장머리 없다며 그 화를 더 크게 돌려주거나, 그냥 단순한 투정이라며 대강 넘어가준다. (대강 넘어가줄 때 무언가를 사준다. 알아보기 귀찮으니 돈으로 때우는 거다.)

그나마 청소년의 화는 아이들의 화보다는 대접을 받는다. 덩치가 커져 함부로 무시할 수 없어서이기도 하지만 요즘은 청소년의 화는 생물학적 현상에서 기인하니 어여삐 봐줘야 한다는 견해가 널리 퍼져서이기도 하다. 청소년기에는 다른 부위의 신체 발달에 비해 감정과 행동의 컨트롤 타워인 전두엽이 덜 발달해서 화를 잘 내게 된다고 한다. 그래서 양식 있는 어른들은 이런 뇌과학적 이유로 청소년들의 화를 나름 이해해보려고 한다.

게다가 유달리 덩치가 크거나 영악한 몇몇 청소년들은 먹이사슬의 최약자가 되지 않을 수도 있다는 것을 깨닫는다. 분노의 먹이사슬의 밑에서 혹독하게 시련을 당한 아이들일수록 사회적 약자들을 쉽게 알아본다. 윤리적으로는 문제가 있지만 법적으로 자신을 어떻게 해볼 수 없다는 사실을 알거나, 아예 법적인 처벌 따위는 우습다고 생각하는 청소년들은 자신이 그간 받았던 분노의 곱절쯤은 이 사회적 약자들에게 아낌없이 베풀어준다. 그가 부모든, 교사든, 노인이든 상관없이.

그래서 청소년기의 화는 주의의 대상이며, 이해와 관리의 대상으로 받아들여진다. 하지만 여전히 어린아이들의 화는 어른의 이해의 대상에서 벗어나 있다. 아이들이 어른에게 화를 냈다가 그 몇 배로 되돌려 받는 일은 비일비재하다. 그래서 청소년과 달리 아이들은 웬만해서는 어른에게 화를 내지 못한다. 화로 인해 비롯된 아이들의 싸움도 근본 원인을 캐기보다 둘 다 똑같다는 양비론과 훈계의 대상에 그칠 뿐이다. 이렇게 화나 분노는 질풍노도의 시기를 사는 청소년들이나 성숙한 어른에게나 있는 것으로 여겨진다.

왜 어른들은 아이들의 화나 분노에 대해 진지하게 생각하지 않는 걸까? 아이들의 화는 떼쓰기 정도로 무시되며 청소년들의 화는 생물학적 요인으로 환원될까? 사실 어린이와 청소년의 화와 분노를 제대로 이해하기 위해서는 사회적 원인을 더 찾아봐야 한다.

사회적 원인은 무엇이 있을지 잠깐만 생각해보자. 과도한 학습 노동으로 인한 스트레스, 자녀의 몸을 부모의 것으로 생각하는 유교적 전통에서 비롯된 일상적인 부모의 폭력 등은 누구나 쉽게 떠올릴 수 있는 아이들 분노의 원인이다. 그런데 알면서도 모르는 척하는 건지, 진짜 잘 모르는 건지 이런 분노의 원인을 어떻게 해결할 것인지에 대해서는 큰 관심을 기울이지 않는 것 같다.

안타깝게도 이런 현상은 언제나 아이들 편이고자 하는 진지한 동화 작가들에게서도 비슷하게 발견된다. 특히 저학년 동화일수록 이 현상은 더 두드러진다. 이들은 어린아이들이 가지는 천진난만함이나 놀이 욕망, 불안감에 대해서는 관심이 많다. 그러나 어린아이들의 화나 분노를 다룬 저학년 동화는 충분하지 않다. 우리 동화가 해결해야 할 과제이다. 그럼에도 반가운 것은 청소년소설이나 고학년 동화에서는 이를 정면으로 마주하는 작품이 나오고 있다는 사실이다.

## 2. 괴물

아버지의 폭력이 빚어낸 분노로 자기 삶을 파괴해가는 인물의 모습을 정면으로 그린 청소년소설과 동화가 연달아 출간됐다. 『맨홀』(박지리, 사계절, 2012)과 『요괴 소년』(전성희, 문학동네, 2012)이 그 주인공이다.

『맨홀』은 아주 어린 시절부터 아버지에게 끔찍한 학대를 당한 아이가 아버지가 죽고 난 뒤 외국인 노동자 집단 폭행 치사 사건에 연루되는 이야기를 담은 청소년소설이다. 이 작품은 어린 시절 아버지로부터 받은 학대로 인해 어떤 식으로 분노가 표출되고, 어떻게 폭력이 대물림 되는

지를 잘 보여준다.[32]

『요괴 소년』은 동화답게 요괴 인간을 등장시켜 아버지의 폭력으로 인한 아이의 고통과 외로움, 그리고 분노를 아프게 보여준다.

아버지는 술만 마시면 주인공 경호를 상습적으로 폭행하고, 경호의 엄마는 아이에 대한 애착이 없어 아이를 지켜주지도 못할뿐더러 툭하면 욕을 해대기 일쑤다. 그러던 어느 날 경호 앞에 요괴 소년이 나타나 아이의 아버지를 '대신' 죽여주고, 아이를 벌레처럼 경멸한 4학년 때 담임선생님을 죽음으로 몰아넣는다. 경호는 그들이 죽는 건 자기 욕망이 아니었다고 하지만 요괴 소년은 차갑게 말한다. 너는 그것을 원했다고. 그리고 엄마도 '대신' 죽여주겠다고.

이 요괴는 원래 사람, 그것도 경호와 비슷한 나이의 아이였다. 이 요괴는 아빠와 단둘이 살며 심각한 학대를 받았다. 요괴는 아빠의 양복에 실수로 주스를 흘리고, 이를 급히 빨아 말리려다 소매 일부를 태우게 된다. "피가 터지도록 맞"거나 "며칠 아니면 몇 주 동안 방에 갇힐지도" 모른다는 공포와 두려움에 안절부절못하던 아이는 결국 아빠가 술에 취해 자고 있는 방문을 걸어 잠그고 집에 불을 지른다. 그리고 이 아이는 요괴가 된다. 다른 사람을 잡아먹는, 그리고 죽을 수도 없는 저주받은 존재로.

부친 살해와 교사 살해는, 아무리 간접적이고 환상적인 방식으로 그려진다 해도 우리 동화에서는 금기의 영역, 아니 금기라고도 생각할 수 없을 정도로 상상 밖의 영역이었다. 그러나 이 동화는 부성 폭력을 정면으로 그리기 위해서는 도덕적 비난도 어쩔 수 없다는 듯 이를 정면으로

---

32 박지리의 『맨홀』에 관한 자세한 논의는 이 책의 117~129쪽을 참고할 것.

위반한다.

『영모가 사라졌다』(공지희, 비룡소, 2003), 『이 버스를 타지 마시오』(고재은, 문학동네, 2008)의 예에서 보듯, 그간 우리 동화에서 부성 폭력에 대한 문제는 꾸준히 다루어져왔다. 두 작품 모두 폭력적인 아빠 밑에서 자란 아이가 폭력적인 아빠로 성장하는 이야기를 통해 부성 폭력이 어떻게 대물림되는지, 그리고 이 악순환을 끊기 위해 어떤 노력을 해야 하는지를 판타지 양식을 통해 보여주었다. 각각 펼쳐내는 색깔과 구체적인 세계는 다르지만, 환상계 여행을 통해 문제 해결의 씨앗을 가지고 현실세계로 돌아오는 것까지 비슷하다.

두 작품 모두 뛰어난 작품이지만 아이의 두려움과 공포에 대해서는 그리면서도 분노에 대해서는 깊이 접근하지 못했다. 왜 그랬을까? 아이들의 풀리지 못한 분노가 그들을 괴물로 만든다는 사실을 직면하는 게 두려웠던 걸까?

자기를 죽도록 때리고 괴롭히는 아빠가 사라졌으면 좋겠다고 생각한다고 그 아이를 비난할 수 없으리라. 아이의 무의식은 차라리 아빠가 죽어주었으면, 아니 할 수만 있다면 죽이고 싶다는 마음을 품을 수도 있을 것이다. 2011년 사회면을 떠들썩하게 했던 고3 학생의 모친 살해 사건처럼 실제 현실이 되든, 상상 속에서 부모 살해 욕망을 가지든, 무의식이 의식의 표면으로 완전히 떠오를 때 아이들은 괴물이 된다.

『요괴 소년』은 우리 사회가 쉬쉬 덮어두고 있는 가정 폭력의 문제를 우회하지 않는다. 적당한 눈물과 화해로 포장하지 않는다. 그들의 이야기를 들어주지 않으면 아이들은 요괴로 변해 다른 사람을 잡아먹게 된다는 고통스러운 진실을 고통스럽게 들려준다.

양극화가 심해질수록 가정 폭력은 심해진다. 앞서 언급한 여러 이유로 인해 가정 폭력의 문제는 우리 생각보다 더 많이 존재할 것이다. 게다가 우리 사회는 학대받는 아이들을 구출할 제대로 된 제도와 프로그램도 갖고 있지 않다. 그래서 이 작품이 환기하는 사회적 의미는 매우 각별하다.

### 3. 나오며

글 앞머리에서 아이들의 화나 분노를 다룬 작품이 충분하지 않다고 말한 것에 대해 부정하는 분들도 있으리라. 아이들의 삶에 접근하다보면 내가 원하지 않더라도 아이들의 화나 분노에 대해 이야기할 수밖에 없다고, 다만 그것만을 직접적으로 드러내지 않고 있을 뿐이라고 말이다. 그도 틀린 말은 아니다.

내가 하고 싶은 말은 아이의 화와 분노 자체를 들여다보아야 한다는 것, 그리고 아이들에게도 어른들처럼 화와 분노라는 감정이 있다는 것을 승인해야 한다는 것이다. 이를 인정하고 들어주어야만 아이들에게 생겨나는 화와 분노의 사회적 원인을 따져볼 수 있다. 아이들이 괴물이 되고 요괴가 되는 건 그들 탓이 아니다.

덧붙여 생각해볼 게 하나 더 있다. 우리 동화작가들의 대부분이 여성이라 그런지 아빠의 폭력을 그린 작품은 여럿 있지만, 엄마의 폭력과 그로 인한 아이의 분노가 어떻게 억눌리고 어떻게 아이를 왜곡시키는지를 그린 작품은 더 찾아보기 힘들다는 것이다.

아빠의 폭력이 물리적이고 직접적이라면 엄마의 폭력은 심리적이고 간접적이다. 그래서 아빠의 폭력은 쉽게 드러나고 사회적 문제 제기가 쉽지만, 엄마의 폭력은 은밀해서 잘 드러나지 않는다. 아니 그 폭력은 폭력으로 인정되지 않고, 오히려 엄마의 사랑과 관심으로 그려지기 십상이다.

그러나 모성 폭력 역시 탐구의 대상이 되어야 한다. 대개 아이에게 이런 심리적 폭력을 행사하는 엄마들은 자신과 아이를 제대로 분리하지 못했다. 탯줄은 분리되었으나 심리적으로 분리되지 못한 엄마를 둔 아이들은 제대로 된 성장의 기회를 놓친다. 성장하지 못한 채 몸만 어른이 된 어른은 자기가 여전히 아이에 머물러 있는 것을 모른다. 이렇게 자신이 아이인지 모르는, 진정한 어른이 되지 못한 어른이 부모가 되었을 때 이 악순환의 고리는 심각해진다.

최근 소아정신과나 어린이 상담센터는 상담과 치료를 받고자 하는 아이들로 붐비고 있다. 상담과 치료 과정에서 아이뿐만 아니라 부모도 상담과 심리 치료를 받는데 많은 부모들이 고통스러워하고 중도에 포기하기도 한다. 이 모두 덜 자란 상태에서 부모가 되어 겪는 고통, 부모와 아이가 완전히 분리되지 못해 겪는 고통이다. 아이를 제대로 독립시키기 위해서는 부모의 독립이 선행되어야 한다.

『내일을 여는 작가』 2012년 하반기호(62호)

# 아동청소년문학 생태계의 위기

## 2012년 1/4 분기 계간평

### 1. 최근 몇 달 동안의 흐름

2007년부터 미국에서 시작된 세계 경제 위기와 이에 따른 한국 경제의 위기, 그리고 출판계 불황에도 불구하고 놀랍게도 여전히 많은 양의 아동청소년 도서가 출간되었다. 여기서는 2012년 1월부터 4월까지 출간된 동화와 청소년소설을 살펴보겠다.

먼저 중견작가와 원로작가의 작품을 보자. 동화 쪽에서 강정규는 『돌아온 다람쥐』(상상의힘), 윤태규는 『내가 내가 잘났어』(고인돌), 김향이는 『우리 집엔 형만 있고 나는 없다』(푸른숲주니어), 조성자는 『언니 몰래』(좋은책어린이), 원유순은 『하이퐁 세탁소』(아이앤북), 채인선은 『악어우리나』(논장)를 출간하여 꾸준한 창작력을 보여주었고, 송언은 『뽀스락 왕자』(별숲), 『떴다! 꼼지락 공주네 반 아이들』(국민서관), '김 배불뚝이의 모험' 시리즈(총 5권, 웅진주니어) 등 4개월간 무려 일곱 권의 저학년 동화를 선보였다. 청소년소설 쪽에서 박상률은 『불량청춘 목록』(자음과모음)을 출간하여 동시대 청소년들과의 호흡을 꾸준히 유지하고 있다.

무엇보다 이번에 눈에 띈 것은 출판사에서 주관하는 공모 당선작들의 집중적인 출간이다. 대개 공모 당선작은 5, 6월 사이에 출간되었는데 출판사의 불황을 타개하기 위한 고육책인지 우연의 일치인지는 모르겠으나 올해는 유난히 일찍 출간이 되어 각 서점의 베스트셀러 목록을 뜨겁게 달구었다.

출간된 수상작은 다음과 같다. 김성진의 『엄마 사용법』(창비), 최양선의 『지도에 없는 마을』(창비), 김이윤의 『두려움에게 인사하는 법』(창비), 김소민의 『캡슐 마녀의 수리수리 약국』(비룡소), 김선영의 『시간을 파는 상점』(자음과모음), 이은용의 『열세 번째 아이』(문학동네), 최양선의 『몬스터 바이러스 도시』(문학동네)이다. 최양선의 수상작 두 권이 비슷한 시기에 출간된 것이 눈에 띈다.

또한 2000년 이후에 공모제를 통해 등단해 우리 아동청소년문학의 든든한 허리 역할을 해내고 있는 작가들의 활약 또한 두드러졌다. 동화 쪽에서는 이용포의 『나는 코끼리였다』(우리교육), 오주영의 『한입 꿀떡 요술떡』(문학동네), 김혜연의 『말하는 까만 돌』(비룡소), 김남중의 『첩자가 된 아이』(푸른숲주니어), 김기정의 '명탐정 두덕 씨' 시리즈(총 3권, 미세기), 하은경의 『나리초등학교 스캔들』(한겨레아이들)이 그 주인공들이다. 청소년소설에서는 김려령의 『가시고백』(비룡소), 구병모의 『방주로 오세요』(문학과지성사), 김혜정의 『다이어트 학교』(자음과모음), 이옥수의 『개 같은 날은 없다』(비룡소)가 있었다.

그 밖에 『어린이와 문학』을 통해 등단한 정연철의 『똥배 보배』(문학동네), 『64의 비밀』(바람의아이들, 2004)로 널리 알려진 박용기의 『모란의 후예』(별숲), 이정아의 작품집 『아빠는 오늘도 학교에 왔다!』(해와나무), 오랜 시간 글쓰기운동과 교육운동을 해온 이호철의 '이호철 사계절 동화' 시리즈 『산토끼』(고인돌)와 『온 산에 참꽃이다』(고인돌), '은지와 호찬이' 시리즈인 심윤경의 『슈퍼스타 우주 입학식』(사계절)이 눈에 띄는 작품이었다. 무엇보다 뜻깊은 책은 김우경의 『맨홀장군 한새』(문학과지성사)의 출간이다. 김우경 선생이 소천하신 지 3년 만에 출간된 책인지라 그 의미는 더 깊다. 지면상 모두 언급하지 못했지만 이 외에도 10여 권 이상의 책들이 더 출간되었다.

아쉬운 점은 공모 당선작들에 대한 시선의 집중, 판매 쏠림 현상이 심화되고 있다는 점이다. 이미 수년 전부터 어린이책 베스트 목록에서 창작동화를 찾아보기 어려워졌다. 그나마 베스트 목록에 이름을 올리고 있는 책들은 10여 년 전 출간된 스테디셀러들이다. 이번 당선작 중 여러 책들이 올해 어린이, 청소년 베스트 목록에서 1, 2위를 다투게 되었다는 점은 그나마 반가운 일이라 볼 수도 있겠다. 하지만 이건 마치 8대 2의 법칙, 8대 2의 사회를 아동청소년문학판에서도 발견하게 되는 것 같아 불편하다. 게다가 이 2라고 할 수 있는 공모 당선작들이 나머지 8을 견인해갈 만큼 문학의 힘을 지니고 있는지도 의심스럽다.

## 2. 공모 당선작 비딱하게 보기

최양선의 『지도에 없는 마을』은 "대량 소비사회에 대해 의미 있는 지적을 하며, 과거와 미래, 옛이야기와 과학을 조합하여 몽환적이면서도 사실적인 새로운 작품세계를 창조하였다."는 심사평을 받았다. 이 작품의 전반부는 매우 흥미롭다. 뭔가 그럴듯한 이야기가 펼쳐질 듯한 분위기가 물씬 풍긴다. 그러나 이 작품은 3분의 2 지점을 통과하면서 고속열차라도 탄 듯 이야기가 급히 흘러간다. 신비한 고물상의 사연은 바다마녀 해모의 고백 하나로 다 설명된다.[33] 그러다보니 바다마녀 해모는 일관성이 흔들리고 바벨쇼핑센터와 거대한 고물상의 관계도 불투명하다. 비밀의 열쇠를 쥔 인물처럼 그려진 구진 교장은 별다른 역할도 없이 어느새 사라진다. 아쉽다.

김선영의 『시간을 파는 상점』은 "이 작품은 그렇게 흐르는 시간이라는 소재를 다루고 있다. 다분히 철학적이고 관념적일 수도 있는 이야기를 놀랍게도 편안하고 재미있게 들려준다."는 심사평을 받았다. 10대가 사이버상에 창업한 '특별한 심부름센터'의 일을 통해 시간에 대해 성찰한다는 설정은 흥미롭다. 그러나 시간에 대한 성찰이 사건 자체를 통해 이루어지기보다 사건 이후 주인공의 독백조 성찰로 이루어진다는 점이 문제이다. 시간에 대해 관심이 많아진 주인공이 모든 사건을 시간의 틀로만 해석하려고 드는 것은 왠지 작가의 관념이 인물을 통해 주입된 게 아닌가 싶었다.

또한 이 작품의 제목이나 심사평에서 말하는 '시간'이라는 소재에 좀 더 깊이 있는 철학적 사유가 녹아들었으면 하는 아쉬움이 들었다. 사실 우리 모두는 시간을 파는 사람들이다. 자신의 몸을 생산수단으로 하는 노동자들뿐만 아니라 부동산 투기자도 구매한 부동산 가격이 오르기 위해서는 일정 시간을 기다려야 한다. 누군가의 부탁을 들어주는 일을 시

33 해모는 바벨쇼핑센터 직원이 찾아오자 갑자기 모든 것을 이야기한다. "비밀에 관해서 이야기를 풀어놓았다."(114쪽), "털어놓았다."(120쪽), "털어놓을 수밖에 없었다."(121쪽), "들려주었다."(122쪽) 사건을 보여주는 게 아니라 털어놓고 들려주었다라고 서술하는 문체는 결국 한계가 있기 마련이다.

간을 파는 일이라 여기는 건 그다지 새로운 인식이 아니다.

김소민의 저학년 동화 『캡슐 마녀의 수리수리 약국』은 "영혼이 바뀐다는 엉뚱한 설정에 아이의 시선이 생생하게 살아 있다."는 심사평을 받았다. 작품 속 에피소드를 보면 동동은 내면이 없는 아이처럼 느껴진다. 7, 8세 아이들을 보면 때로 머리 없이 행동만 하는 것처럼 보일 때가 있다. 그렇다고 해서 이들이 내면이 없거나 심리적 문제를 겪지 않는 것은 아니다. 저학년 아이들이 금방 어제를 잊고 오늘을 살아간다고 해서, 심리적 침전물까지 사라지는 것은 아니다. 오히려 아주 어린아이들은 어른보다 더 사소한 것에서도 심리적 문제와 실존적 위기 상황을 겪는다. 세상은 너무 크고 아이는 작다. 그것만으로도 아이는 불안하다. 동네 슈퍼에 혼자 심부름을 가고, 학교를 혼자 오가는 것은 어른들이 군대에 가거나 출산을 하는 것과 같은 커다란 통과의례이다. 영혼이 바뀌는 마법의 약 설정에만 치중한 나머지 아이의 내면을 놓친 건 아닐까?

이은용의 『열세 번째 아이』는 "인간이란 무엇인가라는 존재론적 질문을 던지고자 한" 작품이라는 심사평을 받았다. 이 작품이 아쉬운 점은 상황에 대한 인물의 독백적 성찰은 과도하고 사건다운 사건은 부족하다는 점이다. 사건다운 사건은 로봇 나르가 난폭한 주인에 맞서 로봇의 3원칙을 어기는 장면에서야 시작된다. 아무리 훌륭한 주제를 담고 있다 하더라도 동화는 기본적으로 이야기적 성격이 강하다. 존재론적 질문과 성찰만으로는 어린 독자의 시선을 붙잡아놓기 힘들다.

상황 중에서도 모호한 점들이 있다. 인간이 왜 감정 로봇을 만들고 가전제품처럼 쉽게 일반인들에게 판매하는지, 엄마는 왜 주인공 시우에게 완전한 감정을 가진 레오를 선물하는지 이유가 선명하지 않다. 설정을 보면 영화 〈블레이드 러너〉 〈A. I.〉 〈이퀄리브리엄〉 〈가타카〉 등이 떠오른다. 인간의 상상력이라는 게 그 사회의 상징마당을 벗어나기 어렵다는 점에서 어쩔 수 없는 것으로도 보이나 위 영화들이 도달한 인식의 틀을 벗어나지 못하고 있다는 비판은 벗어나기 힘들 것이다.

김성진의 『엄마 사용법』은 "어린이의 마음을 대변하면서, 어른에게는 진정한 부모의 역할이나 가족의 의미를 성찰하게 하는 이중의 코드를 지닌 동화이다."라는 심사평을 받았다.

작품 초반에서 이 작품의 배경이 되는 사회는 엄마라는 생물학적 존재가 아예 없는 사회처럼 느껴진다.[34] 그런데 생명장난감 사냥꾼들이 엄마를 잡아가려 했을 때 현수의 아빠는 로봇 엄마를 변장시킨 뒤 "진짜 엄마가 돌아왔"다고 한다. 그 말을 들은 사냥꾼들은 돌아간다. 그렇다면 이곳은 '진짜 엄마'가 존재하는 사회라는 말인가? 그렇다면 현수가 "오늘 엄마 온다."라고 했을 때 민지가 "엄마? 텔레비전에 나오는 그 새로 나온 장난감?"이라고 말해서는 안 된다. 이렇듯 엄마가 존재하지 않는 우의적 공간에서 진짜 엄마(생물학적 엄마)와 가짜 엄마(생체로봇)가 존재하는 미래소설 공간으로의 일관성 없는 돌변은 당혹스럽다.

이 사회는 누구나 함부로 '생명장난감'을 조립해도 된다. 잘못 조립된 장난감은 "엉망이 된 머리에서 끈적한 파란색 피"를 흘린 채 로봇 사냥꾼들한테 회수되고, "꼬리가 있을 자리에 다리가 달린 고양이" "다리가 없는 기린" 들은 버려진 채 더러운 쓰레기통을 뒤지거나 수거되어 철망에 갇혀 있다. 이 사회는 도달하지 말아야 할 디스토피아다. 그런데 이

---

34 처음 주인공 현수와 아빠는 이런 대화를 나눈다. "넌 엄마를 가지기엔 아직 어려." "난 한 번도 엄마를 못 가져 봤잖아요." 게다가 현수가 엄마가 담긴 택배 상자를 찾을 때 경비 아저씨는 "엄마라고?" "아저씨는 무슨 말인지 모르겠다는 듯 현수를 보았다."고 한다. 그런데 뒤로 가며 "진짜 엄마처럼 느껴졌다." "그건 생명장난감이 아니라 진짜 엄마 같은걸?"이란 말이 나온다.

작품은 이 암담한 디스토피아에 대한 윤리적 성찰이나 뒷감당 없이 엄마와 아이의 행복한 만남으로만 끝난다. 두 사람의 감동적 포옹과 눈물 속에 이 끔찍한 사회의 슬픈 생체로봇들은 저 멀리 물러나 흔적도 없이 사라진다. 생명장난감에 대한 서술이 이 작품을 흥미롭게 하기 위한 장치로 그친 것 같아 안타깝다.[35]

신인들이 어느 곳에 문학적 촉각을 곤두세우고 있는지, 또 담론을 이끌어가는 심사위원들의 문학적, 사회적 관심사는 어디에 있는지를 보여준다는 점에서 공모 당선작은 지금 이 시대의 문학적 흐름을 가장 잘 보여준다. 더불어 뒤를 이을 신인작가들에게 전범이 될 만한 빈틈없는 문학적 형상화도 요구되는 것이 당선작이다. 이런 비판이 지나친 욕심은 아니라 생각한다.

## 3. 주목해 본 책

가장 흥미로웠던 책은 이정아의 동화집 『아빠는 오늘도 학교에 왔다!』이다. 여기에 실린, 단편이라고 하기에는 좀 길고 중편이라고 하기에는 좀 모자란 듯한 분량의 동화 네 편은 관념적이지 않다는 게 가장 큰 장점이다.

특별한 기법이라든가 사회적 의미를 담으려고 의도적으로 노력한 흔적은 보이지 않는다. 그러나 서사의 기본에 충실하다. 사건은 작위적이

---

35 엄마가 배달되어 온다는 설정도 그다지 새롭지 않다. 크리스티네 뇌스틀링거의 『깡통 소년』(아이세움, 2005)에서는 깡통 속에 아이가 배달되어 오고, 이 아이를 회수하려는 자들에 맞서는 이야기가 펼쳐진다.

지 않고, 문장은 유머러스하다. 아이들 일상을 따라다니는 생활동화 같은 느낌도 든다. 하지만 그 속에서 폭력보다 사랑이 더 큰 복수라는 것을 자연스럽게 보여주고(「복수의 비비탄, 어디로 날아갔나?」), 아이들 집단 속에 내재한 폭력성과 어른들의 위선으로 빚어진 사건과 파국을 매끄럽게 펼쳐낸다(「우리 반 김진수」). 또한 아이의 삶과 어른의 삶을 이분법적으로 가르지 않고 지역개발과 보전의 문제, 환경문제를 둘러싼 외지인과 내지인의 대립 등을 자연스럽게 보여준다(「깃발을 찾아라!」). 사건을 보여주고 주인공의 독백조 성찰로 의미를 추구하는 다른 작품과 달리 이 작품은 사건과 사건 자체로 인간과 삶에 대한 깊이 있는 성찰이 담긴 의미를 전달한다.

또 눈에 띈 작품은 하은경의 『나리초등학교 스캔들』이다. 한 사립초등학교 입학 부정 사건을 배경으로 사이버 폭력의 피해자가 된 아이를 둘러싼 여러 아이들의 이야기가 각자의 시점에서 모자이크처럼 펼쳐진다. 하나의 사건에 대해 아이들은 저마다 처한 상황에 따라 달리 생각하고 달리 반응한다. 그 속에서 가해자가 피해자가 되고, 그 피해자는 또다른 장면에서 가해자가 되는 이 시대 교실의 풍경이 섬세하게 그려져 있다. 작가가 관념에 빠지지 않고 이 시대 아이들의 현실을 짚어낸 것만으로도 이 책은 큰 의미가 있다.

김우경은 자연과 목숨에 대해 누구보다 많은 관심을 가지고 지구환경을 파괴하는 인간 문명에 대해 비판적인 사고를 갖고 있던 작가였다. 『맨홀장군 한새』는 저자의 이런 고민이 가장 깊이 있게 드러난 작품이다. 힘겨웠던 투병 탓인지 번뜩이는 전반부에 비해 후반부의 힘이 떨어지는 느낌이지만 우리에게 소중한 유산이 될 작품이다.

청소년소설로는 김이윤의 『두려움에게 인사하는 법』이 리얼리즘 서사의 힘을 보여준다. 죽음을 맞이한 엄마를 둔 여고생의 삶을 1인칭 주인공 시점의 장점을 잘 살려 담담하고 내밀한 어조로 그려낸다.

죽음이라는 무거운 테마를 다루고 있지만 감상주의에 빠지지 않는다. 실제 우리 삶이 그러하듯 주인공 여여에게는 다가올 엄마의 죽음만이 삶의 전부가 아니다. 시험 준비를 해야 하고, 또 갑자기 찾아온 연애감정에 마음 설레기도 한다. 시시때때로 찾아오는 고통과 죄의식에 시달리지만 일상은 지속된다. 이렇게 비극적 사건 앞에서 인물을 한 가지 색으로 색칠해버리지 않은 것이 이 작품 최고의 미덕이다.

즐겁게 읽은 청소년소설로 김혜정의 『다이어트 학교』가 있다. 음식, 살, 다이어트와 관련된 인물들의 행동과 말은 때로 내 배꼽을 잡게 했다. 아마 '살과의 전쟁'을 치르고 있는 사춘기 소녀라면 깊이 공감할 수 있는 작품일 것이다. 외모보다 중요한 것은 내면의 아름다움이다라는 식의 상투적 결말도 피해가고 다이어트뿐만 아니라 통제 관리되는 아이들의 일상을 파고들어 경쾌한 탈출담으로 마무리한 것도 흥미로웠다. 다만 이 다이어트 학교의 원장을 악덕 업주로 그린 점이 아쉬웠다. 아이들이 탈주해야 하는 이유가 몸을 보는 타자의 시선과 관리 통제라는 시스템 자체에 대한 본질적 문제 제기로 그려져야 이 작품은 더 보편적 의미를 획득할 수 있을 것이다.

구병모의 『방주로 오세요』는 운석이 떨어져 위기와 격변을 겪은 뒤의 모습을 그린 SF소설이다. 특권층만 살 수 있는 밀폐형 돔 방주시(方舟市)의 방주고(方舟高)를 배경으로 이 시스템을 파괴하고자 하는 자와 막으려고 하는 자들의 이야기가 흥미롭게 펼쳐진다. 소설을 다 읽고 나면 "이 이야기는 미래가 아닌 현재의 가정법"이라는 작가의 말이 꽤 설득력 있게 들린다.

## 4. 나오며

안타까운 점은 "정말 좋구나." 싶은 책이 많지 않았다는 것이다. 형식에 대한 다양한 실험은 우리 아동청소년문학의 생태계를 건강하게 하는 데 있어 큰 힘이 된다. 그러나 어떤 형식적 실험을 하든 가장 중요한 것은 서사의 기본에 충실해야 한다는 것이다. 웹상에서 주고받는 긴 대화문이나 사건에 대한 독백조의 성찰은 아무리 좋은 의미를 담고 있다 한들 지루하다. 아무리 판타지 공간이나 우화적 공간의 인물과 사건이라 해도 최소한의 개연성은 가져야 한다. 도대체 왜 이 인물이 불쑥 튀어나오는지 그러다 왜 아무 흔적도 없이 사라지는지, 작가의 필요에 의해 그때그때 튀어나온다는 느낌은 주지 말아야 할 것이다.

공모 당선작이 아니거나 공모제를 통해 '대박'을 터뜨린 스타 작가가 아니라면 책이 잘 팔리지도 않고 주목을 받지도 못한다. 공모 당선작 위주의 시장은 문학생태계를 왜곡시킬 수 있다. 생태계를 유지하는 가장 큰 힘은 유연성과 다양성이다. 8대 2의 구조가 굳어지면 결국 이 문학생태계는 유연성과 다양성을 잃고 함께 허물어질 것이다. 이 물줄기를 어떻게 돌려놓아야 할지 머리를 맞대고 지혜를 모아야 할 때이다. 좋은 작품이 아니라 이벤트로 승부하게 되면 잠깐의 위기는 모면할 수 있겠으나 이 생태계는 더욱 왜곡될 것이라는 점도 잊지 말아야 할 것이다. 작가들의 건투를 빈다.

『창비어린이』 2012년 여름호

# 몸의 상상력과 청소년소설

## 1. 들어가며

신자유주의 사회 속에서 잉태되어 무한 경쟁과 승자 독식 논리를 내면화하며 살아온 이 시대의 아이들은 타자에 대한 이해와 배려가 부족하다. 눈앞에 있는 자신의 이익과 권리를 주장하는 데는 기성세대보다 훨씬 익숙하지만 자신을 가두고 있는 사회구조적 문제와 관련된 권리에 대해서는 둔감한 편이다. 구조적 문제를 해결하기 위해서는 배려와 연대 혹은 타자를 위해 자신의 이익을 보류하거나 완전히 희생하는 것이 필요한데 이 아이들은 타자에 대한 상상력이 매우 부족하다. 타자에의 상상력이 부족한 아이들은 타자의 아픔에 쉽게 공감하지 못한다. 그래서 많은 학교 문제, 사회문제가 발생한다.

청소년 성매매, 왕따, 사이버 폭력, 집단 폭행, 어른에 대한 오만불손한 반항. 특히 체벌 금지 법제화 논란 이후 학교 현장에서 벌어지는 각종 사건 사고 들을 보고 많은 기성세대들은 아이들이 '괴물' 같다고 생각한다.

아이들은 정말 '괴물'이 된 것일까? 이 아이들은 인간의 몸을 숙주 삼아 자라다 어느 날 갑자기 배를 뚫고 나타난 에일리언이 아니다. 이 아이들이 괴물이라면 이 아이를 낳고 기른 어른과 사회도 괴물이다.

인간은 특정 기능이 극대화된 기계와 달리 전체성을 가진 존재이다. 전체성을 가진 인간은 살아야 할 이유가 무엇인지 정해지지 않은 채 세상에 던져진다. 그래서 자신이 어떤 존재인지 그리고 어떻게 살아야 할 것인지를 끊임없이 묻고 방황하고 기투하며 살아갈 수밖에 없다. 그러나 지금 아이들은 어른들에 의해 전체성을 가진 주체로 인정받지 못하고 '학습-기계'로 부분 대상화되고 있다.

부분 대상화된 학습-기계는 자신이 어떤 존재인지 물을 필요가 없다. 볼펜이나 의자처럼 생겨난 목적이 선험적으로 존재하기 때문이다. 이렇게 부분 대상으로 기계화된 몸은 필연적으로 소외와 정체성 상실이라는 혼란을 겪게 될 수밖에 없다.

사춘기는 '나는 누구인가?'라는 존재론적 질문을 처음으로 던지는 시기이다. 부모가 정해준 옷과 음식 그리고 삶의 트랙을 따라 살아가던 아이들에게 처음으로 던져진 이 질문과 그에 대한 응답은 독립적 인격으로 살아가기 위해 매우 중요한 과제이다. 하지만 많은 어른들은 청소년들이 자기 정체성을 찾기 위해 탐색을 할 시간적, 심리적 여유를 주지 않는다.

프랑스의 정신분석가 디디에 앙지외는 "자아는 피부다."라는 말을 했다. 우리 몸을 둘러싸고 있는 생물학적 피부가 자아와 세계를 구분짓는 장소이며 피부는 육체를 둘러싼 '싸개'이자 인간의 심리를 둘러싸는 '싸개'가 된다고 보았다.

앙지외는 "오늘날 정신분석을 받는 환자들의 과반수 이상이 경계선 장애"[36]와 관련된 환자라고 한다. 경계선 장애란 "경계의 결여로 인해 고통스러워하는 것"으로서 "자기에게 소속된 것과 타인에게 소속된 것 사이의 경계들을 확신하지 못하고, 이러한 경계들이 심한 우울증과 함께 급작스럽게 변동되는 것처럼 느끼"는 것이라고 한다.

경계선 장애는 세계와 자신을 구분짓고 타자와 의미 있는 관계를 형성하는 최초의 장소인 피부자아를 제대로 형성하지 못했거나 구멍이 났을 때 생겨난다. 피부자아를 제대로 형성하지 못했다는 말은 무엇을 뜻하는가? 이는 자기 정체성을 제대로 확립하지 못했다는 말과 같다.

전체성을 가진 존재로서의 인간이 아니라 특정 능력과 부분만을 강조하는 이 시대 아이들에게 '나는 누구인가?'라는 질문은 의미가 없다. 그에 대한 응답은 언제나 '너는 학습-기계다.'라는 대답밖에 없으니까.

기계화된 몸은 매끈하게 닫힌 폐곡선으로 이루어진 피부자아를 갖지 못한다. 특정 부분 외의 심리적, 사회적 피부는 구멍 나거나 갈라지거나 훼손된다. 이 훼손된 심리적 피부는 인간을 '괴물'로 만든다. 아이들은 이렇게 '훼손된 몸'을 다른 것으로 봉합해 '괴물'이 되거나 자신의 몸을 온전히 감쌀 제2의 피부를 만들기 위해 투쟁한다.

## 2. 동물화된 몸

아이들, 특히 사춘기를 맞이한 여자아이들에게 무리에 들어가느냐 아니냐는 목숨만큼 소중한 문제이다. 물론 인간은 사회적 동물이기 때

36 디디에 앙지외, 『피부자아』, 권정아 옮김, 인간희극, 2008, 29쪽.

문에 무리를 짓고 살아가며 그 안에서 생존을 도모하기에 무리 안에 있고 싶어하는 것은 당연하다.

인간의 사회와 동물의 사회가 다른 것은 인간에게는 욕망이 있고 동물에게는 욕망이 아닌 욕구만 있기 때문이다. 라캉은 욕구와 욕망을 구분하여 결여가 생겼을 때 이를 충족시키면 즉시 해결되는 것을 욕구라 보았으며 결여를 아무리 채우고자 해도 끝내 채워지지 않는 것을 욕망이라고 보았다.[37]

인간이 무리를 짓고 사는 것은 생물학적 안전과 종족 유지를 위한 욕구의 소산만이 아니다. 인간은 무리 안에서 혹은 무리와 무리 사이에서 인정투쟁을 벌이며 타자의 관심과 사랑을 욕망하며 살아간다.

그런데, 요즘 아이들의 모습에서 동물화의 징후를 발견할 수 있다. 아이들이 무리에 속하고자 하는 것은 사람 사이의 진정한 커뮤니케이션을 하기 위해서가 아니라 동물처럼 다른 적들로부터 자신을 보호하기 위해서이다. 필자의 졸고「동화, 장르의 경계를 넘어서」(이 책의 130~146쪽을 참조할 것.)에서도 밝혔듯 아이들은 혼자가 되는 게 두려워 비슷한 처지의 아이를 찾아 새로운 무리를 만들거나 다른 무리를 찾아간다. 무리에서 이탈한다는 것, 혼자가 된다는 것은 육식동물들에게 사냥감이 된다는 것을 의미하기 때문이며 실제로 그런 일들이 벌어지고 있기 때문이다.

은이정의 청소년소설『괴물, 한쪽 눈을 뜨다』(문학동네, 2011)를 보자.

---

37 사람은 목이 마르면 물을 마신다. 그러면 갈증은 즉시 해소된다. 이것이 욕구이다. 아기가 엄마에게 젖을 요구하며 운다. 이때 엄마가 아기에게 젖을 주면 배가 고프다는 욕구는 해결되지만 아이는 젖을 달라고 울 때 젖뿐만 아니라 엄마의 사랑까지도 요구한다. 사랑에 대한 요구는 젖을 먹었다고 해서 모두 충족되지 않는다. 이것이 욕망이다. 그래서 욕망은 '욕망=요구-욕구'라는 도식으로 나타낼 수 있다. 라캉의 욕망 이론에 대해서는『라깡의 재탄생』73~80쪽과『라캉과 정신의학』(브루스 핑크, 맹정현 옮김, 민음사, 2002) 83쪽을 참조할 것.

자폐를 가진 아이로 추정되는 인물인 임영섭은 반 아이들을 모두 동물로 보고 자신은 상황에 따라 상상적으로 적절한 동물로 변신한다. 본문의 일부이다.

> 하이에나가 악어와 함께 입에 아이스크림을 문 채 교문을 지나 학교 안으로 들어오고 있었다. 그 옆에 리카온까지 붙어 있었다. 하이에나와 눈이 마주치고 싶지 않아서 얼른 교훈탑에 몸을 바짝 붙였다.
>
> 나는 내가 기린처럼 쓰러져 일어나지 못할까 두렵다. 넘어져 버둥거리고 있을 때 사자나 표범이 달려와 내 목을 물어뜯지 않을까 무섭다.
>
> 하마 선생님이 종례 시간에 들어와 자리를 바꾸어 주었다. (…) 이제 내 앞과 뒤에는 영양, 누, 임팔라 같은 풀을 먹는 동물들이 앉아 있다. 이런 초식동물들은 자기들끼리만 모여 노는데, 그래서 그런지 하이에나가 가까이 가지 않는다. 어떤 동물로 변신해야 초식동물들 속에 들어가 같이 어울릴 수 있을까? 무리 가운데에 숨어 있으면 하이에나가 나를 건드리지 못할 텐데.

영섭이가 상상적으로 보는 교실은 동물의 왕국이다. 그러나 영섭이의 상상은 현실을 정확히 꿰뚫어 보고 있는 것이기도 하다. 약육강식, 목숨을 보전해주는 울타리로서 또래집단이라는 현실은 동물화하고 있는 우리 사회의 모습을 적나라하게 보여준다. 이 아이들은 인간의 몸과 동물의 몸이 결합된 반인반수, 즉 괴물들이다.

작품에서 이 '괴물'은 인간이 본원적으로 갖고 있는 괴물성과 결합한다. 이 괴물은 무한한 자연의 에너지를 가지고 있는, 끊임없이 자기를 충동질하는 무의식적 존재이자 사나운 본성이다. 그 존재를 인정하고 스스로 통제하고 다스릴 수 있어야 더 넓은 관계의 마당으로 나갈 수 있다.

청소년기에 불쑥 솟아올라 자신을 마음대로 조종하는 인간의 본원적 괴물성, 학습-기계화된 몸과 동물화의 결합. 이 두 문제를 인식하는 것은 자기 정체성을 확립하기 위한 이중의 과제인 것이다.

동물과 인간의 결합으로 다른 양상을 보여주는 작품으로 배미주의 SF소설 『싱커』(창비, 2010)가 있다. 이 작품은 빙하기 때문에 지하에 건설된 과학 문명 세계인 '시안'을 배경으로 한다. 살아 있는 생물은 찾아볼 수 없는 이 세계에서 인물들은 신아마존이라는 통제된 곳에 유폐되어 살고 있는 동물의 의식에 접속하여 그 동물의 감각을 느끼는 게임을 즐긴다.

온전한 생태계가 사라진 미래세계에서 인간과 동물과의 접촉, 결합은 긍정적인 것으로 여겨진다. 본문의 일부를 보자.

> 무엇보다 미마는 자신의 반려수인 이 조그만 도마뱀붙이가 자신이 사는 곳보다 훨씬 풍요롭고 깊은 감각의 세계에 살고 있다는 사실에 감탄했다.

> 미마의 감각은 어느새 현실에서도 동물적으로 발달해 있었다. 발달했다기보다는 원래 자신의 감각기관이 전달해왔으나 느끼지 못하던 것을 의식하게 되었다고 해야 할 것이다.

현실의 아이들은 고도로 문명화된 사회 속에서 인간이 본래 가지고 있던 몸의 감각들을 점차 잊어가고 있다. 이 작품에서 동물성은 야만성이 아닌 잃어버린 감각의 되찾기, 그리고 이를 통해 계급사회와 지배계급의 음모를 분쇄할 수 있는 연대의 가치를 되찾는 긍정적 계기로 작용한다.

『괴물, 한쪽 눈을 뜨다』가 동물이 가지고 있는 야만성에 좀더 주목하고 있다면 『싱커』는 동물이 가지고 있는 자연성의 회복과 조화에 방점을 찍은 예라 볼 수 있다.

동물화되는 몸의 모습은 『괴물, 한쪽 눈을 뜨다』나 코제브의 비판[38]처럼 부정적 계기를 갖고 있기도 하고 『싱커』처럼 긍정적 계기를 가질 수도 있다. 이는 우리를 먹여 살리기도 하지만 자연재해나 천재지변을 통해 한순간 우리 삶의 터전을 휩쓸어버리는 자연의 양면성과 연결된다.

두 작품은 우리 사회와 아이들의 삶이 동물화하고 있다는 것을 포착하여 형상화한 점과 이를 해결하기 위한 열쇠를 또다시 동물성에서 찾아내고 있다는 점에서 각별한 의의가 있다. 자연은 인간에게 가치중립적이고 이를 해석하는 것은 인간의 몫이다.

### 3. 제2의 피부

앙지외가 말한 피부자아를 다시 떠올려보자. 부분 대상화된 청소년들의 몸은 자신의 심리를 완전히 감싸는 심리적 피부를 갖고 있지 못하

38 일본의 아즈마 히로키는 『동물화하는 포스트모던』(이은미 옮김, 문학동네, 2007)이라는 책에서 근대 이후의 일본은 동물화하고 있다고 한다. 히로키는 이 책에서 헤겔 연구자인 코제브의 말을 이렇게 인용한다. "역사의 종언 이후 인간이 그들의 기념비나 다리나 터널을 건설한다고 해도 그것은 새가 집을 짓고 거미가 거미줄을 치는 것과 같은 것이며, 개구리나 매미처럼 콘서트를 열고 새끼 동물이 노는 것처럼 놀며 다 자란 짐승이 하는 것처럼 성욕을 발산하는 것과 같을 것이다."(118~119쪽) 코제브는 미국 소비자의 모습을 보고 미국 사회가 동물화하고 있다고 보았다. 인간이 인간적이기 위해서는 주어진 환경을 부정하고 자연과 투쟁하는 것이 있어야 하는데 미국 사회는 소비자의 필요를 그대로 즉각적으로 충족시키는 상품에 둘러싸여 있어 동물화하고 있다고 본 것이다. 상품을 소비하며 만족하는 동물. 이렇게 동물화된 사회에서는 어떤 굶주림도 투쟁도 그리고 철학도 없다.

다. 그렇다고 모든 아이들이 신경증자나 정신병자, 심각한 경계선 장애를 갖게 되진 않는다. 아이들은 이 혼돈에서 자신을 지키기 위해 자신의 정체성을 보장할 심리적, 사회적 피부를 만들려고 한다.

앞서 요즘 아이들이 무리를 짓고 사는 것이 동물화와 관련이 있다고 했지만 이 무리짓기는 자신의 정체성을 보장하고 자신을 지켜줄 사회적 피부로 작용하기도 한다. 또한 학습-기계로서의 몸에서 벗어나 전체성을 보존할 '다른 삶'의 방식을 택함으로써 자신을 지킬 제2의 피부를 만들려고도 한다. 이때 몸은 학습-기계로서의 고정된 몸이 아닌 욕망의 분출구로서 작용하는 움직이는 몸이다. 이와 관련된 작품으로 배유안의 『스프링벅』(창비, 2008)이 있다.

오로지 부모가 시키는 대로 공부만 하는 삶을 살아온 주인공 동준이의 형 성준이는 자신이 살아야 할 이유를 찾지 못하고 자살을 택한다. 이 자살의 원인이 엄마에게 있다는 것을 안 동준이는 번뇌하고 방황하면서 축제에 오를 연극에 더욱 몰두하게 된다. "연극을 하거나 춤을 추는 동안은 거짓말처럼 복잡한 생각이 사라졌다."라고 느끼는 동준이는 연극 동아리 활동과 공연 준비를 통해 실존적 위기를 극복해줄 제2의 피부를 형성한다.

몸의 움직임을 통해 욕망을 발산하며 자신의 정체성을 확인하는 과정을 그리는 작품은 이 작품 외에 신여랑의 『몽구스 크루』(사계절, 2006)가 있다. 이 작품은 형제 사이 그리고 부모와 자식 사이의 갈등과 이해를 축으로 해서 비보이들의 모습을 사실적으로 그려내고 있다. 동생과 또래집단에게 인정받지 못하다 춤을 만나 자기 삶의 근거를 찾는 진구, 그리고 그 형의 모습을 보며 또다른 방식으로 춤의 세계에 빠져들어가는 동생 몽구는 '몽구스 크루'라는 팀과 브레이크 댄스를 통해 자기 정체성을 확립해주는 사회적 피부를 형성하고 자기에게 주어진 삶을 향유하고자 한다.

청소년소설에서 이런 예들은 부지기수로 찾아볼 수 있다. 『이토록 뜨거운 파랑』(신여랑, 창비, 2010)의 아이들은 만화부 활동을, 『불량 가족 레시피』(손현주, 문학동네, 2011)의 주인공 여울이는 코스프레를 하고, 『우리들의 짭조름한 여름날』(오채, 비룡소, 2011)의 시호는 기타를 치고, 『번데기 프로젝트』(이제미, 비룡소, 2010), 『날짜변경선』(전삼혜, 문학동네, 2011)의 아이들은 글을 쓰거나 문예반 활동을 한다. 『스프링벅』의 수정이는 드럼을 치고 『파랑 치타가 달려간다』(박선희, 비룡소, 2009)의 아이들은 오토바이를 타거나 록밴드를 통해 균열된 피부를 봉합하고 제2의 피부를 형성하고자 한다.[39]

유행에 가까운 이 흐름을 어떻게 보아야 할 것인가? 앞서 동물화의 계기가 양날의 칼을 갖고 있듯이 연극, 춤, 밴드 활동 등을 통해 자기 정체성을 보장받으려고 하는 청소년의 모습을 그린 작품들도 긍정과 부정의 계기를 가질 수밖에 없을 것이다.

제2의 피부는 그것이 걷혀지는 순간 또다른 혼란을 맞을 수 있다. 군복을 입고 관제성 시위에 동원되거나 앞장서는 노인들의 모습을 떠올려보자. 그들은 제대로 된 자신의 피부를 만들지 못했기 때문에 상상적 존재로서의 국가를 자기 피부로 여긴다. 그들에게 국가는 하나의 유

39 개별 작품 속에서 이런 아이들의 모습과 활동은 서사의 축을 형성하고 있기도 하고, 간접적인 배경이 되기도 하는 등 스펙트럼이 다양하기 때문에 한 범주로 몰아넣어버리는 것은 해석의 폭력이 될 수 있다. 다만 우리가 눈여겨봐야 할 것은 아이들의 이런 개별적 활동이나 동아리 활동은 몸의 연장으로서 혹은 몸을 감싸는 사회적 피부로서 자기 정체성을 확립하는 기제로 작용한다는 것이다. 결말에서 다시 언급하겠지만 이런 흐름은 자칫 소재주의로 흘러버릴 위험성이 있다.

기체이고 인간은 개별적 존재가 아닌 하나의 세포일 뿐이다. 이런 국가주의에 딱 어울리는 사회구조체는 상명하복, 일사불란한 명령 시스템을 핵심으로 하는 군대이고, 그들은 군복을 입음으로써 자기 삶의 정체성을 확인받고자 한다. 하지만 그것은 진정한 자기 피부일 수 없다. 그것은 그저 신기루일 뿐이다.

제2의 피부는 개별적 존재로서의 피부자아를 완성시키고 단련시킬 수 있는 보호막이 될 수 있으나 그 자체는 되기 어렵다. 자기 몸의 심리적 정체성을 공고히 하지 못한 사회적 피부는 허깨비가 될 가능성이 높다. 자기가 속한 단체나 직장을 자기 몸처럼 여기던 사람이 그곳을 떠난 뒤 얼마나 깊은 소외감과 허탈감에 시달리는지를 아는 사람은 이를 쉽게 이해할 수 있을 것이다.

앞서 언급한 작품들이 이와 같은 근본적인 성찰에 이르고 있는가라는 질문에 대해서는 선불리 고개를 끄덕이기 어렵다. 아이들이 스스로를 지킬 사회적 피부를 형성하는 것은 매우 소중하다. 하지만 단지 그것에 머무르는 것은 이 사회 시스템을 공고히 하고자 하는 세력에게 역이용당할 수 있다. 인간을 기계로 만드는 시스템에 대해 근본적 질문을 던지지 않는 이와 같은 스타일의 작품의 재생산은 소재주의에 함몰되거나 이 흐름 속에서조차 낙오되는 아이들을 루저로 보이게 할 수 있기 때문이다.

또한 안타깝게도 연극, 춤, 밴드 활동 등을 통해 자기 정체성을 재확립할 수 있는 아이들은 현실에서 그다지 많지 않다. 현실에서는 트리나 폴러스의 우화 『꽃들에게 희망을』의 애벌레처럼 서로를 짓밟으며 거대한 애벌레 산을 오르고 있는 아이들이 대다수라는 것도 잊지 말아야 한다.

## 4. 나오며

한국 청소년소설은 이제 막 알에서 부화해 삐악거리는 병아리 단계라 할 수 있다. '청소년소설은 무엇인가?' '동화와 어른들이 읽는 소설과는 본질적으로 어떻게 다른가?'라는 질문보다 '청소년들의 삶을 어떻게 다룰 것인가?'라는 질문에 응답해온 면이 컸다. 이 질문에 대한 응답만이 지속되다보면 소재주의의 그물에서 빠져나오지 못할 가능성이 크다. 몸에 대한 질문과 근본적 성찰은 이런 소재주의의 덫에서 빠져나올 수 있는 열쇳말이 될 수 있으리라 생각된다.

청소년의 몸과 정체성을 중심으로 일부 작품을 살펴보았지만 이 논의가 더 충실해지기 위해서는 몸 자체를 문제삼고 있는 김해원의 『열일곱 살의 털』(사계절, 2008), 박지리의 『합체』(사계절, 2010) 등의 작품과 이경화의 『나』(바람의아이들, 2006), 임태희의 『쥐를 잡자』(푸른책들, 2007)와 같이 청소년의 성 문제를 다루고 있는 작품들에 대한 정교한 논의가 보완되어야 할 것이다.

2차 성징을 맞이하여 급격한 호르몬과 몸의 변화를 겪고 있는 청소년들은 몸에 대해 관심이 무척 많다. 큰 키, 늘씬한 몸매, 멋지고 예쁜 외모를 갖고 싶다는 욕망은 아이돌 문화 소비, 브랜드 옷, 화장 등을 통해 분출하고, 서열화된 교실에서 높은 계급 속에 들어가기 위해 털을 부풀리는 동물처럼 강하고 센 모습으로 보이길 원한다. 이런 청소년들의 몸에 대한 관심을 적극적으로 작품 속에 수용하는 것은 매우 의미 있는 일이며 지속되어야 할 작업이다.

하지만 이를 단순히 소재로서 받아들이는 것은 위험하다. '문학이란 무엇인가?'라는 근본적 질문을 바탕으로 청소년들을 학습-기계화하고 정체성 확립을 방해하는 사회구조적 문제들을 파헤쳐나가는 것이 당면한 청소년소설의 과제일 것이다.

물론 이런 현상들을 파헤친다고 해서 모든 문제가 해결되지는 않는다. 신자유주의를 절대선으로 혹은 필요악일지라도 받아들여야만 한다는 전반적인 사회의 흐름은 거대한 쓰나미 같아 몇몇 사람들의 힘으로 쉽게 막을 수 없다. 게다가 동물화하는 소비사회에서는 커다란 공감이 존재하지 않는다고 한다. 타자가 존재하지 않는 사회, 타자에 대한 공감이 결여된 사회에서 우리는 어떤 희망을 꿈꿀 수 있을까?

문학이 할 수 있는 일은 '거의' 없다. 그럼에도 나는 청소년들로 하여금 '나는 무엇인가? 나의 정체성은 무엇으로 이야기될 수 있는가?'를 끊임없이 되물을 수 있는 청소년소설을 희구한다. 문학은 늘 무용성이라는 것을 무기로 해서 시대의 벽에 균열과 파열구를 내지 않았던가?

『어린이책 이야기』 2011년 가을호

10

# 여기, 청소년소설의 구멍

## 박지리의 『맨홀』

### 1. 들어가며

나는 2000년대 중반 이후에야 신여랑, 임태희, 김려령 등의 공모 당선작을 읽기 시작하며 청소년소설에 관심을 가지기 시작했다. 1997년 박상률의 『봄바람』(사계절)이 출간된 이후 한국 청소년소설 동네에 봄바람이 불기 시작했는데 나는 느지막이 초여름 바람을 맞게 된 것이다. 그래봤자 마치 패키지여행 다니듯이 요거, 조거 이름난 책 콕콕 찍어 읽은 것에 불과하지만.

주지하다시피 김려령의 『완득이』(창비, 2008) 이후 한국 청소년소설 동네에는 급격한 변화가 생긴다. 2005년 동화 쪽에서 최나미의 『엄마의 마흔 번째 생일』 이후 가족 문제를 다룬 동화가 붐을 이룬 것처럼 『완득이』 이후 출간된 많은 청소년소설들은 감각적인 언어로 기성세대를 비꼬거나 비아냥대는 듯한 느낌의 '쿨'하고 가벼운 문체, 영화처럼 빠른 장면 전환, 시니컬한 유머 등으로 무장한다.

문체의 피로감이라고 해야 되나? 이런 문체를 가진 청소년소설은 한두 권은 재미있지만 거듭해서 여러 권을 읽다보면 판박이 같은 느낌을 준다. 이 문체는 이제 한계에 다다른 듯하다.

한국 청소년소설이 뚫고 나가야 할 지점은 비단 문체 하나만은 아닐 테지만, 아무튼 무언가 변화가 필요한 시점이라는 생각이 드는 중이었다. 그리고 내가 관여하는 모 청소년문학상 심사를 하며 이 고민은 더 깊어졌다. 응모된 몇몇 작품은 참 잘 쓴 것 같은데 청소년소설 같지 않다는 느낌이 들었기 때문이었다. 도대체 청소년소설이다, 아니다를 구분할 수 있는 미학적 특성은 무엇일까? 여기서 시작된 질문은 과연 청소년소설은 무엇인가? 라는 근본적인 질문으로 들어갈 수밖에 없었다. 내가 이 뒤늦은 고민에 사로잡혀 있을 때 한 청소년소설을 만났다. 그 제목은 『맨홀』이다.

이 책의 저자 박지리는 『합체』로 제8회 사계절문학상을 받으며 등단한 젊은 작가이다. 동화 쪽에서는 여간해서 20대 작가를 찾아보기 힘든 데에 비해 청소년소설 동네에서는 20대 또는 서른을 갓 넘긴 젊은 작가의 약진이 이미 시작되었다.[40]

이 젊은 작가들은 기성세대라고 하는 작가들과 묘하게 차이가 나는 지점이 있다. 다 그런 건 아니지만 대체로 원고에 대해 별다른 의견을

40 『직녀의 일기장』(현문미디어, 2008)의 전아리, 『하이킹 걸즈』(비룡소, 2008)의 김혜정, 『번데기 프로젝트』(비룡소, 2010)의 이제미, 『날짜변경선』(문학동네, 2011)의 전삼혜, 『상큼하진 않지만』(문학동네, 2012)의 김학찬, 『비바, 천하최강』(창비, 2013)의 정지원, 『그치지 않는 비』(문학동네, 2013)의 오문세, 『아는 척』(문학동네, 2013)의 최서경, 그리고 좀 멀리 보면 지금은 30대가 되었지만 『프루스트 클럽』(바람의아이들, 2005)의 김혜진, 『옷이 나를 입은 어느 날』(바람의아이들, 2006)과 『쥐를 잡자』(푸른책들, 2007)의 임태희 등. 지면상 언급하지 못한 작가까지 포함하면 그 수는 훨씬 많다.

받지 못한 채 혼자 쓰는 작가들이 꽤 있더라는 것이다. 최근 10여 년간 동화 쪽에서 그리고 청소년소설 쪽에서 활발히 활동을 하거나 공모 수상작으로 이름을 날린 작가들을 보면 대체로 30대 중반 이상에 몇몇 작가 아카데미나 합평 모임 등을 통해 배출된 경우가 많았다. 이들의 작품세계는 하나하나 놓고 보면 개성 있고, 뛰어난 작품들도 많으나 한 자리에 모아놓고 보면 묘하게 닮은 점이 있었다. 모니터 앞에서 고군분투하고 있는 작가들에게는 정말 미안한 이야기지만 자신이 그곳에 있다고도 느끼지 못할 만큼 거대한 수족관 속에 있는 물고기떼, 거칠게 말하면 선두의 움직임에 따라 방향을 이리저리 바꾸는 정어리떼 같은 느낌이었다. 그래서 나는 한두 해 전부터 작가 아카데미 출신들의 시대는 저물고 외롭게 바다를 헤엄치는 고래처럼, 혼자 쓰는 사람들의 시대가 올 거라는 말을 웃으며 한 적이 있다. 이 말이 실없는 말이 될지 안 될지는 좀더 두고보아야 하겠지만 박지리의 소설을 보면 이는 그저 허언으로 그칠 것 같지는 않다.

## 2. 구멍

예술 장르로서의 소설 독자와 청소년소설의 독자는 좀 다르다. 예술로서의 소설이 기대하는 내포 독자는 소설에 대한 감식안을 가진 훈련된 독자이다. 청소년소설은 특별한 문학적 감수성을 가지고 있거나 문학적 훈련을 받은 독자를 대상으로 하기보다는 광범위한 청소년층을 내포 독자로 한다. 그래서 좀더 대중소설적인 성격을 띨 수밖에 없다.

대중소설은 아무래도 좀 가벼울 수밖에 없다. 유수의 공모 당선작,

베스트셀러나 스테디셀러에 이름을 올린 많은 청소년소설들은 대체로 가벼운 느낌을 주거나 무겁더라도 접근하기 편한 장르소설적 성격을 많이 가지고 있다. 이들 중에서도 가벼워 보이지만 범상치 않은 무게를 가진 소설도 있고, 그와 아무 상관 없이 그냥 가볍게 읽고 즐기기 위해 쓰인 소설도 있긴 하다. 이런 소설도 다 필요하다. 세상이 의미와 무거움으로만 가득 차 있다면 중력을 이기지 못한 채 우리는 지금쯤 땅속 어디엔가 지하도시를 건설하고 살고 있을 게다.

하지만 이런 가벼운 소설이 전부는 아니다. 가벼움만으로 청소년소설의 서가를 채우고 나면 오히려 청소년들은 청소년소설을 더 멀리하게 될 것이다. 무적의 상대인 게임은 둘째 치고 서사적 성격을 가지고 있는 매체인 영화, 웹툰 등은 날렵함에서 소설과 상대가 안 된다. 우리가 소설을 읽는 이유는 이런 매체가 줄 수 없는 무언가를 얻고 싶어서이기도 하다.

영화 이야기가 나온 김에 영화와 소설의 감상은 어떻게 일어나는지를 생각해보자. 영화는 수용자가 감상의 속도를 조절하는 매체가 아니다. 영화는 정해진 시간 안에 주어지는 영상을 수동적으로 수용하게 된다. 또한 영화는 막이 내린 다음 성찰과 감상이 시작되지만 소설은 그렇지 않다. 물론 요즘은 DVD나 VOD 서비스로 얼마든 영화를 중간중간 끊어가며 감상의 속도를 조절할 수 있긴 하다. 하지만 영화 장르 자체는 태생이 그렇게 끊어 보라고 만들어진 장르가 아니다. 심오한 의미와 치밀한 복선을 깔아놓은 영화들 역시 관객들은 영화 감상이 끝난 다음 추수적으로 의미를 해석하게 된다.

하지만 소설은 읽어나가는 도중 어느 때든 독서를 멈추고 밑줄을 긋고, 그것에 대해 사유할 수 있다. 서사는 비분절적으로 흘러가는 것 같지만 우리 손에 주어지는 물질은 페이지라는 분절된 단위이기 때문이다. 그래서 소설은 모든 것이 다 끝난 다음이 아니라 과정 속에서 끊임없이 멈춤과 성찰이 일어난다. 그러므로 한 편의 소설을 읽는 데 걸리는 시간은 모두 다를 수밖에 없다.

혹시 그간 청소년소설은 대중 독자들에게 더 가까이 다가가기 위해, 또는 공공연히 베스트셀러를 꿈꾸면서 영화적 문법을 가져와 가독성만을 높이고자 한 건 아니었을까? 아무 성찰이 이루어지지 않는 소설은 논외로 치더라도, 중간에 멈춰서 무언가를 생각하게 하기보다 다 읽은 다음에서야 인간과 삶에 대한 성찰을 촉발시키는 작품들을 놓고 이것만을 재미와 의미를 겸비한 좋은 작품이라고 했던 건 아닐까?

이제는 작품을 읽는 내내 멈칫거리게 하는 소설도 필요하다. 끊임없이 무언가를 사유해야 하는 소설. 이것이 바로 우리 청소년소설이 회복해야 할 잃어버린 한쪽 날개 혹은 빈 구멍이 아닐까?

이런 생각을 촉발시킨 작품이 바로 앞서 이야기한 『맨홀』이다. 내용을 모르는 사람을 위해 간단히 책의 내용을 살펴보자.

이 작품의 주인공은 어린 시절부터 의처증을 가진 아버지로부터 물리적 학대를 받아왔다. 조금도 저항하지 못하는 엄마와 괴물 같은 아버지에게서 도피할 수 있는 방법은 누나와 함께 짓다 만 빌라 공사장 안 맨홀에 들어가 숨는 것밖에 없다. 주인공은 맨홀 속을 마치 집처럼 꾸며놓고 지낸다. 맨홀에서 어린 그들은 낮잠도 자고, 숙제도 하고, 귀신놀이도 하고, 반려견 달이까지 키우며 지낸다.

소방관이던 아버지는 열여섯 명의 목숨을 구하고 화마 속에 죽게 된다. 사회에서 보기에는 성인처럼 위대한 사람이지만 주인공에게는 그저 '그 사람'이거나 괴물일 뿐. 아버지가 죽고 난 뒤 모든 것이 잘될 것이라고 믿는 주인공의 눈앞에 이상한 일이 벌어진다. 자신과 함께 그 고통을 견디다 집을 나가 연극배우를 하고 있던 누나가 집에 들어와 '아버지의 이름'을 받아들인 것이다.

주인공은 이를 이해할 수 없다. 단지 죽었다는 이유만으로 아버지를 용서하고 받아들일 수 있는 건지. 누나만이 유일한 가족이었던 주인공은 누나마저 남자친구를 사귀고, 아버지를 용서하자 자기 곁을 떠난 것으로 간주한다. 이제 소년은 완전히 고아가 된 것이다. 그가 누나와 엄마를 멀리한 채 '하천'에 나가 기진이처럼 좀 노는 아이들과 어울리게 되는 건 그래서 아주 자연스러운 일이다.

그 뒤 주인공은 처음으로 좋아하는 여자아이인 희주를 만나게 되고 예기치 않은 일로 친구들과 함께 자신을 폭행한 것으로 짐작되는 동남아 노동자를 폭행, 죽음에 이르게 한다. 희주의 제안으로 그 시체를 주인공의 맨홀에 유기했지만 그 고통을 감당하지 못한 주인공은 자수를 하고, 하천의 친구들과 희주 또한 경찰서에 줄줄이 잡혀온다. 아버지의 후광을 이용할 줄 아는 변호사를 구한 덕에 주인공은 실형을 살지 않고 '한마음 청소년센터'라는 상담 시설에서 16주간 관찰과 상담을 받은 뒤 1년의 보호관찰처분을 받아 집으로 돌아가게 된다.

물론 이 소설은 이렇게 간단한 줄거리로 요약되지 않는다. 상담 시설에서의 이야기와 과거 학교 다닐 때 이야기가 교차 편집되어 시간의 흐름이 일직선으로 흐르지 않기에 이런 요약은 그다지 의미가 없다는 점도 알아두자.

아무튼 처음 이 소설을 읽었을 때에는 일어난 사건에 비해 지나치게 말이 많다는 생각이 들었다. 주인공이 시설에 들어온 이유도 중간쯤 읽고 나니 대강 짐작이 되었고, 그러다보니 좀 지루하다는 느낌이 들기도 했다. 부성 폭력 때문에 폭력이 내면화되었거나 무의식 속에 깊은 분노가 잠재된 아이의 이야기를 소년범죄라는 외피를 입혀 쓴 소설이구나 하는 생각에 작품의 4분의 3쯤을 읽고 나서 나머지는 안 봐도 뻔하겠네 싶어 책장에 그냥 얹어두었다.

그러다 우연한 계기로 나는 이 책을 다시 쥐게 되었고 안 봐도 뻔하다 싶은 결말을 읽기 시작했다. 스토리는 예상대로 흘러가고 있지만 어라 이거 장난이 아닌데 하는 생각이 들기 시작했다. 책을 다 읽고 나서 내가 뭔가 잘못 읽었다는 생각이 들었다. 평론글도 써놓고 이상하면 처음부터 다시 써야 하는 것처럼, 이 책 또한 처음부터 다시 읽기 시작했다. 이런, 한 문장 한 문장을 천천히 음미하며 읽다보니 내가 놓치고 온 것들이 너무 많았다. 이 소설은 취재에 의지해서 소년범들의 사연을 그린 소재주의 혐의가 짙은 소설이 아니었던 것이다.

작품 도입부인 1장에는 구멍이란 말이 여러 번 등장한다. '구멍'은 이 작품을 해석하는 중요한 열쇳말이다.

> 나 혼자 막기에는 구멍이 너무 컸다.

> 블랙홀은 우주에 나 있는 거대한 구멍 같은 건데, 한번 빠지면 돌아올 수 없다.

> 인간은 아예 구멍 그 자체로 이루어진 거 아닐까요?

1장 이후로도 구멍은 작품 속에서 여러 형태로 변주되며 다양한 의미를 산출한다. 막을 수 없는 빈틈, 한번 빠지면 돌아올 수 없는 것, 구멍은 궁극적으로 불가항력적인 인간의 운명 같은 것을 상징한다. 인간의 근본적 존재 조건이기도 하고.

1장을 다 읽는 순간 이 소설은 두 번 읽어야 되는 책이라는 생각이 번쩍하고 들었다. 그리고 이어지는 생각. 가벼운 소설은 한번 읽고 던지게 되지만, 제대로 된 소설은 한번 읽고 던지는 것이 아니라는 것. 작가가 남긴 단서를 꼼꼼히 추적해가며 소설의 의미를 파악하며, 자기 자신과 세상에 대해 성찰하는 것. 이것이 가능한 것이 진짜 소설이 아닌가 하는 생각이 연이어 스쳐갔다.

다시 작품 속으로 돌아와보자. 주인공은 점점 "설명하기 어려운 감정"에 휩싸여간다. 별것 아닌 일에 걸핏하면 누나와 엄마에게 화를 내고, 의심하고, 마음과 달리 험한 욕설을 쏟아낸다. 주인공의 폭력 앞에 아무 말도 못하고 눈도 못 맞추는 겁먹은 엄마와 누나 앞에서 그는 묘한 쾌감을 느끼며 더욱 폭군이 된다. 마치 그의 아버지처럼.

이 아이가 이렇게 미쳐가는 까닭은 뭘까? 왜 자기 스스로 분노의 정체를 알지 못해 고통스러워하며 여전히 분노를 터뜨리는 걸까? 누나는 어른이 돼서 맨홀을 떠났지만 이 주인공은 성장을 못했기 때문에 맨홀을 떠나지 못한 게 아닐까?

'아버지의 이름'을 받아들여야 상징계의 일원이 될 수 있다. 하지만 주인공은 아버지의 이름을 받아들일 수 없었다. 그렇다면 이 아이는 정신병자로 살 수밖에 없다. 그러나 그가 정신병자가 되지 않은 것은 무엇 때문일까? 그의 누나가 사회적 아버지의 역할을 대신했기 때문이다.

이 세상 모든 사내아이에게 엄마는 연인이고 아빠는 연적이다. 엄마는 아이에게 사랑의 대상이며, 사랑의 주체이다. 그런데 이 소설 속 엄마는 주인공을 아버지의 폭력으로부터 보호하고 지켜주지 못했다. 아이에게 사랑을 주지 못했기에, 아이는 사랑을 배울 수도 없었다. 대신 누나가 아버지의 역할뿐만 아니라 엄마이자 연인의 역할까지 수행했다. 그래서 그나마 이 아이는 마음에 깊은 상처를 가지고 있더라도 상징계의 일원으로 살아갈 수 있었던 것이다.

그런데 이 아버지이자 엄마, 연인이었던 누나가, 비밀스러운 고통을 함께 겪었던 동지였던 누나가 아버지의 역할을 포기하고 그 남자를 아버지로 받아들이고, 남자친구를 사귐으로써 연인(엄마)의 역할을 버렸기에 이 아이는 미친 듯이 분노할 수밖에 없는 것이다.

이 아이는 집(house)은 있었지만 제대로 된 집(home)을 가져본 적이 없다. 누나를 제외하고는 자신을 건강하게 성장시킬 어떤 심리적 지지대도 가져본 적이 없다. 이런 주인공에게 사고로 인해 과거에는 거부했던 '그 사람'이 '훌륭한 아버지의 이름'으로 외삽(外挿)되자 이 소년의 불안정한 상징계는 쉽게 허물어진다. 소년은 기진이네 하천 모임의 일원이 됨으로써 허물어진 자신의 상징계를 상상적으로 복원하고자 한다. 그러나 이는 문제를 그저 덮어둔 것에 불과하다.

이 아이는 여전히 아버지의 이름과 모성의 문제에서 헤어나지 못하고 있다. 기진이네 모임에서도 스스로 이방인처럼 느낄 수밖에 없는 건, 그래서 당연하다. 어차피 기진이네들은 모두 이방인들의 집합일 뿐이다.

제목이 상기하듯, '구멍'의 특수한 형태인 '맨홀' 또한 눈여겨봐야 할 중요한 모티프이다. 맨홀은 뚜껑이 있는 구멍이다. 그리고 맨홀은 이 뚜껑을 매개로 세계를 두 개로 분할하고 연결한다. 세계와 내면 혹은 세계와 자궁, 이승과 저승(무덤), 상징계와 상상계, 이러한 방식으로. 맨홀 뚜껑은 퇴행을 방지하기 위한 봉합이자 보호막이다. 그러나 뚜껑을 매개로 두 세계가 이어져 있다는 면에서, 즉 두 세계가 완전한 폐곡선이 아닌 채 불완전하게 의지하여 연결되어 있다는 점에서 하나의 증상을 뜻하기도 한다. 맨홀은 인간에게 이렇게 주어진 삶의 조건이다. 그래서 주인공의 도피처는 '발명'한 것이 아니라 '발견'한 것일 수밖에 없다. 맨홀 뚜껑을 여는 순간 간신히 봉합되어 있던 두 세계는 카오스적 세계로 뒤바뀐다. 주인공이 어린 시절 맨홀에 처음 다녀온 다음에 보는 환상이다.

> 구멍은 그 좁은 틈을 비집고 들어와, 내 눈 바로 앞에서 시작만 있고 끝은 없는 입체적인 공간으로 변했다. 머리에서부터, 몸통, 다리까지 내 몸은 점점 그 구멍 속으로 야금야금 먹혀 들어갔고 나는 그곳에서 빠져나오려고 필사의 힘을 다해 몸부림쳤다. 그날 밤, 어둠이 가시고 구멍이 사라질 때까지 실제인지 악몽인지 모를 그것과 싸우느라 나는 녹초가 되었다.

소년은 필사적으로 싸웠지만 결국 이 퇴행의 공간에 먹힌다. 이 식인 괴물은 자신을 잡아먹는 자궁이자, 아버지의 입이다. 야수 앞의 먹이는 공포와 두려움에 떤다. 하지만 먹힌 동물은 더이상 공포를 느끼지 않는다. 이미 공포를 주는 대상의 배 속에 들어와 있기에, 그가 보이지 않기에. 먹힌 아이는 그래서 성장의 기회도 놓친다. (아동정신분석학자 프랑수와즈 돌토는 사자에게 물리지 않기 위해서는 사자의 등에 매달릴 수밖에 없다는 말을 했다. 무서운 엄마일수록 아이는 그 곁에서 떨어지지 않으려고 한다.)

맨홀 속은 도피처, 안락의 공간이자 퇴행의 공간이다. 그리고 주인공의 내면이자 자궁, 무덤이다. 누나로부터 추방당한 주인공이 첫사랑인 희주를 맨홀로 데리고 오는 것은 당연하다. 동시에 무덤이었던 공간이기에 아버지의 훈장과 감사패를 맨홀 속에 처박아놓는 것도, 네팔인 시신을 그 속에 유기하는 것도 그럴 수밖에 없다.

맨홀 속은 자궁이기에 아이와 엄마 사이의 2자 관계로 구성되는 상상계의 공간과 다를 바 없다. 맨홀 속으로 도피할수록 소년은 퇴행을 겪을 수밖에 없다. 그래서 누나는 어른이 되어 맨홀을 떠났지만[41] 주인공은 "누나가 맨홀을 떠났을 때의 나이를 훌쩍 넘어서까지 여전히 맨홀 뚜껑을 열고" 그 주변에서 서성이고 있다. 그러나 소년은 더이상 상상계와 상징계의 통로 사이에서 망설일 시간이 없다. 어른이 되어야 한다. 아니 어른이 되었다. 이 소설의 마지막 두 문장을 보자.

> 십 년간 나를 불러들인 구멍은 구청에서 고용한 사람들이 시멘트로 막아버렸다. 하지만 여기 밤거리를 달리는 이 구멍은 무엇으로 막아야 할까.

퇴행의 공간, 병적인 향유의 공간이었던 상상계로의 통로는 강제적으로 막혀버린다. 그러나 그의 가슴에 뚫린 구멍은 무엇으로도 막을 수 없다. 1장에서 "인간은 아예 구멍 그 자체로 이루어진 거 아닐까요?"라고 말한 것처럼, 이 가슴에 난 구멍은 인간의 근본적인 존재 조건이다.

사람은 누구나 '속이 텅 빈 구멍'을 갖고 산다. 어떤 이는 그 구멍을 잘 감추고 살고 어떤 이는 그걸 드러내놓고 산다. 또 어떤 이는 자기 구멍을 인식하며 살고 또 어떤 이는 자기가 왜 그러는지도 모르면서 산다. 또 어떤 이는 구멍을 인식하긴 하나 적당히 메워진 것 같으면 만족하고 살고, 어떤 이는 아무리 채워도 채워지지 않아 고통스러워한다. 그런데 그 구멍은 그 무엇으로도 메울 수 없다. 라캉은 그 구멍을 절대적 결여

41 의문스러운 점 하나. 이 누나는 어떻게 이렇게 어른이 되었을까? 현실적이면서도 동시에 이상적인 인물로 변한 계기는 무엇일까? 그냥, 누나니까? 도대체 집을 나가 연극판을 떠돌며 무슨 일을 겪은 걸까? 이 작품이 1인칭 주인공 시점을 택한 건 아주 영리한 일이다. 이 의문스러운 누나의 스토리까지 해명해야 할 필요는 없으니까.

라 부른다. 그래도 이 구멍을 모르고 사는 것과 인식하고 사는 것은 다르다. 그 무엇으로도 메울 수 없다는 것을 고통스럽게 인식하면서도 무거운 바윗돌을 굴려 올리며 사는 게 인간이다.[42]

맨홀 뚜껑이 봉해진 건, 삼켜진 자궁, 삼켜진 괴물의 배 속에서 토해진 것이다. 고대 부족의 통과의례에서 괴물의 배 속을 통과하는 것처럼 말이다. 소년은 고통스러운 통과의례를 마치고 비로소 어른이 되어 세상에 던져진다. 자신에게 있는 뻥 뚫린 구멍을 명징하게 인식하며. 소년이 깨달은 이 삶의 비의를 이 소설은 아픈 결말을 통해 보여준다.

## 3. 나오며

『맨홀』의 작가 박지리는 1985년생이다. 마흔이 넘어간 부모세대의 작가들이 이른바 '청소년의 말투'(라고 상상하는)를 사용하여 청소년들의 세계를 이야기하고자 했다면 그들보다 훨씬 가까운 20대 작가는 거꾸로 '그들답지 않은' 진지한 언어로 인간과 존재에 대해 이야기하고 있다. 이 또한 곰곰이 생각해볼 문제이다.

이제 글을 마무리지을 시간이다. 그동안 우리는 청소년 독자들을 잡아두기 위해 재미에 너무 집착했던 것은 아니었을까? 문학작품을 하나

42 어떤 이는 그 구멍을 꽁꽁 싸매거나 거대한 성벽을 만들어놓고 아무도 들여다보지 않기를 원하는 거 같다. 또 어떤 이는 구멍 주위에 어떤 성벽도 만들지 않고 누구든 들여다봐주기를 바라기도 한다. 그런데 누구든 깊은 마음속에는 자기 구멍을 들여다봐주었으면 좋겠다는 욕망을 갖고 산다. 그래서 아무리 거대한 성벽을 쌓은 사람일지라도 아주 작은 문을 만들어놓고 소수의 사람에게는 이를 허락한다. 우리는 그것을 이해받고 싶어한다는 말로 대신한다.

의 소비재로만 생각했던 것은 아니었을까? 이런 의문은 비단 나만의 것은 아니리라. 감각적인 재미를 추구한 작품은 한번 읽으면 끝나기 십상이다. 그래서 굳이 이 책을 사야 할 필요를 느끼지 못한다. 도서관에서나 친구한테 빌려 보면 끝이다.

하지만 가슴을 울리는 작품, 읽을 때마다 새로운 의미를 산출하고, 읽을 때마다 놓치고 온 것들을 찾아낼 수 있는 작품은 소장하고 싶은 욕망을 느끼게 한다. 쉽지 않은 소설, 두 번 읽었을 때 더 풍부한 의미를 찾아낼 수 있는 작품들을 나는 얼마나 많이 흘려보냈을까.

『어린이와 문학』 2012년 10월호

# 동화, 장르의 경계를 넘어서

## 1. 들어가며

아동 서사 장르를 일반적으로 통칭하는 '동화'의 경계는 모호하다. 아동 서사 장르를 동화 하나로 부를 것인지 이를 동화와 아동소설 두 갈래로 범주화할 것인지에 대해서 학계에서는 여전히 논의가 분분하다. 설령 학계에서 아동 서사 장르를 동화와 아동소설로 확정한다 해도 언중들은 이를 모두 동화로 간주할 것이기 때문에 모호함은 지속될 것이다.[43]

게다가 소설 장르 자체도 경계를 명확히 확정짓기 어렵다. 소설은 잡식성의 포식자이며, 영토 확장자이자 제국주의자이다. 글로 된 것이라면 어떤 형식의 장르도 내포할 수 있고, 내포자 자신이 될 수도 있으며,

43 동화와 아동소설을 구별해서 사용할 때 더 정교한 논의가 가능하기도 하나 혼란을 피하기 위해 이 글에서는 아동 서사 장르의 통칭으로 동화를 사용한다. 일반적으로 이야기되는 '동화의 소설화 경향'이라는 말의 경우 동화와 아동소설을 구분해 사용하면 '아동소설의 소설화 경향'이라는 이상한 말이 되어버린다. 그렇다고 '아동소설의 어른 소설화 경향'이라는 말을 써버리면 더욱 구차해진다.

내포자와 힘을 합쳐 자기 몸을 제멋대로 변형시킬 수 있다. 또한 어떤 주제든, 어떤 배경이든, 어떤 인물이든, 어떤 사건이든 시간과 장소에 구애받지 않고 서술의 대상으로 삼을 수 있다.[44]

하지만 우리는 어떤 작품을 보고 "이것은 동화다." "이것은 동화가 아니다."라고 말할 때마다 매번 저마다 다른 개념의 동화를 상상하게 된다. 즉 우리는 모호하지만 동화적인 것이라고 하는 관념을 가지고 있는 것이다. 그리고 새로운 작품의 출현에 따라 "이것도 동화로 볼 수 있는가?—동화가 아니다.—새로운 흐름의 동화이다." 등의 논쟁을 통해 동화의 경계를 새로이 설정해왔다. 그럼에도 여전히 우리가 손에 쥐고 있는 것은 '상상적인 것으로서의 동화'이다. 경계선은 여전히 불명확하고 꿈틀대고 포식자의 욕망을 갖고 넘실댄다.

그러나 우리는 논의를 펼치기 위해서 비록 바닷가 모래사장에 그리는 것일지라도 어설프게나마 동화의 경계를 세워야 한다. 일단 이렇게 생각해보자.

> 동화는 아동의 사고 수준과 어휘, 그리고 그들 경험 세계를 고려하여 형상화한, 아동이 읽는 것을 주 목적으로 한 서사 장르이다.

---

44 마르트 로베르는 『기원의 소설, 소설의 기원』(김치수·이윤옥 옮김, 문학과지성사, 1999)에서 소설은 "소설 자체의 목적을 위해 묘사, 서술, 드라마, 에세이, 주석, 독백, 담화를 사용하지 못하게 방해하는 것은 아무것도 없다. 소설이 우화, 이야기, 교훈담, 목가, 연대기, 옛날이야기, 서사시가 되는 것을 어떤 것도 방해하지 않고 그것도 차례로이거나 동시에이거나 소설 마음대로인 것이다." "소설은 그것이 필요하다고 판단하면 시 작품을 내포할 수도 있고 단지 시적일 수도 있다."라고 말한다. 그리고 소설은 "소설의 창의적인 정신에 의해서, 활동적인 기질에 의해서, 그 생명력에 의해서 현대사회와 유사한 것"이며 "이론적으로는 이거의 무한한 가능성들 때문에 소설의 정의가 결핍되게" 된다고 보았다.

상투적인 정의로 보이는가? 여기에 아래 문장 하나를 덧붙여보자.

그리고 상상력의 방향은 아동을 향하고 있다.

이것은 작품이 글로 쓰이기 전, 처음 글을 쓸 때 작가가 누구를 내포 독자로 여기는가에 따라 장르가 달라질 수 있다는 것을 의미한다. 여기서 잠깐 폴 리쾨르의 견해를 보자.

폴 리쾨르는 『시간과 이야기』(김한식·이경재 옮김, 문학과지성사, 1999)에서 미메시스를 미메시스Ⅰ, 미메시스Ⅱ, 미메시스Ⅲ으로 나눈다. 미메시스Ⅰ은 전형상화의 단계, 즉 말로 이야기되기를 기다리는 이야기이며, 미메시스Ⅱ는 형상화의 단계, 미메시스Ⅲ은 재형상화의 단계로서 텍스트와 독자가 만나 독자가 작품을 해석해나가는 단계라고 한다.

미메시스Ⅰ, 즉 전형상화의 단계에서 작가에게 이야기가 찾아온다(혹은 어떤 이야기를 쓰겠다는 생각을 떠올린다). 이 단계에서 이미 동화가 될 것인지 아닐지가 배태되며 미메시스Ⅱ의 단계에서 글로 옮겨지고, 미메시스Ⅲ의 단계에서 아동 독자와 만나 '동화'로 완성된다. 상상력의 방향은 미메시스Ⅰ과 관련이 깊다.

일단 동화의 경계를 이 정도로 세워놓고 이야기를 펼쳐보자.

## 2. 경계를 넘어가는 세 가지 흐름

필자는 현재 우리 동화가 경계를 넘어가는 큰 흐름으로 첫째는 '동화의 소설화' 경향, 둘째는 동화와 청소년소설의 경계가 모호해지는 현상,

셋째는 동화와 판타지, SF, 호러, 추리 등 여러 장르문학과의 결합을 꼽는다.

첫번째 흐름인 동화의 소설화 경향은 2000년대 중반 이후 김남중, 이현, 최나미, 박관희 등 일군의 작가가 등장하며 이야기되기 시작했다. 동화가 소설화되는 이유로 아이들이 사는 세계 자체가 동화적 세계에서 소설적 세계로 급격히 변화하고 있다는 것을 들 수 있다.[45]

현재 초등 고학년들의 세계는 어른들의 세계와 크게 다를 바가 없다. 낭만성으로 가득한 동화의 세계는 더이상 이 아이들에게 별다른 울림을 주지 못한다. 그것은 그저 지나간 유년 시절의 추억일 뿐이다. 오히려 현실에 대한 비극적 인식을 바탕으로 리얼하게 쓰인 소설의 세계가 그들의 세계를 더욱 설득력 있게 반영하고 대변한다.

과거의 동화작가들이 동화를 어른이 아이에게 주는 것이라고 생각했다면 2000년대 중반 이후 등장한 작가들 중 많은 이들은 동화를 자기표현의 한 양식으로 생각한다. 이전 시대의 작가들은 지적으로나 정서적으로 미숙한 어린 독자를 '우선' 설정함에 따라 계몽적 성격을 띨 수밖에 없었으며, 자신이 텍스트의 수신자와는 질적으로 다른 어른이라는 것을 인식했기에 텍스트의 동심성을 중요시 여겼다. 또한 작가가 의도했든 의도하지 않았든 현실에 대한 낭만적 인식과 잃어버린 세계에 대한 향수 같은 것이 작품의 저변에 깔려 있었다.

하지만 동화를 자기표현의 한 양식으로 삼는 작가들의 경우 '나는 동화를 쓴다. 하지만 독자보다 중요한 것은 나 자신이다. 나 자신의 경험과 사고가 더 중요하다.'라고 생각하는 것 같다. 그래서 계몽성이나 동심

45 아이들이 사는 세계의 변화와 밀접하기에 동화의 소설화 경향에 있어 모더니즘적인 변화보다 리얼리즘적 측면이 강한 작품이 두드러지게 되었다.

보다는 자의식이 중시되고, 낭만성보다는 현실과의 불화와 리얼리즘적 현실 인식이 강조되었다.

최나미의 『진휘 바이러스』(우리교육, 2005), 『엄마의 마흔 번째 생일』의 경우 현실을 낭만적으로 봉합해버리는 어설픈 바느질은 쉬 찾을 수 없으며 김남중의 『하늘을 날다』(낮은산, 2007), 『자존심』에 실린 일부 작품의 경우 많은 이들로 하여금 '이것도 동화로 봐야 하는가?'라는 질문을 떠올리게 했다.

이런 소설화 경향은 수십 년간 굳어진 동화의 통념을 깨고 아이들의 현실과 우리가 몸담고 있는 세계 속으로 더 깊이 들어갈 수 있는 틀을 마련해주었다는 점에서 그 의미가 있다.

여기서 우리가 주목해야 할 것은 앞서 말한 '상상력의 방향'이다. 근본적으로 동화와 소설을 가를 선험적 표지는 존재하지 않는다. 동화와 일반 소설을 가를 수 있는 흔적은 상상력의 방향이며 이는 논리보다 직관으로 파악되는 것이다. 또한 작가의 애초 의도 즉 미메시스Ⅰ과도 관련이 깊다. 동화의 소설화 경향을 대표했던 작가 중 한 명인 김남중의 경우 작가 무의식에 자리잡은 이 상상력의 방향으로 인해 소설적 상상력에서 동화적 상상력의 방향으로 변모하고 있다고 생각된다. 이는 최근 출간된 『속 좁은 아빠』(푸른숲, 2011), 『바람처럼 달렸다』가 아동의 심리와 세계에 더 바싹 다가서고 있다는 것으로 확인된다.

두번째 흐름인 동화와 청소년소설의 경계가 모호해지는 현상은 아직 잘 눈에 안 띄지만 앞으로 더 두드러질 것이다. 몇 해 전 출간된 전성희의 『거짓말 학교』(문학동네, 2009)의 주인공은 중학생이다. 하지만 이 작품의 주요 독자인 초등 고학년의 경우 별다른 거부감 없이 자신의 이야기로 읽어낸다. 이 중학생이 겪는 친구 문제, 교육 문제 등은 초등 고학년 아이들이 겪는 그것과 큰 차이가 없기 때문이다. 그래서 요즘 초등 고학년 아이들은 학교 문제나 따돌림 문제 등을 테마로 한 청소년소설, 예를 들자면 김려령의 『우아한 거짓말』(창비, 2009), 방미진의 『손톱이 자라날 때』(문학동네, 2010)와 같은 작품도 자신의 이야기처럼 읽어낸다. 이 경향은 소설화 경향과 장르문학과의 결합과도 관련이 있다.

현재로서는 시작에 불과하지만 고학년 동화와 청소년소설의 경계가 모호해지는 현상은 더 다양한 형태로 나타날 것이다. 이는 미메시스Ⅰ과도 관련이 있지만 미메시스Ⅲ과도 관련이 깊다. 작가가 미메시스Ⅰ의 단계에서 청소년 독자를 머리에 떠올렸지만 작품이 품고 있는 내적 자질과 아동 독자를 둘러싸고 있는 세계가 변화함에 따라 동화의 주요 독자인 어린이들이 청소년소설을 자기화하는 현상으로 볼 수 있다. 동화와 청소년소설의 경계가 모호해지는 현상은 작품의 변화, 그리고 독자의 변화 양쪽에서 동시에 일어날 것이다.

끝으로 장르문학과의 결합 혹은 장르적 속성의 침투라고 할 만한 이야깃거리가 남았다. 앞서도 말했듯이 소설은 닥치는 대로 먹어치우며 몸을 변형시키는 포식자이자 트랜스포머이다. 동화 역시 마찬가지이며 그래서 이런 현상은 극히 자연스러운 일이다. 이 세번째 항목에 대해서는 좀더 자세히 논의를 펼쳐보겠다.

### 3. 장르문학과의 결합 1 ―판타지, SF, 추리

판타지는 워낙 아동서사문학에서 독보적인 자리를 차지하고 있기에 이걸 장르문학과의 결합이라고 봐야 할지 의문스럽기도 하다. 하지만 어른문학에서는 판타지가 장르문학으로 이야기되고 있고, 실제로 일정한 패턴을 가지고 있다는 장르문학적 속성도 가지고 있기에 간단히 짚고 넘어가고자 한다.

2000년대 중반은 소설화의 경향이 눈에 띈 시기였지만 비평적 논의에 있어서는 판타지에 대한 논의가 가장 활발히 일어난 시기이기도 했다. 눈에 띄는 작품은 김우경의 『수일이와 수일이』, 황선미의 『샘마을 몽당깨비』(창비, 1999), 공지희의 『영모가 사라졌다』, 김진경의 '고양이 학교' 시리즈이다.

『수일이와 수일이』의 경우 아무리 '해리포터'와 '반지의 제왕'의 여파가 크더라도 결국 우리 고유문화와 이야기 전통을 바탕으로 한 한국적 판타지가 주요한 흐름이 될 수밖에 없다는 것을 상징적으로 보여주었으며, 『영모가 사라졌다』는 서구적 양식이라 할 분리형 판타지로서 세련된 모습을 보여주었다. 동북아 신화를 바탕으로 한 '고양이 학교'는 11권에 이르는 방대한 시리즈로 프랑스에서 앵코륍티블상을 수상하는 등 한국문학의 세계화 가능성까지 보여주었다.

2000년대 초반 한국 아동문학과 판타지와의 결합은 매우 건강했다. 판타지가 어른문학과는 달리 현실도피가 아닌 현실 문제를 더 두드러지게 드러낼 수 있는 틀로서 자리매김했다는 것, 그리고 그 상상력의 근원은 우리 이야기 전통을 바탕으로 할 수밖에 없다는 것을 작품으로 보여주었다. 보린의 『한밤에 깨어나는 도서관, 귀서각』(문학동네, 2011)과 같은 작품이 바로 이 흐름을 잇고 있다.

최근 판타지 논의도 뜸해지고 동력도 이전만 못한 것 같다. 하지만 아이들은 여전히 판타지를 좋아한다. 아이들은 서양식 이름과 낯선 장소보다 익숙한 우리 이름, 낯익은 장소에서 펼쳐지는 판타지를 더 좋아한다. 집단 무의식처럼 우리 유전자에 각인된 이야기 전통을 활성화시키는 판타지가 더 출간되기를 소망한다.

SF의 경우 안미란의 『씨앗을 지키는 사람들』(창비, 2001), 문선이의 『지엠오 아이』(창비, 2005) 외 두드러진 작품이 출간되지 않다가 최근 '로봇의 별' 시리즈(총 3권, 푸른숲, 2010), '마음대로봇' 시리즈(총 2권, 한겨레아이들, 2011)를 출간한 이현의 활약이 돋보인다.

2000년대 초중반 안미란과 문선이의 작품이 유전자 조작과 관련된 모티프로 환경문제와 정체성의 문제를 이야기했다면 이현은 '인간이란 무엇인가?'라는 존재론적 질문을 정면에서 던질 수 있는 로봇을 주 모티프로 한다.

주로 미래사회를 그려내는 SF는 현 과학기술을 바탕으로 시공간과 여러 일상의 장치들을 새롭게 창조하고 형상화해야 한다. 그런데 작가가 창조한 세상의 세부를 묘사하다보면 자칫 서사성을 잃어버리기 쉽고, 또 이 세부를 제대로 설명 안 하고 건너뛰면 SF다운 맛을 잃기 쉽다. SF는 이 이중의 과제를 해결해야 한다. 그래서 SF 쓰기는 어렵고 대중적으로 성공하기도 어렵다. 그러나 아이들은 어른보다 과학적 호기심이 많다. 게다가 SF는 그 어떤 장르보다 강렬하게 존재론적 질문과 윤리적 질문을 던질 수 있다. 정체성 확립 문제와 윤리적 판단 기준의 혼란을 겪는 아이들이 늘어나고 있는 최근 사회현상으로 보았을 때 SF의 중요성은 더 강조될 것이다. 그래서 새로운 상상력, 아무도 생각 못한 독특한 시공간을 창조하는 것도 중요하지만 오히려 지금 아이들이 겪는 현실 문제에 먼저 집중하는 것이 아이들의 사랑을 받는 SF의 바탕이 될 것이다.

그리고 우리의 시선을 사로잡은 장르로 추리물이 있다. 사내아이들은 추리물을 특히 좋아한다. 일본 만화 '명탐정 코난' 시리즈의 인기는 두말할 나위 없고 필자와 동년배인 남자들은 어린 시절 '뤼팽'과 '홈즈' 시리즈를 탐닉하고 밤마다 '콜롬보'와 '애거사 크리스티' 시리즈를 텔레비전으로 봤던 기억을 가지고 있을 것이다.

방정환의 『칠칠단의 비밀』 이후 이렇다 할 아동 추리물을 갖지 못했던 우리 어린이문학은 2009년 고재현의 『귀신 잡는 방구 탐정』(창비), 한정기의 '플루토 비밀 결사대' 시리즈(총 3권, 비룡소)를 갖게 됐다.[46]

필자가 졸고 「오늘의 동화 어디에 서 있나」(『몸의 상상력과 동화』 80~97쪽)라는 글에서도 썼듯 추리소설은 대개 먼저 벌어진 사건을 보여준다. 그리고 문제 해결자(대체로 탐정)는 사건 이전의 과거로 거슬러 올라간다. 탐정은 사건 주변의 단서와 암호를 해독하며 논리와 이성으로 사건을 해결한다.

추리소설에서 작가는 정보를 끝까지 독점해서도 안 되고, 독자에게 정보를 한 번에 전부 제공해서도 안 된다. 작가는 독자들에게 마치 수수께끼를 내듯, 새로운 단서와 정보를 조금씩 제공해주고, 독자는 탐정과 동일화되어 사건을 함께 해결해나간다. 추리소설은 언제나 결말에서 트릭이나 반전이 있기에 독자는 끝까지 긴장을 놓을 수 없다. 추리소설은 작가와 독자 사이의 고도의 심리게임이다.

아동을 대상으로 한 추리물의 경우 어른문학에 비해 훨씬 제한되는

46 이후 고재현은 『귀신 잡는 방구 탐정』의 후속작으로 『괴물 쫓는 방구 탐정』(창비, 2013)을 펴냈다. 한정기는 '플루토 비밀 결사대' 시리즈에 두 권을 추가해 총 5권으로 완결했다(2005~2013). 최근 출간작 중에는 허교범의 '스무고개 탐정' 시리즈(총 3권, 비룡소, 2013~2014)가 눈에 띈다.

것이 많다. 추리소설이 일반적으로 다루는 사회적 범죄나 살인 사건은 아이들이 주로 고민하거나 겪는 삶의 문제와는 거리가 멀고 어린이가 문제 해결자로 등장하면 활동과 이동에 제한이 생긴다. 코난 도일이나 애거사 크리스티로 대표되는 영국의 고전적 스타일과 달리 미국에서 발전한 추리소설 양식인 하드보일드 양식은 지나치게 폭력적이거나 자연주의적 성격 때문에 아예 활용하기도 어렵다.

'플루토 비밀 결사대' 첫 권의 경우 살인 사건을 해결하는 아이들이 등장한다. 아무래도 아이들의 일상과 거리가 멀고 문제 해결자로서의 역할이 제한될 수밖에 없다. 문제 해결 과정도 고도의 심리게임이라고 하기에는 서사가 헐겁고 사건의 주요 정보도 너무 쉽게 제공된다. 이 한계를 극복하기 위해 『귀신 잡는 방구 탐정』은 아이들 일상의 문제를 아이들 눈높이에 맞춰 풀어가고자 했으나 아쉬움은 여전하다.

장르문학으로서 추리소설의 틀을 그대로 가져다 쓴 추리동화는 근본적 속성상 한계가 많다. 그보다 추리소설의 핵심적인 질문, 즉 '앞으로 어떤 일이 벌어질 것인가?'보다 '대체 무슨 일이 일어난 건가?'라는 질문에 응답하는 방식으로 글을 써나가는 것, 그리고 이와 같은 추리 기법을 어떻게 활용할 것인가가 현 단계에서는 더 중요한 과제가 아닐까 싶다.

### 4. 장르문학과의 결합 2 —호러(horror)

방미진의 『금이 간 거울』(창비, 2006)과 청소년소설집 『손톱이 자라날 때』를 통해 우리는 이 시대에 왜 호러가 중요한 장르가 될 수밖에 없는

지를 확인할 수 있다.

방미진은 '괴기스러운 것' 앞에서 속수무책으로 몰려가는 인물 혹은 어두운 욕망을 괴물처럼 확장시켜가는 인물을 섬세한 심리묘사로 그려낸다. 방미진은 자극적인 이미지를 단번에 보여주지 않고 공포심을 자극하는 청각적 이미지와 시각적 이미지를 페이스트리처럼 켜켜이 쌓아 올려가며 서사를 끌어간다. 이런 감각적 문체와 귀에 대고 속삭이는 듯한 내밀한 어조는 이 효과를 더욱 배가시킨다.

우리가 주목해야 하는 것은 이 '괴기스러운 것'은 결국 자기 자신의 욕망 혹은 사회가 불러낸 유령 자체라는 것이다.[47]

나는 2004년에 학교 붕괴가 된 일본 아이들의 현실을 그린 고토 류지의 『열두 살의 전설』(우리교육, 2003) 서평 「교실은 전쟁터인가?」(『몸의 상상력과 동화』 206~213쪽)를 쓰며 "우리나라 초등학교 교실이 이 정도는 아니라는 점에 무척이나 다행스런 마음이 들었다."라고 썼다. '이 정도'가 어느 정도이기에 이런 말을 썼을까?

이 작품은 '학급붕괴'된 5학년 한 반을 배경으로 한다. 담임교사는 1학기를 끝으로 학교를 그만두었고 그 뒤로 다섯 명의 교사가 새 담임으로 왔지만 모두 이 반을 포기했다. 아이들은 "약한 모습을 보이면 여기저기서 적들이 나를 덮친다." "우리는 집이나 학교나 전부 전쟁터를 돌아다니는 거나 마찬가지야. 보이는 건 모두 적"이라고 말한다.

그런데 우리나라도 이젠 결코 '다행'스럽지 않다. 교실은 잘나가는 아이와 그렇지 못한 아이들, 그리고 '찐따'로 구별된다. 잘나가는 아이들

---

47 스티븐 킹은 『죽음의 무도—우리는 왜 호러 문화에 열광하는가』(조재형 옮김, 황금가지, 2010, 435쪽)에서 "유령들이 자신들을 바라보는 인간들의 욕구와 어쩌면 인간들 마음의 본질까지도 차용한다는 관념이다. (…) 만약 유령들이 악의적이라면, 그 악의는 우리에게서 비롯된 것이다."라고 말한다.

은 자신들이 '잘나가는 것'을 증명하기 위해, 또한 자신이 따돌림의 대상이 되지 않기 위해 끊임없이 누군가를 따돌림의 대상으로 만들어야 한다. '예전에도 그런 일은 있지 않았냐?'고 반문하겠지만, 따돌림의 방식[48]은 사이버상에서는 우리의 상상을 넘어서 있고, 이 서열화는 학급에서 특정 아이들만이 아닌 전체 아이들을 대상으로 한다는 점이 다르다. 그들에게 사이버 영토는 윌리엄 골딩의 『파리대왕』의 무인도처럼 그들만이 사는 세상이다. 그들이 세운 왕과 그들의 규칙에 의해, 그들 사이의 언어로 사형선고나 다름없는 말을 할 정도로 폭력적이다.

찐따가 된다는 건, 게다가 외톨이 찐따가 된다는 건 언제든 '다구리'의 대상이 될 수 있다는 걸 뜻한다. 외톨이 찐따 혹은 '애바'가 되지 않기 위해 만만한 교사가 들어오는 수업 시간이면 (그러고 싶지 않아도) 떠들어야 하고, (이유 없이) 반항을 해야 한다. 쉬는 시간이나 점심시간에 책을 읽고 있는 아이에게는 "쉬는 시간에 그러고 있으면 찐따 같아."라고 속삭인다.

이경화의 청소년소설 『지독한 장난』(대교, 2008)이 자기 이야기 같다고 한 어느 6학년 여자아이는 내게 이렇게 말했다. "잘나가는 아이들이 (20층짜리 아파트에서) 20층이라면 이도저도 아닌 아이들은 10층, 맨 밑의 아이들은 3층 정도예요…… 그렇게 차이가 커요…… 20층에 있는 아이들의 말과 행동을 이해해요. 그 위치에 있었으면 나도 그랬을지 몰라요."라고.

무리에서 이탈한 아이, 배제된 아이는 혼자가 되는 게 두려워 비슷한

48 요즘 아이들은 집단 따돌림이나 왕따라는 말만큼 '다구리'라는 은어도 자주 쓴다. 외면이라는 의미의 따돌림보다는 집단 폭행의 의미를 담고 있는 '다구리'라는 말이 아이들의 행동을 설명하는 데 더 적절할 때가 있다.

처지의 아이나 다른 무리를 찾아간다. 겉으로 보기에는 친한 친구 같지만 단지 필요에 의해 같이 다니는 아이들을 학교에서는 어렵지 않게 만날 수 있다. 그래서 서로 죽고 못 살 것처럼 같이 다니는 무리 안에서도 내부 권력투쟁을 통해 얼마든 따돌림이 일어나고, 가해자와 피해자의 얼굴이 동시에 나타나는 일이 비일비재하다.

요즘 아이들은, 물론 전적으로 그 아이들의 잘못이 아닌 부모와 어른들, 그리고 사회의 책임이지만, '학습-기계'가 되었다. 많은 아이들은 교사를 '교수-기계'로 받아들이고 '실력' 없는 교사는 무시당해 마땅하다고 생각한다. 이 사고가 확장되면 자신을 제대로 부양할 능력이 없는 부모나 별 볼 일 없는 어른이나 노인은 무시해도 괜찮다고 여길 것이다.[49] 이미 '별 볼 일 없는' 아이는 찐따(무시해도 좋은 존재)라는 인식이 아이들 사회에서 시작되었다.

한때 모바일 디지털 기기로 무장한 세대를 일컬어 '디지털 유목민'이라 부르고, 그들이 새로운 탈주의 흐름을 불러일으킬 것이라 기대한 적이 있다. 일리 있는 지적이다. 하지만 일부에서는 몽골 유목민들이 한때 제국주의자가 되었던 것처럼 디지털이라는 준마를 타고 폭력적 성향을 드러내고 있다.

디지털 유목민이자 '학습-기계'가 된 아이들, 약육강식의 벌판에 맨몸으로 던져진 아이들에게 삶의 공간은 그 자체가 호러다. 그래서 이 시기에 호러는 매우 중요한 장르가 될 수밖에 없다.

방미진의 『금이 간 거울』 중 「금이 간 거울」과 「기다란 머리카락」이 사랑받고 싶고 관심받고 싶은 아이의 욕망이 괴기스럽고 어두운 형태로

---

49 최근 사회문제가 되고 있는 약자와 노인을 대상으로 한 각종 지하철 패륜 사건들이 이 증상이다.

드러난 작품이라면, 두번째 책인 『손톱이 자라날 때』는 이런 인간의 어두운 욕망뿐만 아니라 앞서 길게 언급한 현실 인식을 바탕으로 한 학교 문제, 집단 따돌림 문제가 전면에 드러난다. 이 소설집은 무리에 속하는 것이 목숨만큼 소중한 사춘기 소녀들의 심리를 호러라는 장르의 특성을 통해 소름이 일 정도로 적나라하게 보여준다는 점에서 그 의미가 각별하다.

방미진의 작품이 돋보이는 이유를 설명하기 위해 스티븐 킹의 말을 한번 더 들어보자. 그는 "공포소설은 익숙한 것들 속에 도사린 차가운 손길"이라 하고 "좋은 공포소설은 이러한 차가운 손길에 갑작스럽게 예기치 못한 압력을 실어 행사한다. 가정에 돌아와 문의 빗장을 걸어 잠글 때, 우리는 걱정 근심을 밖에다 내쫓고 있는 거라고 생각하고 싶다. 나쁜 장소에 관한 좋은 공포 이야기는 우리가 세상만사를 밖에다 내쫓고 있는 게 아니라고 속삭인다. 우리가 우리 자신을 집 안에 가둬두고 있는 거라고 (…) '그것들'과 함께 남게 되는 것이라고 속삭인다."[50]

우리의 일상 공간이 호러가 될 수 있다는 인식, 익숙한 것들 속의 공포가 더 섬뜩하다는 인식은 방미진의 작품 속에 일관되게 구현된다. 이것이 일반적으로 이야기되는 '아동문학의 판타지'와 호러가 구별되는 지점이기도 하다.

그 밖에 소프트한 호러라 할 수 있는 오시은의 『귀신새 우는 밤』(문학동네, 2008)과 호러동화집 『하얀 얼굴』(안미란 외 6인, 창비, 2010), 호러를 목표로 한 건 아니지만 온갖 한국 귀신들을 불러낸 보린의 『한밤에 깨어나는 도서관, 귀서각』 등이 눈여겨봐야 할 작품이다. 서양에서는 살

50 앞의 책, 450쪽.

인마나 뱀파이어, 늑대인간, 악령, 유령 등이 호러의 단골손님이라면 오시은이나 보린 같은 우리 작가들은 왜 유독 귀신 이야기를 쓰는지도 한번쯤 생각해보면 좋을 듯하다.

### 5. 나오며

동화 장르가 경계를 넘어서는 현상을 다시 정리해보자.

첫번째, 동화의 소설화 경향. 동화가 소설화된다고 해서 어른들이 즐기는 소설이 되는 것은 아니다. 70년대에 이오덕이 어린이를 등진 동시에 대해 비평적 투쟁을 펼친 것처럼, 어린이를 버린 '소설화된 동화'는 더이상 동화가 아니기 때문이다. 그래서 상상력의 방향이 중요하다. 현실 어린이를 둘러싼 세계와 어린이의 사고방식이 변화한다고 해서 어린이 개념 자체를 폐기할 수는 없다. 어린이 개념을 폐기한다는 것은 어린이 시기를 폐기하는 것이며 이는 이 사회를 정글로 만들어 승자 독식을 하고 싶어하는 무리들의 횡포에 부역하는 것이다. 소설화의 경향 속에서도 아동문학으로서 고유한 특질을 잃지 않게 하는 이 상상력의 방향이 무엇인지를 이론적으로 설명하기는 쉽지 않다. 결국 작가가 작품으로 보여주게 될 것이다.

두번째, 동화와 청소년소설의 경계가 모호해지는 현상. 동화와 동화를 즐기는 아이들에 대해 언급하는 이 글에서도 글의 흐름상 청소년소설을 인용할 수밖에 없다는 점을 되새겨보자. 과거에는 비평을 할 때 동화는 동화대로, 청소년소설은 청소년소설대로 따로 작품 경향을 언급했지만 앞으로는 점점 불가능해질 것이다.

세번째, 장르문학과의 결합. 소설은 글로 된 것이라면 어떤 형식의 장르든 몸을 합칠 수 있고, 어떤 주제든 어떤 배경이든 어떤 인물이든 어떤 사건이든 시간과 장소에 구애받지 않고 서술의 대상으로 삼을 수 있다고 했다. 동화라고 못할 게 뭐가 있겠는가? 현대 동화는 민담적 속성을 여전히 지니고 있지만 근대의 양식인 소설에 더욱 근접해 있다. 스스로 동화의 통념이나 자기 검열에 빠져 있지는 않았을까? 동화 역시 아동소설과 다양한 장르 명칭을 집어삼킨 '가오나시'이다. 아동을 향한 상상력이라는 끈은 놓치지 않고 다양한 실험에 뛰어들기 바란다.

진짜 문제는 따로 있다. 눈치 빠른 이들은 진작 눈치챘겠지만 이렇게 동화 장르가 장르적 경계를 넘어서는 흐름보다 먼저 아이들이 어른들이 그어놓은 경계를 빠르게 넘어서고 있다는 점이다.

아이들을 둘러싼 세계와 사고, 고민은 빠르게 변화하고 있다. 그리고 이 변화는 바람직하지 않게도 미시적 형태의 카스트제도의 형성으로 귀결되고 있다. 그들의 세계는 소설의 세계이고 호러의 세계이다. 그런데 많은 작가들은 이 현상을 보지 못하고 기존 동화의 통념에 갇혀 미적거리고 있다.

학교를 졸업하면 학급 내에서의 가상의 서열 구조는 파괴되겠지만 그동안 아이들이 겪은 긴 시간은 돌이킬 수 없는 상처가 될 것이다. 또한 이런 서열 구조를 내면화한 아이들은 어른이 된 다음에도 학창 시절에 겪은 집단 가해의 경험을 재생산하려고 할 것이며, 이미 사회적으로 굳어져가고 있는 계급계층화를 아무 의심 없이 받아들이게 될 것이다.

이 가상의 서열 구조를 파괴하기 위해서는 어떻게 해야 될까? '그래 나는 찐따다!'라는 집단적 선언이 필요하지 않을까? 그러나 현실의 아이들에게 이 선언을 요구하는 것은 아이들의 처지를 무시한 폭력일 수밖에 없다.

이 선언에 앞서 동화의 선구적 역할이 필요하다. 이를 위해서는 고토 류지처럼 직접 아이들 삶의 현장에 뛰어들어 아이들의 육성을 듣고 진정으로 아이들이 듣고 싶어하는 이야기를 그려내는 작가가 되어야 하지 않을까?

'그래 나는 찐따다! 그래서 어쩌라고?' 당당히 외치는 인물의 형상화를 통해서 현실 아이들에게 이 가상의 서열 구조를 파괴하라고 외치는 선동가가 될 수는 없을까?

『어린이와 문학』 2011년 8월호

| 2부 |

# 서평

## 보여주는 동화와 질문하는 소설 사이에서

# 이제 다시 아이들의 삶으로(BTTB)

## 이현의 『장수 만세!』

사주를 보면 나는 나무의 기운을 타고났다고 한다. 그런데 약한 나무란다. 어렸을 때부터 비실거리고 젊은 나이에 여기저기 아픈 데가 많으니 그 말이 맞는 것 같다. 대신 흙이 좋아 잘 자란단다. 흙이 좋다는 건 인복이 많다는 거란다. 내가 교사가 되고 아동청소년문학평론가가 되기까지 나를 이끌어준 좋은 사람들을 많이 만났다. 그런데 어느 날 문득 내가 인복이 많다는 게, 귀한 사람들이 나를 찾아왔다기보다 내가 그 사람들을 '알아'본 게 아닌가 하는 생각이 들었다. 인복이 없다고 하는 사람들, 혹시 자신에게 찾아온 사람들을 못 알아본 게 아닐까?

요즘 좋은 작품이 없다고들 한다. 과연 그럴까? 정말 좋은 작품이 없어서가 아니라 좋은 작품을 알아보지 못하고 그냥 흘려보낸 건 아닐까?

10여 년 전 우리 동화가 '생활동화'의 한계에 갇혀 있다는 말들을 많이 했다. 그리고 이 한계를 극복하기 위해 여러 비평적 담론이 제출되었다. 판타지 장르에 대한 탐색, 우리 동화의 중심을 지켜주었던 현실주의 동화가 새롭게 나아갈 길에 대한 토론들은 작가들의 상상력을 자극하는 촉매제가 되었다.

2000년 전후 찾아온 어린이문학의 부흥기는 시장의 확대와 저학년 동화의 약진에서 시작되었다. 저학년 동화의 약진은 어린이의 심리를 정확히 짚어내고 이를 풍부한 상상력과 간결한 문장으로 그려낸 김옥, 임정자, 김영주와 같은 뛰어난 신인작가의 힘도 컸지만 이를 뒷받침해주는 일러스트레이션과 북디자인의 발전이라는 외적 요소가 없었다면 그만큼의 전진은 쉽지 않았을 것이다.

그러나 최근 몇 년 사이 우리 어린이문학 동네를 한 단계 발전시킨 힘은 이런 외적 요소보다 작가들의 사회적 인식의 확장, 형식과 기법의 다양화라는 내적 요소에서 찾을 수 있다. 어린이의 심리에 밀착하여 일상에서 부딪치는 문제들을 담아낸 짧은 단편동화보다는 가족 제도, 입양 등의 사회적 문제를 정면에서 다룬 장편아동소설, 재기발랄한 상상력 혹은 신화적 상상력을 바탕으로 쓴 판타지, 연보 중심의 통사적 서술 방식에서 벗어나 사건보다 인물에 초점을 둔 역사동화 등이 각종 공모제를 휩쓸고 비평적 조명을 받게 되었다. 문체 면에서는 김기정의 해학적 문체, 이소완, 유은실의 섬세한 심리묘사를 바탕으로 한 내밀한 문체가 돋보였다.

그러나 작가들이 이렇게 자신의 예술적 창작 역량을 가늠하며 새로운 형식과 화법을 개척하기 위해 분투하는 동안 정작 동화의 주인인 '지금 이 자리의 어린이'의 삶에 대한 고민에 소홀했던 것은 아니었을까?

최근 등장한 일군의 작가들은 동화를 '어린이를 위한 문학'이라는 기존 개념에서 벗어나 '자기표현의 한 방식'으로 새롭게 정의하고 있는 듯하다. 그러나 동화의 주인은 결국 '어린이'라는 점을 잊어서는 안 된다.

작가가 하고 싶은 이야기가 있다면 어린이는 듣고 싶은 이야기가 있다. 우리는 어느 한쪽만의 손을 들어줄 수 없다. 양자 간에 팽팽한 긴장이 유지될 때 우리 동화의 건강성이 확보된다.

지금 어린이들이 처한 현실은 참으로 참혹하다. 고작 초등학교 5학년 아이들이 영어 학원 숙제로 중고생 수준의 영어 단어를 외워야 하고, 밤 10시나 되어야 터덜터덜 학원에서 돌아온다. 기말 평가가 가까워지면 졸린 눈을 비비며 12시 넘어서까지 문제집과 씨름을 해야 한다.

5학년인 우리 반 아이 하나가 일기장에 이런 요지의 말을 쓴 적이 있다.

"요즘 들어 갑자기 가슴에서 무언가 울컥하고 치밀어오를 때가 있다. 그게 뭔지는 잘 모르겠다. 어떨 땐 이유 없이 막 화가 난다."

이 아이는 내가 뭐라고 지적을 하면 불량스러운 표정을 보이거나 분노를 터뜨릴 때가 있다. 참 순한 아이인데 말이다. 나도 인간인지라 "쪼만한 녀석이!" 하고 화가 날 때가 있지만 생각해보면 정말 가엽다. 아직 두 다리가 다 땅에 닿지 않은 자유로운 영혼인데 학원, 공부, 시험으로 사육장 짐승처럼 이리 쫓기고 저리 쫓기니 얼마나 스트레스를 많이 받겠는가.

아이들은 어른들이 준 스트레스를 자기보다 약한 존재에게 풀어버린다. 반에 조금이라도 만만하거나 소극적인 아이가 있으면 손쉽게 '왕따'를 시키고, 이유 없이 때리기도 한다. 이렇게 답답한 현실 속에서 '인성 교육'을 통해 왕따 문제와 학교 폭력 문제를 해결하라는 건 어른들, 교육 관료들의 몰염치에 불과하다. '인성 교육' 하라고 만들어낸 학습지와 생활본 쓰기, 독서 교육 등은 아이들을 더욱 벼랑으로 몰고 간다. 정말 아이들이 미치지 않고 견디는 게 신기할 뿐이다.

게다가 이런 현상은 무한 자유경쟁을 신봉하는 새 정권이 들어서며 더욱 심각해지고 있다. 새 정권이 세운 교육 관련 로드맵을 보면 입이 딱 벌어질 정도이다. (영어몰입수업이란 말 한마디에 온 동네 영어 학원이 들썩거리고, 외고 같은 특수목적고에 이어 자사고, 국제학교와 같은 말 때문에 초등학교 아이들까지 입시 경쟁에 휘말리고 있는 게 지금의 현실이다.)

이제 우리 작가들은 벼랑으로 내몰리고 있는 우리 아이들을 지키는 전사가 되어야 한다. 지난 10년이 우리 동화의 상상력과 영역을 새롭게 갱신하고 개척하는 과정이었다면, 지금은 우리 아이들을 이런 폭력과 야만으로부터 지켜내야 할 시기인 것이다. 작가가 하고 싶은 이야기보다 아이들이 듣고 싶은 이야기로 중심을 옮기는 것, 이것이 지금 우리 어린이문학 동네의 당면 과제이다.

이런 관점에서 보았을 때 미처 '알아'보지 못하고 흘려보낸 작품이 하나 있다. 첫 창작집 『짜장면 불어요!』(창비, 2006)를 통해 성석제 못지않은 입심을 드러낸 이현이 『우리들의 스캔들』(창비, 2007)이라는 청소년 소설을 징검다리 삼아 자신은 확실히 아이들 편이라는 걸 보여준 작품이 바로 『장수 만세!』(우리교육, 2007; 창비, 2013 재출간)이다.

이 작품은 맥주 회사의 말단 간부인 아빠, 아파트 대출금 갚으랴, 자녀들 사교육시키랴 허리띠 졸라매고 사는 엄마, 늘 1등을 놓치지 않는 범생이 오빠 장수, 그리고 영어라면 학을 떼는 작중 화자 혜수로 이루어진 "평범한 채로 열심히 살아가는" 한 가족의 삶을 그려낸다.

어느 날 밤 혜수는 필리핀으로 영어 연수를 가라는 엄마랑 부딪치고 창가에 매달려 밖을 내다보다 저승사자의 실수로 저세상에 가게 된다. 이승과 저승의 문턱에서 저승사자와 염라국 입국 심사과 과장 지밀은 정작 데리고 와야 할 사람이 혜수가 아니라 자살을 하려던 혜수의 오빠 장수라는 걸 알게 된다. 장수를 다시 데려오려다 얼떨결에 40년 이상 구천을 떠돈 영혼인 송연화가 잡혀 오고, 송연화는 "산 사람으로 다시 한번" 살아보게 해달라고 요구한다. 저승사자와 지밀은 자신들의 잘못이 염라대왕에게 알려질까봐 장수의 목숨을 일주일 연장해준다.

그리하여 연화는 혜수의 몸으로 들어가고, 혜수는 생령이 되어 오빠의 주변을 떠돌며 왜 오빠가 자살을 하려고 했는지, 어떻게 해야 오빠의 자살을 막을 수 있을지 골몰하게 된다. 혜수가 일주일간 오빠의 뒤를 쫓는 동안 이 땅의 청소년들이 얼마나 힘든 삶을 살고 있는지가 적나라하게 그려진다.

장수는 공부 스트레스 때문에 난독증에 걸려 글자를 읽을 수가 없게 되었고, 급우인 도엽이는 1등을 빼앗기 위해 장수의 수행평가 공책을 몰래 훔쳐 불태운다. 친구 정태는 부정행위가 들통나 특목고 입학이 불가능해지자 중3 때 자살을 기도했다.

누가 이렇게 아이들 삶을 망쳐놓았는가? 부모의 욕심 때문인가? 혜수의 부모도 사실은 이 잘못된 현실의 피해자들이다. 아이들이 겪는 입시 지옥과 과도한 교육 노동은 아이들뿐만 아니라 한 평범한 가족의 삶까지도 파괴시키는 괴물이다. 작품 후반부에 혜수 아빠가 주식 투자에 실패한 게 알려진 뒤 소리쳐 말하는 장면을 보자.

> "몰라서 물어? 재미로 그랬겠어? 이렇게 살기 싫어서 그랬어. 마시기 싫은 술 억지로 마시고, 언제 잘릴지 몰라 벌벌 떨면서 회사 다니는 거, 지겨워서 그랬어. 달랑 집 한 칸, 이나마도 빚에 허덕이느라 우리가 언제 다리 뻗고 자봤어? 제대로 여행이나 다녀봤어? 그뿐이야? 우리 애들, 공부에 치여서 시들어 가는 거 보기 딱해서, 애들 뒷바라지하느라 죽어나는 당신 보기 안돼서, 어떻게든 해보고 싶었어. 목돈 좀 마련해서 이 나라를 뜨고 싶었어! 뉴질랜드든 캐나다든 어디든 가보려고, 그러려고 했던 거야. 당신 그렇게 내 속을 모

르겠어!"

아빠는 출근길 강변도로에서 "가끔 그대로 핸들을 확 꺾어버리고 싶"은 충동에 싸이고, 엄마는 "자신의 모든 꿈을 포기"하고 "갖고 싶은 거, 먹고 싶은 거, 무엇 하나 맘껏 해"보지 못한 채 살아간다. 오로지 자식 교육 때문에.

장수는 부모에게 난독증 때문에 글자를 읽을 수 없음을, 더이상 공부를 할 수 없음을 고백하지만 부모는 결코 이 현실을 받아들이지 못한다. 주어진 일주일이 다 되어 장수는 결국 자살 직전에 이르고, 더이상 어떻게 해볼 방법이 없는 연화의 혼은 마지막 방법으로 조금 일찍 혜수의 몸을 떠난다. 창밖으로 뛰어내리기 직전 장수는 혼이 빠져 숨이 멎은 동생 혜수를 발견하고, 급히 부모를 불러 병원으로 데리고 간다. 병원으로 가는 도중 정해진 시간이 되어 혜수의 혼은 제 몸 안으로 들어가 다시 살아나고, 장수는 이를 겪으며 다시 살아야겠다고 결심한다.

작가는 자살을 꿈꾸는 아이들의 힘든 삶을 그려내면서도 물에 젖은 솜이불처럼 축 늘어지지 않으며, 구호나 대자보처럼 아이들을 훈계하거나 어른들을 가르치려 들지 않는다. 이승과 저승을 넘나드는 판타지 장치와 이현 특유의 발랄한 문체를 통해 유쾌하게 그려낸다.

이렇게 수다스러운 문장 속에 슬쩍슬쩍 끼워져 있는 진지한 문장은 더욱 빛을 낸다. 연화가 정태에게 내재된 신기(神氣)를 발견하고 하는 말이다.

"좀 아플 거야. 눈을 뜨는 건 힘든 일이거든. 제 안에 숨어 있는 제 모습을 보는 것도 아픈 일이거든. 그래도 견뎌야지, 뭐. 평생 자기가 누군지도 모르고 사는 인간들에 비하면 그래도 복받은 거잖아."

아이들은 둘째 치고 이 땅의 많은 어른들조차 대부분 평생 자기가 누군지도 모른 채 남들 뒤만 따라다니며 주식이다 부동산이다 하며 삶을 낭비하고 있다. '제 안에 숨어 있는 제 모습을 보는' 게 얼마나 중요한 일이며 얼마나 어려운 일인가? 또한 '제 안에 숨어 있는 제 모습을 보는' 존재가 바로 작가라는 점에서, 가벼운 문체로 썼지만 속으로는 작가가 얼마나 아픔을 감내하며 이 글을 썼는지도 알 수 있다.

연화가 혜수의 몸에서 빠져나가기 직전 혜수의 생령에게 말하는 대목에도 작가란 어떤 존재인지를 보여주는 문장이 있다. 이 마음을 오래 잃지 않았으면 한다.

"귀신들은 산 사람보다 많은 걸 알지. 많은 걸 보고……. 하지만 우리가 앞날을 아는 건 아냐. 다만…… 그 사람의 아픔을 볼 줄 아는 것뿐이야. 우리는 아무것도 욕심내지 않으니까, 그러니까 사람의 마음이 있는 그대로 들여다뵈는 것뿐이야."

끝으로 제목 이야기를 잠깐 하고 마치겠다. 요즘 류이치 사카모토의 명곡 〈Energy Flow〉와 〈Aqua〉가 담겨 있는 'BTTB'란 앨범을 즐겨 듣고 있다. BTTB는 'Back to the Basics'의 줄임말이라 한다. 동화의 Basic은 무엇일까? 결국 아이들의 삶이 아닐까?

『열린어린이』 2008년 9월호

# 송언이 발견한 동심

## 송언의 『잘한다 오광명』

어린이문학은 동심의 문학이라고 말하는 사람들이 많다. 그 말이 완전히 틀린 말은 아니지만 나는 그 말이 썩 마음에 들지 않았다. '동심'이라는 말이 워낙 추상적인지라 귀에 걸면 귀걸이 코에 걸면 코걸이 식으로 사용되어, '동심'의 의미를 자기 입맛대로 해석하여 쓰는 경향이 있었기 때문이다. 특히 어린이문학의 현실성을 제거하고자 했던 이른바 '동심천사주의자'들이 '동심'이란 말을 통해 현실주의적 어린이문학 작품을 폄훼하고자 했던 과거의 예 때문에도 더 그러했을 것이다. 하지만 최근 출간되고 있는 송언의 작품을 읽어보면 어린이문학은 정말 '동심의 문학'이구나 하는 탄성이 절로 난다.

졸고 「콧수염 도사의 동심 찾기」(『몸의 상상력과 동화』 267~271쪽)에 밝혔듯이 송언의 문학 인생의 시작은 동화가 아니었다. 1978년 스물셋의 나이에 강원일보 신춘문예에 시로 처음 등단했으며, 1982년 중앙일보 신춘문예에 소설 「그 여름의 초상」이 당선되어 작품활동을 시작했다. 그 뒤 주로 소설을 쓰던 송언은 1989년 전교조 대량 해직 사태 이후, 주로 해직 교사 문인이 중심이 되었던 교육문예창작회 운동에 참여하게 된다. 초등학교 교사생활을 하다 해직된 송언은 당면한 현실적, 교육적 문제에 맞서기 위해 자신의 본업(?)을 '일단' 접고 문예운동 차원에서 동화를 쓰게 된다. (진짜 본업이 동화였다는 걸 20여 년 전 송언은 손톱만큼이라도 예감을 했을까? 운명은 참으로 묘한 거라 생각된다.)

서초동 꽃마을 철거민의 투쟁을 다룬 장편 『내일은 맑을 거야』(푸른나무, 1992)[51]를 출간했던 송언은 90년대 후반 10년 만에 학교로 복직하게 된다.

송언이 40대 초중반이던 무렵, 사적인 자리에서 10년은 동화를 쓰고 50이 넘어서는 다시 소설을 써야 할 것 같다는 말을 한 적이 있다. 아무래도 그때쯤에는 자신의 감성이 아이들의 넘치는 감수성을 감당하지 못할 것 같다는 뜻이었던 듯하다. 하지만 그의 예언은 보기 좋게 스스로를 배반하고 말았다. 나이를 먹으면 먹을수록 점점 더 어린아이들의 마음을 잘 담아낸 작품을 펴내고 있기 때문이다.

송언은 저학년 담임을 맡으며 그동안 경험하지 못했던 아주 어린아이들의 동심 속에 풍덩 빠져들고 만다. 『선생님, 쟤가 그랬어요』(한겨레신문사, 2003), 『엄마, 우리 교실에 놀러 오세요』(한겨레신문사, 2004) 등의 교단 일기를 통해 저학년 담임의 경험을 풀어내더니 『슬픈 종소리』(사계절, 2004)를 통해 드디어 '동심의 작가'로 거듭나기 시작했다.

이후 송언은 『멋지다 썩은 떡』(문학동네, 2007), 『김 구천구백이』(파랑새어린이, 2007)를 통해 완전히 아이들 속에 녹아들어간다.

---

51 우리교육에서 같은 제목으로 재출간되었다가 다시 『하느님께 보내는 편지』로 제목을 바꾸어 출간되었다.

두 작품 모두 서술자로서 교사 자신이 등장하지만 이 작가의 모습은 껍질만 콧수염 잔뜩 기른 어른일 뿐, 하는 행동은 아이들과 다를 바가 없다.

여기서 이야기할 『잘한다 오광명』(문학동네, 2008) 역시 이 연장선상에 있는 작품이며, 『멋지다 썩은 떡』과 인물을 공유하는 연작 형태의 작품이다.

교실에는 으레 한 반에 두세 명씩 담임 속을 부글부글 끓이는 말썽꾸러기, 싸움쟁이, 문제아가 있기 마련이다. 2학년 오광명 역시 어느 학교에나 있는 소문난 말썽쟁이다. 공부도 못하고, 말썽도 많이 피우고, 무엇보다 싸움쟁이라 하루도 그냥 넘어가는 날이 없다. 그러니 아이들도 오광명을 좋아할 리가 없다. '꼬마 문제아'로서 모든 조건을 다 갖춘 셈이다. 털보 담임선생님은 다른 선생님과 달리 꾸짖고 야단치고 훈계하는 어른이 아니라, 광명이의 마음을 헤아리는 친구가 되어준다. 이미 문제아로 낙인찍힌 자신을 색안경을 끼지 않고 있는 그대로 받아주고, 앞뒤 안 맞는 이야기라도 다 들어주는 털보 선생님을 만난 오광명은, 비록 싸움과 말썽은 멈추지 않지만 점점 마음의 문을 열어간다.

하지만 삶이라는 게 원래 좋은 일이 생기다보면 나쁜 일도 같이 생기는 법, 광명이를 유일하게 이해하고 감싸주던 짝꿍 준이가 전학을 가게 된다. 준이가 전학 가는 날 좋아하던 짝을 잃고 복도에 나와 "슬픔을 토해 내"듯 울고 있는 광명이를 털보 선생님은 꼭 안아준다. 그 장면에서 누가 광명이를 '문제아'라고 생각할 수 있으랴? 그러고 생긴 커다란 변화! 싸움쟁이, 말썽쟁이, 그래서 싫어했던 광명이를 위해 반 친구들이 광명이를 데리고 준이네 집으로 가려고 한 것이다. 아무리 싫은 아이라도 그 아이의 슬픔에 공감하고, 그 슬픔을 덜어주려는 아이들의 마음, 이게 바로 송언이 발견한 참다운 동심이 아닐까? '어린이문학은 동심의 문학이다.'라는 말이 여전히 가치를 지니는 건, 바로 이런 작품 때문이다.

작가는 짝을 잃고 슬픔에 빠진 광명이를 위해 이렇게 말해준다.

> "선생님은 광명이가 이렇게 착한 제자인 줄 몰랐어. 처음엔 말썽쟁이 오광명인 줄만 알았거든. 그런데 오늘 보니까 무척 착해. 그래서 선생님 마음이 아주 흐뭇해. 광명이는 나중에 멋진 어른이 될 거야."

이 세상에 이런 선생님만, 아니 이런 어른만 있다면 얼마나 좋을까? 아무리 말썽을 부리고 싸움질을 해도 이야기를 들어주고 기다려주고 지켜봐주는 어른들이 있다면 이 세상 그 어떤 아이가 '문제아'가 될까? 하지만 작가 후기를 보면 광명이의 그 뒤 학교생활은 그다지 순탄치 않았던 것 같다. 참으로 아쉬운 일이 아닐 수 없다.

송언은 더이상 동화를 통해 사회를, 아이들을 계몽하려 들지 않는다. 커다란 사건을 통해 거대한 주제를 드러내려고 하지도 않는다. 그냥 동화 속에서 꼬맹이들의 삶에 돋보기를 대고, 아니 아예 그 속에 눌러앉아 아기자기하게 어울려 놀 뿐이다. 그래서 필자는 사적인 자리에서 송언은 한국의 르네 고시니가 되어가고 있다는 말을 한 적이 있다. '꼬마 니콜라' 시리즈에 나오는 아이들의 (사실 거창한 생각을 하며 살아가는 어른들이 보면 별것 아니지만) 아기자기한 일상들을 꼼꼼하고 경쾌하게 그려내는 고시니처럼 송언이 변모해가고 있기 때문이라 생각했기 때문이다. (하지만 송언은 한국의 르네 고시니가 아니다. 송언은 송언이다!)

여기서 한 가지 더 생각할 점. 10년 전이라면 송언의 이런 일련의 작업들(작품 속에서 딱히 이렇다 할 주제나 교훈을 찾아보기 힘든)을 우리 어린이문학 동네가 유쾌하게 받아들일 수 있었을까? 송언의 변모는 우리 어린이문학 동네의 발전과 함께하고 있다.

『서평문화』 2008년 가을호

# 어린이를 위한 나라는 없다

## 안점옥의 『비밀 시험지』, 김하늬의 『친구 도서관』

지난 10여 년 동안 일구어온 '어린이를 위한 나라'는 1년 만에 사라지고 말았다. 우리가 일구어온 나라는, 파도 하나에 쉬 허물어질 만큼 엉성하게 지은 모래성일까? 아니면 '일구어온' 게 아니라 '일구어온 거라고 착각'했을 뿐인가?

신자유주의라고 하는 시장만능주의가 우리가 숨을 쉬는 곳이라면 어디든지 바이러스처럼 퍼져가기 시작한 거야 이미 오래된 일이고, 교육 분야에도 이런 시장만능주의는 침윤해가고 있었다. 특목고 열풍이니 사교육 문제니, 이런 것들이 비단 어제오늘의 문제는 아니었다.

하지만 이런 입시 지옥과 경쟁지상주의에서 지켜져야 할 보루라고 사회구성원들이 암묵적으로 합의하고 있었던 (아마도 일부 구성원들은 이것이 몹시 못마땅했겠지만) 10대 초반까지의 '아동기'도 이 거센 파도 앞에 여지없이 허물어지고 있다.

서울시 교육의 수장[52]이라는 자는 초등학교 아이들도 경쟁해야 된다고 내놓고 이야기를 하고 있다. 그에 따라 10여 년 만에 일제 고사가 부활되고, 초등학생까지도 입시 지옥으로 몰아넣을 국제중은 제대로 된 공청회 한 번 없이 밀어붙이기와 온갖 북새통 끝에 결국 합격자를 발표하고 말았다.

그뿐인가? 기존의 외국어고나 과학고는 둘째 치고, 국제중, 자사고에 이어 학교마다 일률적으로 '영재반'을 만든다고 한다. 영재란 특정 분야의 뛰어난 재능을 타고난 아이이다. 음악, 미술 등 예술 분야의 영재에 대한 개념이 그들 교육 관료의 머릿속에 들어 있을까? 과연 공교육에서 이런 다양한 분야의 영재들을 찾아내 그들의 영재성이 최대한 발휘되도록 개별 교육을 시킬 수 있을까? 영재 개념을 그들이 어떻게 판단하는지 모르겠지만, 결국 사교육을 많이 받아 지적 능력이 발달된, 아니 시험 점수가 뛰어난 아이들, 영어 수학을 잘하는 아이들을 모아 이름만 '영재반'인 우열반을 만들 게 불을 보듯 뻔한 일이다.

학교의 서열화, 학교 내에서의 서열화를 통해 그들이 얻고자 하는 것은 무엇일까? 가뜩이나 사교육 때문에 찌들어가는 우리 아이들더러 더 이상 어떻게 하란 말인가? 현 정권의 이런 교육 정책이 현실화되었을 때 우리 아이들은 어떤 현실에 처하게 될 것인가?

이렇게 어려운 상황 속에서 동화작가들은 어떤 포지션을 취해야 할까? 단언하건대, 지금은 작가가 '하고 싶은 이야기'에서 어린이들이 '듣고 싶은 이야기'로, 어린이들이 처한 벼랑 같은 현실로 시선을 옮겨야만 할, 전사처럼 써야 할 시기이다.

---

52 이 글이 실린 2009년 당시 서울시 교육 수장은 공정택 교육감이었다.

오늘 이야기할 두 권의 동화책은 요즘 아이들이 겪고 있는 일상에 착목하여 한 권은 사실적 기법으로, 다른 한 권은 환상적 기법으로 그리고 있는 책이다. 요즘 아이들이 겪는 문제에 시선을 집중하고자 한 것은 현실 문제를 외면하지 않는 작가다운 태도라 생각된다. 그러나 두 책이 겪는 문제의 핵심을 정확히 꿰뚫고 있는지, 이런 문제를 전복할 수 있는 상상력을 갖추고 있는지는 각 편을 따져 읽어보아야 할 것이다.

먼저 안점옥의 『비밀 시험지』(사계절, 2008)를 보자. 일곱 편의 단편이 들어 있는데, 모두 사실적 기법으로 쓴 점이 흥미롭다. 눈에 띄는 작품은 「친구 데려오기 운동」「엄마 숙제」「커닝」이다. 세 작품은 모두 어른답지 않은 어른, 경쟁에서 살아남기 위해 거짓말을 하고, 아이들을 위선의 장으로 몰아넣는 어른을 비판하는 동화이다. 「친구 데려오기 운동」에서는 게임기를 미끼로 수강생을 늘리는 태권도장 관장을, 「엄마 숙제」에서는 꼼수를 써서라도 방학 숙제 상을 받기를 원하는 엄마를, 「커닝」에서는 공부 잘하는 아이와 못하는 녀석으로 이분하여 경쟁을 요구하는 교사를 풍자하거나 비판하고 있다.

이런 못난 어른을 가르치는 존재는 경쟁에 시달리면서도 '솔직하거나 따뜻한 마음을 잃지 않은' 아이들이다. 「친구 데려오기 운동」에서는 서로 게임기를 차지하기 위해 경쟁하던 현수와 봉식이가 관장의 상술을 폭로하고[53] 「엄마 숙제」의 소영이는 건강한 모습으로 살아가는 현아의 모습을 보면서 양심의 소리를 외면하지 못하며, 「커닝」의 건이는 반에서 스타가 될 수도 있는 비밀을 간직하고 있으면서도 그 비밀로 인해 상

53 한편 슬프기도 한 것은, 아이들에게 게임기와 상품을 미끼로 수강생들을 데려오게 하는 '관장님'은 이 어려운 시기에 가족의 삶을 지키기 위해 몸부림치는 소시민들의 모습이라는 점이다. 이 관장님도 누군가의 아버지이리라. 자신의 아들 혹은 딸을 지키기 위해 위선의 탈을 쓴 채 작품 속에서 아이들의 조롱거리가 될 수밖에 없는…….

처받을 승재를 생각하는 속 깊은 모습을 보인다. 어른보다 나은 어린이라고 할 수 있겠다.

아쉬운 점도 많다. 가령 「넌 반장이야」 같은 경우 제목과 도입부를 보면서 교사가 반장에게 자기 권력의 일부를 위임함으로써 벌어지는 사건을 풍자하는 것이라 생각했다. 하지만 결말에 이르러 이야기는 이른바 '좋은 어린이 표' '나쁜 어린이 표'로 표상되는 토큰제 강화에 대한 비판으로 귀결된다. 결말에서 주인공이 엄마에게 큰소리로 외치는 말을 보자.

> "강아지? 됐어. 오늘부터 나 스티커 안 받아. 거기 있는 스티커도 다 엄마 가지셔."

주인공 세진이는 학교에서도 스티커 때문에 스트레스를 받고 집에서도 스티커 때문에 발목이 잡힌다. 하지만 스티커(토큰)는 결국 스스로 걸어 들어간 감옥이라는 것을 깨닫고 시원하게 "엄마 가지셔."라고 외친다. 물론 이 말을 하고 나서 세진이는 (비록 작품에 드러나 있지는 않지만) 빗자루로 몇 대 맞고 벌을 섰겠지만 학교와 학원과 집에서 다양한 형태의 토큰 감옥에 갇힌 어린 독자들에게는 굉장히 후련한 말일 것이다. 이런 멋진 결말을 갖고 있기에, 시종일관 토큰제에 대해 좀더 전면적으로 깊이 있게 다루었으면 어땠을까 하는 아쉬움이 남는다.

전체적으로 편편마다 아이들의 일상의 문제가 잘 드러나 있지만 아이들 눈을 사로잡을 만한 긴장감이나 전복적 상상력이 부족해 일상의 소소한 스케치에 그치고 있는 점이 아쉬웠다. 하지만 이 책은 저자의 첫 책이다. 다음 작품에서는 어린이들의 삶을 더 깊이 파고들어 일상 문제 뒤에 거대하게 자리잡고 있는 현실 모순의 뿌리를 송두리째 뒤엎을 상상력을 발휘할 수 있기를 바란다. 앞서 장황하게 말했듯, 지금 현실은 너무나 엄중하기 때문이다.

김하늬의 『친구 도서관』(한겨레아이들, 2008)은 쉬 친구를 사귀지 못하는 도시 아이들의 일상을 다루고 있다. 요즘 아이들은 바쁘다. 뜻 있는 부모가 아이들을 공부에 얽매지 않기 위해 학원에 보내지 않고 마음껏 놀라고 해도 같이 놀 아이가 없는 게 현실이다. 친구를 만나려면 학원에 가야 하고, 친구 집에 가도 뭘 하고 놀아야 할지 몰라 각자 컴퓨터 게임을 하거나, 만화책을 읽기 일쑤다. 몸으로 부딪치며 놀기가 쉽지 않은 도시 아이들에게 진정한 친구를 사귄다는 건 쉬운 일이 아니다.

김하늬는 환상적 기법을 사용하여 친구를 사귈 수 있는, 친구 사귀기의 규칙이 엄격하게 존재하는 여우내역의 '친구 도서관'이란 시공간을 창출한다. 흥미로운 설정이다. 아이들 사이의 진정한 소통이 점점 어려워져가는 상황에서 작가의 이런 문학적 실천은 의미 있는 작업이라 생각된다. 단순히 '친구 도서관'에서 책을 빌리듯 친구만 사귀는 것이 아니라, 추리적 형식을 띄고 이 도서관의 비밀을 밝히려는 아이들의 모습도 재미있다.

그러나 의아스러운 점도 여럿 있다. 백 년 묵은 여우가 '왕따' 손자를 둔 죽은 할머니의 몸을 뒤집어쓰고 도서관장이 되었다는 설정은 쉬 이해가 되지 않는다. 할머니가 죽어서도 손자에게 친구를 만들어 주려고 한 건 그렇다 쳐도, 백 년 묵은 "못된 여우"가 할머니의 탈을 쓰고 '친구 도서관'에서 도대체 무얼 하고 있는 걸까? 죽은 할머니의 소원을 들어주려는 걸까? 등장인물들의 말대로 "우리를 모두 여우 굴로 데려가" "간을 빼 먹"으려는 걸까? 작품 흐름상으로는 둘 다인 것 같은데, 그렇다면 이 여우는 다중인격을 갖고 있었던 걸까? '여우 누이' 모티프를 살려보려고 한 의도는 이해가 가지만, 적절하지 않은 상황에 갖다 붙인 과도한 설정이라 생각된다. 게다가 친구를 사귀기 어려운 사회적 현실에 대한 비판이 아니라 아이들 스스로의 자성에만 그치는 결말도 아쉽다.

아이보다 못한 어른이 수두룩하고(『비밀 시험지』), '친구 도서관' 역시 결코 어린이를 위한 장소가 아니었다는 점에서, 문학 밖에서든 안에서든 여전히 '어린이를 위한 나라'는 없다. 우리들은 현실에서 그리고 문학적으로 어떤 실천을 하며 살아야 하는 걸까?

『창비어린이』 2009년 봄호

04

# 가족을 다시 생각하며

## 오채의 『우리들의 짭조름한 여름날』

2000년대 우리 아동청소년문학 동네의 가장 중요한 화두는 가족이었다.

2000년대 초반은 '가족 만세' 이데올로기가 압도했다. 사회 안전망이 제대로 갖춰져 있지 않은 상태에서 IMF를 거치며 믿을 건 가족밖에 없다는 생각이 한국 사회를 휩쓸었기 때문이었다.

2000년대 중반 이후 우리 어린이문학 동네에서는 가족을 보는 시선에 변화가 생기고, 더이상 (혈연으로 맺어진) '가족 만세' 이데올로기는 설 자리를 잃게 된다.

지금 가장 활발한 활동을 하는 3, 40대 여성 작가들은 이전 세대와는 달리 핵가족 안에서 태어나 부모의 귀여움을 받고 자란 세대이다. 이들 세대의 어머니들은 태어나자마자 딸이라는 이유로 차별을 받았고, 산업화 시기에는 집안을 일으켜 세울 아들(오빠, 남동생)을 위해 의무교육만 받은 뒤 공장에 다니거나 살림을 도맡는 등 희생을 강요당했다. 시

집을 온 뒤에도 전통적 세대인 시어머니와 가부장적 사고를 갖고 자란 남편으로 인해 인고의 세월을 겪었다. 세상은 변했지만 과거를 돌이킬 수 없는 이들 어머니들이 자신의 딸들에게 어떤 이야기를 했을까? 아마도 "너는 나처럼 살지 마라."는 말이었으리라. 어릴 때부터 엄마처럼 살지 않겠다는 자의식, 가족을 위해 내 인생을 희생하지 않겠다는 생각을 갖고 자란 이 3, 40대 세대가 2000년대 중반 가족 문제의 흐름을 주도했을 것이다.

손현주의 청소년소설 『불량 가족 레시피』(문학동네, 2011)는 이런 흐름에 또다른 변화를 준다. 이들 가족 구성원은 각자 가출을 꿈꾸고, 하나하나 이를 실행으로 옮길 만큼 불량하다. 그러나 이 작품은 단순히 가족 해체 과정을 보여주는 것에 그치지 않는다. 가족이 해체되는 과정을 통해 가족이 왜 소중한 것인지를 깨달아가는 인물을 보여준다. 가족 해체를 통해 새로운 가족의 탄생을 보여준 것이다.

여기서 이야기할 오채의 『우리들의 짭조름한 여름날』(비룡소, 2011)은 『불량 가족 레시피』와 같은 콩가루 집안의 모습을 통해 가족이란 무엇인지를 다시 생각해보게 하는 작품이다. 줄거리를 잠깐 살펴보자.

계모임 사기 사건의 주범으로 몰린 30대 중반의 젊고 예쁜 엄마 때문에 열여섯 살 주인공 박초아는 아빠가 다른 동생인 일곱 살짜리 청록이와 함께 도망치듯 서울을 떠난다. 이들이 살던 집에는 차압 딱지가 붙은 채 빚쟁이들이 쳐들어오고, 청록이의 아빠, 즉 초아의 새아빠는 초아에게 동생을 부탁한다는 문자만 남기고 "자유를 찾아" 사라진다. 갈 곳이 막막해진 초아 엄마는 가출한 지 16년 만에 자신의 엄마를 찾아 전라도의 한 섬으로 이 아이들을 데리고 간다.

인조 속눈썹과 에르메스 가방에 목을 매는 초아의 엄마는 생존을 위해 남자는 언제든 이용할 수 있으며, 언제든 차버릴 수 있다는 생각을 가진 '불량한 엄마'다. 엄마가 할머니를 찾아가는 이유도 잠시 도피하기 위해서가 아니다. 말로만 들은 보물, 자신의 아버지가 귀하게 여겼다던 고문서를 찾아 한 방에 인생을 역전시키기 위해서다.

발전기를 돌려야만 전기를 얻을 수 있는 이 외딴 섬에서 초아는 한때 엄마를 좋아했던 춘삼이 아저씨와 검정고시로 고등학교 과정을 마치고 춘삼이 아저씨 일을 도우며 대입 준비를 하는 시호를 만난다. 불량한 엄마는 춘삼이 아저씨와 할머니를 적당히 구워삶아 어떻게 해서든 이득을 보고자 하고, 초아는 이런 엄마가 못마땅하다.

어느 날 초아 엄마는 춘삼이 아저씨의 밭에서 오래전 비싼 값에 팔린 백자가 출토되었다는 사실을 듣고 일확천금을 꿈꾸며 보물 찾기에 나선다. 그 와중에 초아는 가족사의 비밀을 알게 된다. 청상과부였던 할머니는 얼굴도 모르는 할아버지의 첩이었으며, 엄마는 늘 아버지를 그리워하다 뭍으로 도망치듯 가출해버렸다는 안타까운 사실을.

우여곡절 끝에 청록이가 찾아낸 백자는 그저 중국제 싸구려 도자기에 불과하다는 것을 알게 되고, 그들은 초아 할아버지가 귀하게 여겼던 가보에 마지막 희망을 건다. 과연 그 가보는 초아네 식구들을 벼랑에서 구해낼 수 있을까?

이 작품의 힘은 매력적인 인물 형상화와 가족과 삶에 대한 깊이 있는 통찰에 있다. 모든 인물이 다 살아 꿈틀거릴 뿐만 아니라 개성이 넘친다. 초아는 사차원의 세계에서 온 듯한 동생을 이해하고, 긴 세월 홀로 외로움을 감당했을 할머니의 마음과 상처받은 엄마의 마음도 감싸 안는다. 까칠해 보이는 시호, 사투리가 구수한 춘삼이 아저씨 모두 건강한 사람들이다. 무엇보다 이 작품은 상투적이지 않고 작위적이지 않다.

이 작품에서 가장 매력적인 인물인 초아 엄마는 뻔뻔하고 이기적이지만 미워할래야 미워할 수 없는 인물이다. "내 인생관이 남자는 버려도, 자식은 안 버린다야!"라고 외치는 초아 엄마는 단순한 자식 사랑이나 의무감 때문에 그런 말을 달고 사는 게 아니다. 아빠한테 버림받았다는 심리적 외상 때문에 남자에 대한 불신을 갖고 있지만 그 반대로 자신은 어떤 상황이 와도 절대 아이들을 버리지 않겠다는 강한 신념을 가지게 된 것이다.

하나밖에 없는 자신의 삶은 정말 중요하다. 가족이라는 괴물이 자신을 괴롭히고 삶을 망가뜨린다면 그런 가족은 해체되는 것이 낫다. 그러나 안타까운 건 그렇게 가족이 해체되는 과정에서 아이들은 치명적인 상처를 받게 된다는 것이다. 이 뻔뻔하고 불량한, 한때 이름이 귀녀였던 초아 엄마 양지은은 자신의 과거를 통해 알게 된다. 아이들이 버려져서는 안 된다는 걸.

작가에게 미안한 말이지만 몇 해 전 마해송문학상 수상작인 『날마다 뽀끄땡스』(문학과지성사, 2008)를 읽고 이 작가가 갇혀 있는 섬의 상상력을 쉽게 벗어나기 어려울 거라 생각했다. 인물과 세상을 감싸 안는 시선은 참으로 따스하지만 기성세대들이 그어놓은 경계를 뚫고 튀어 나가는 문제작은 쓰기 어려울 것으로 말이다. 하지만 오채는 『우리들의 짭조름한 여름날』로 보란 듯이 나를 한 방 먹였다. "이래도 나를 섬에 갇힌 상상력의 소유자로 볼래?" 하고 말이다. 이런 한 방은 맞아도 즐겁다.

『도서관 이야기』 2012년 1·2월호

# 진정한 애도의 중요성

## 패트릭 네스의 『몬스터 콜스』

지젝은 『이라크』(도서출판b, 2004)라는 책에서 도널드 럼스펠드 미 국방부 장관의 말을 인용하여 우리의 앎은 아래와 같이 넷으로 나뉜다고 했다.

—알고 있다는 것을 알고 있는 앎(known knowns)

—모르는 것을 모른다는 앎(unknown unknowns)

—모르지만 알고 있다고 생각하는 앎(known unknowns)

—알고 있지만 모른다고 생각하는 앎(unknown knowns)

여기서 우리 삶을 근본적으로 규정하는 중요한 앎은 바로 네번째 앎, 바로 (무의식은) 알고 있지만 (의식은) 모른다고 생각하는 앎이다.

한 아이가 있었다. 그 아이 엄마는 아이가 열 살 때부터 치명적인 병을 앓기 시작했다. 아이는 엄마의 고통스러운 비명 소리가 듣기 싫었다. 예쁜 옷을 입고 아이와 함께 봄나들이도 하지 못하고 밥도 차려줄 수 없는 엄마는 생을 마감하기 1년 전부터 사회적 의미의 '엄마' 역할을 전혀 하지 못했다. 치명적인 병은 엄마의 전신을 갉아먹어 3년 뒤에는 결국 생을 마감하게 했다.

그 마지막 날 오후에는 억수 같은 비가 천둥 번개와 함께 내렸다. 아이의 이모는 엄마가 죽기 전 "엄마 예뻤던 모습만 기억하라."며 엄마가 죽어가는 방에서 아이를 내몰았다. 아이는 그 이모가 고마웠다. 너무나 무섭고 두려웠기 때문이다. 그리고 얼마 뒤 혼자 방에 남겨져 있던 아이에게 아빠가 아이처럼 울며 다가왔다. 아이도 온몸의 수분이 다 빠져나갈 만큼 울었다. 3일의 장례 기간이 끝난 뒤 아이는 모든 걸 새롭게 시작할 수 있을 것 같은 느낌이 들었다.

어린 나이에 엄마를 잃은 그 아이는 홀가분에 가까운 이 느낌의 실체를 정확히 알지 못했다. 그 느낌과 관계된 네번째 앎이 앞으로 그 아이의 생에 두고두고 족쇄가 되어 자신을 괴롭히리라는 것은 더더욱 알 수 없었다. 25년 정도의 세월이 지난 뒤에야 아이는 깨닫는다. 그 죽음과 연관된 죄의식과 상실감의 실체를. 그리고 무의식은 그 실체를 아주 오래전부터 알고 있었음을. 알고 있지만 모른다고 생각하는 앎은 그 아이의 삶을 오랫동안 지배했다.

『몬스터 콜스』(웅진주니어, 2012)의 주인공 코너의 엄마는 암에 걸렸고, 아빠는 이혼한 뒤 미국으로 떠나 재혼을 했다. 가장 가까운 친구 릴리 때문에 코너 엄마의 이야기가 학교에 알려진다. 그 뒤 코너는 학교에서 "투명인간" 같은 존재가 되었다. 코너 엄마가 아픈 게 아니라 마치 코너가 아픈 것처럼. 선생님들은 코너가 숙제를 안 해와도 혼내지 않으며, 친구들은 코너에게 말도 걸지 않는다. 오직 해리 일당만이 코너를 괴롭힐 뿐이다. 코너는 해리의 괴롭힘을 선생님에게 말하지 않는다. 릴리의 친절도 받아들일 수 없다. 코너는 "선생님의 걱정스러운 얼굴을 볼 수도 없었고, 선생님 목소리에 담긴 걱정의 기색을 도저히 견딜 수도 없었다."고 말한다. 자신에게는 그럴 자격이 없다고 생각했기 때문이다. 게다가 코너는 엄마를 돌봐주러 온 할머니의 강압적 태도와 엄마의 죽음을 암시하는 말투가 싫다. 코너는 이래저래 삶의 코너로 몰려가고 있다.

코너는 밤마다 악몽에 시달린다. 악몽이 시작된 뒤로 12시 7분이 되자 꿈속의 괴물과는 다른 주목 모양의 몬스터가 코너를 찾아온다. 이 몬스터는 코너가 불러서 나타난 것이라 한다. 그리고 코너에게 세 가지 이야기를 들려줄 것이며, 네번째 이야기는 코너 스스로 자신에게 들려주게 될 것이라 예언한다.

몬스터가 들려준 첫번째 이야기는 사랑하는 여자를 죽이고 이를 마녀라고 짐작되는 새 왕비에게 덮어씌워 왕국을 구한 왕손의 이야기이다. 왕은 전쟁으로 네 아들을 모두 잃었지만 왕국을 지키고 평화를 이룬다. 이웃나라의 젊은 공주와 새로 결혼을 한 왕은 왕손이 열여섯이 되었을 때 죽고 만다. 왕손이 왕이 되기에는 이른 나이이기에 왕비가 섭정을 하게 된다. 왕비가 마녀라 왕을 죽였다는 소문이 돌지만 젊고 아름다운 이 왕비는 나라를 잘 다스린다. 어린 왕손이 왕이 될 나이가 되자 권력을 내놓기 싫은 왕비는 자신이 왕손과 결혼하는 것이 가장 좋은 방법이라고 생각한다. 왕손은 사랑하는 농부의 딸과 도망쳤다가 주목 밑에서 몸을 섞고 농부의 딸을 죽인다. 가슴 찢어지는 일이지만 왕국을 위해서, 악을 무너뜨리기 위해 희생이 필요하다고 생각했기 때문이다. 그리고 다음 날 아침 피 묻은 손으로, 이는 자신을 살인자로 몰기 위한 왕비의 계략이라고 외친다. 성난 사람들은 왕국으로 쳐들어가 성을 부수고 왕비를 화형시키려 한다. 왕손은 나쁜 짓을 했지만 몬스터에게 벌을 받지 않는다. 몬스터는 다만 화형 직전 왕비, 살인을 저지르지 않은 죄 없는 마녀를 구할 뿐이다. 몬스터는 코너에게 "항상 좋은 사람은 없다. 항상 나쁜 사람도 없고. 대부분 사람들은 그 사이 어딘가에 있지."라고 말해준다.

두번째 이야기는 자기 생각만 했던 남자의 이야기이다. 신식 문물에 밝은 한 목사는 초근목피로 치료를 해주는 약제사의 전통적 방식에 반대하며, 치료제를 만들기 위해 목사관 마당의 주목을 베어달라는 약제사의 제안을 거절한다. 이 약제사는 사람을 살리는 일을 하고 있었지만 욕심 사나운 자이기에 목사의 설교는 마을 사람들의 마음을 쉽게 움직일 수 있었고 약제사의 사업은 점점 더 어려워졌다. 어느 날 목사의 두 딸이 끔찍한 전염병에 걸리고 어떤 신식 치료법이나 기도도 도움이 되지 않는다. 죽음 직전 상황에서 이 목사는 약제사를 찾아가 딸들의 목숨을 구하기 위해서라면 주목이든 무엇이든 자신이 믿는 모든 것을 포기하겠다고 말한다. 하지만 약제사는 매몰차게 "그렇다면 내가 당신을 위해 할 수 있는 일은 없소."라고 답하고 딸들은 결국 죽고 만다. 그리고 그날 밤 몬스터는 도움을 주지 않은 약제사를 벌주지 않고 자신의 믿음을 저버린 목사를 벌하기 위해 목사관을 파괴한다. 몬스터는 "치료의 절반은 믿음이다. (…) 믿음이 가장 절실히 필요할 때 그걸 저버렸다. 목사의 믿음은 이기적이고 비겁했다."고 말한다. 코너는 이 모순에 가득

찬 두 이야기의 의미를 쉽게 이해할 수 없다.

세번째 이야기는 보이지 않는 사람의 이야기이다. 코너를 괴롭히던 해리는 어느 날 점심시간, 이제는 아예 "네가 안 보"인다며 코너를 무시한다. 몬스터는 낮 12시 7분에 나타나 아주 짧은 이야기만 해준다. "그러다가 어느 날 보이지 않는 사람은 결심했다. 저들이 나를 보게 만들 것"이고, "그 사람은, 몬스터를 불렀다."고. 곧이어 코너와 몬스터는 한 몸이 되어 "해리가 코너를 보게" 하기 위해 해리의 팔과 코뼈를 부러뜨린다.

이 세 이야기는 코너의 삶과 어떤 연관성을 가지는가? 좁게는 첫번째 이야기는 코너의 할머니, 두번째 이야기는 코너 자신과 관계된 이야기, 세번째는 코너의 분노에 대한 이야기인 것처럼 보이지만 그렇게 단순히 일대일의 관계로만 환원되지 않는다. 세 이야기는 코너와 코너를 둘러싼 사람들, 그리고 인간의 근원적인 존재 방식을 상징적으로 드러낸다.

또한 몬스터는 자연을 지배하는 정령이자 시간과 장소를 초월하여 '알고 있지만 모르고 있는 앎'을 알려주기 위해, 자신이 만든 감옥과 형벌에서 코너 자신을 구하기 위해 호출된 코너의 무의식이다. 무의식은 자신의 숙주에게는 관심이 없다. 오로지 자기 자신에게만 관심이 있을 뿐이다. 그래서 이 무의식은 강력한 에너지를 가지고 매우 파괴적인 모습을 보이기도 한다. (코너가 할머니의 거실을 초토화시키고 해리를 곤죽으로 만드는 사건을 보라.) 그래서 작가는 이 무의식을 몬스터라고 부르는 것이다.

엄마의 죽음 직전, 몬스터는 마지막으로 나타나 코너에게 마지막 이야기를, 진실을 스스로 말할 것을 요구한다. 엄마를 낫게 하기 위해 온 게 아니라 "너를 낫게 하려고 왔다."고 이야기한다. 코너가 끝내 고통스럽게 말할 수밖에 없었던 코너의 이야기, 코너의 진실은 무엇일까? 몬스터를 불러내기 전 코너가 악몽에서 본 것은 무엇이며, 그 꿈의 무엇 때문에 해리의 괴롭힘을 적절한 징벌이라 생각할 정도로 죄의식에 시달린 것일까?

이 책을 아직 읽지 못한 독자를 위해 코너의 진실, 남은 이야기들은 더이상 쓰지 않겠다. 내가 느낀 감동을 독자들도 온전히 누릴 권리가 있기에.

진정한 애도만이 사랑하는 이와의 진정한 이별을 가능하게 한다. 사랑하는 이의 죽음으로 빚어질 많은 심리적 고통. 그 고통의 깊이가 한없이 참담하다 하여 이를 외면해서는 진정한 애도를 할 수가 없다. 죽음보다 훨씬 더 가슴 아픈 진실을 마주하는 것. 그것이 진정한 애도이다. 그리고 이것은 엄청난 용기를 필요로 한다. 코너가 외면하고 싶었던 진실을 고통스럽게 말한 뒤에야 진정으로 엄마를 떠나보낼 수 있게 된 것처럼 말이다.

『몬스터 콜스』는 소설을 구상한 이와 실제로 쓴 이가 다르다. 구상한 이는 시본 도우드라는 작가였으나 암으로 죽고, 이 구상을 가지고 실제 글을 쓴 이가 패트릭 네스이다. 둘 중 누구인지는 알 수 없으나 누군가는 어린 시절 이런 고통을 실제 겪은 게 아닌가 하는 느낌을 주었다. 정말 겪어보지 않은 사람이라면 쉽게 알 수 없는 진실의 심연이 느껴지기 때문이다.

이렇게 뛰어난 작품을 '한 아이'가 진작 읽을 수 있었더라면 얼마나 좋았을까? 이제 어른이 된 그 아이는 한숨을 내쉬며 글을 마친다. 진정한 애도가 얼마나 중요한지를 절감하면서.

『어린이와 문학』 2012년 5월호

06

# 언제나 일상은 지속된다

## 김이윤의 『두려움에게 인사하는 법』

미혼모인 엄마와 단둘이 사는 고등학교 2학년 여여에게 어느 날 엄마가 말기 암에 걸렸다는 천붕(天崩) 같은 소식이 전해진다. 엄마는 요양을 위해 공기 좋은 시골로 내려가고 여여는 반복되는 일상과 외로움을 견디고 두려움과 직면해야 한다.

혼자가 될지도 모른다는 두려움은 여여를 자신의 뿌리를 찾는 일로 인도한다. 얼굴도 이름도 모르는 아빠를 찾아나서는 과정은 그래서 자연스럽다. 엄마 친구의 도움으로 아빠의 소재를 알아낸 여여는 절친 세미와 함께 모 그룹의 이사인 생부에게 조심스럽게 다가간다. 아빠가 강의하는 청소년 경제 캠프에 참여하여 자신이 딸이라는 사실을 알리지 않은 채 아빠를 멘토로 만든 것이다.

또한 여여는 드럼 강습을 받다가 학교 천문 동아리 반장인 시리우스에게 마음을 내주게 된다. 엄마로 인한 죄책감에 괴로워하면서도 시리우스를 향한 마음은 늘 여여를 설레게 한다. 그러나 사춘기 첫사랑이 늘 그러하듯 이 여물지 못한 사랑은 아프게 끝이 나고 여여는 병세가 깊어진 엄마와 마지막 여행을 떠난다.

결국 엄마는 세상을 떠난다. 눈물과 악몽에 시달리던 여여는 멘토인 아빠를 만나 위로를 얻지만 끝까지 자신이 딸이라는 사실은 알리지 않는다. 엄마를 진정으로 떠나보내고 자신을 찾지 않던 아빠를 용서하며 여여는 홀로 세상으로 나아간다. 두려움에게 인사를 전하며.

이 작품은 김이윤의 『두려움에게 인사하는 법』(창비, 2012)으로 리얼리즘 서사의 힘을 보여준다. 한국 청소년소설에서 유행이 되어버린 '쿨'한 척하는 시선이나 과도하게 어른을 조롱하는 청소년의 말투는 없다. 괜한 유머 강박에 시달리며 허무한 말장난을 남발하지도 않는다. 일탈을 밥 먹듯 하는 청소년도, 연극반, 만화반, 문예부 등 방과 후 활동 경연장 같은 배경도 없다. 그럼에도 이 책은 한번 손에 쥐면 쉽게 놓을 수 없다.

이 작품은 감당하기 어려운 상황에 부딪친 한 인물의 삶과 심리 변화를 조용하고 담담하게 그려낸다. 유난스럽지도 왁자지껄하지도 않지만 이 조용함과 담담함 속에 삶의 빛나는 진실이 숨겨져 있다.

무엇보다 이 작품은 1인칭 주인공 시점의 문체가 어때야 하는지를 잘 보여준다. 독자에게 속삭이듯 이야기하는 내밀한 어조는 주인공의 내면을 섬세하게 그려내고, 쉽게 감정이입이 되게 한다. 사람이 많은 커다란 광장에서 여러 명의 청중을 앞에 둔 작가에게 듣는 것이 아니라 어둡고 조용한 방에서 수줍음 많은 작가와 단둘이 앉아 이야기를 듣는 듯한 느낌을 받는다. 그래서 이렇게 내밀한 어조의 책을 읽고 나면 여운이 길다.

그러나 많은 미숙한 작가들은 사건이 아닌 상황만을 그려낸 뒤 1인칭 주인공 시점 화자를 통해 이 상황을 성찰하고 메시지를 전하고자 한다.

그러나 메시지는 사건 그 자체에 실려 가는 것이지 독백조의 성찰을 통해 독자에게 주입되는 것은 아니다. 그렇게 주입되는 메시지는 성근 교훈일 뿐이다.

이 작품에도 상황과 사건에 대한 주인공의 성찰이 존재한다. 하지만 과도하지 않다. 여여의 성찰은 다만 독자의 특별한 심경을 촉발시키는 역할을 할 뿐이다. 시간이 흐르며 독자들은 굳이 여여가 자세히 설명하지 않아도 여여의 마음을 이해하고 자기 것으로 받아들인다.

또한 이 작품은 죽음이라는 무거운 테마를 다루고 있지만 감상주의에 빠지지 않는다. 실제 우리 삶이 그러하듯 엄마의 죽음이 주인공 여여의 삶의 전부는 아니다. 시험 준비를 해야 하고, 또 갑자기 찾아온 연애 감정에 마음 설레기도 한다. 시시때때로 찾아오는 고통과 죄의식에 시달리지만 이렇게 일상은 지속된다. 비극적 사건 앞에서 인물을 한 가지 색으로 칠해버리지 않는 것이 이 작품 최고의 미덕이다.

이 작품에도 아쉬운 점은 있다. 자기 존재조차 모르던 아빠가 젠틀하기까지 한 데다 대기업의 잘나가는 이사라는 설정은 생뚱맞다. 아침 드라마 같은 설정이 이 작품이 갖고 있는 진정성을 해치는 것 같아 아쉬웠다. 페미니스트 사진작가 엄마와 짧은 사랑을 나눈 번듯한 대기업 이사 아빠라는 설정은 이야기 전체를 내게도 일어날 수 있는 이야기가 아니라 드라마 속 남의 이야기로 느껴지게 할 수 있기 때문이다.

내가 열세 살 때의 일이다. 수년간 앓던 불치의 병과 함께 엄마가 떠나갔다. 엄마를 땅에 묻던 순간 나는 부러진 나뭇가지로 바닥에 낙서를 하고 있었다. 눈물 한 방울 흘리지 않는 독한 아들이라고 수군대는 사람들이 있었다. 삼일장이 끝나고 얼마 지나지 않아 놀이터에서 야구공으로 캐치볼을 했다. 한 아이가 내게 "넌 엄마가 죽었는데 놀이터에서 노냐?"라고 했다. 나는 수군대는 사람들이나 왜 놀이터에서 노냐고 하는 급우의 말을 이해할 수 없었다.

어린 마음에도 아무렇지도 않은 듯 일상을 이어가는 게 엄마를 진정으로 위로하고 보내드리는 방법이라 생각했다. 온몸을 구르고 발버둥치고 거품을 쏟아내며 운다 한들 그게 무슨 소용이 있는가, 그것이 진정 엄마를 위하는 길인가? 라고 생각했던 것 같다. 아니 어쩌면 이런 생각은 좀더 나이가 든 뒤에 재구성된 것인지도 모른다.

남은 자가 무슨 생각을 하든 일상은 지속된다. 사람들은 불행과 고통을 한 묶음으로 이해하는 경향이 있다. 하지만 우리네 삶은 그런 패키지가 아니다. 다양한 빛과 색깔을 가진 일상과 다양한 상황과 사건은 우리 삶을 비집고 들어온다. 그렇게 늘 삶은 지속된다.

『도서관 이야기』 2012년 6월호

# 괴담은 필요로 하는 자를 스스로 찾아간다

## 방미진의 『괴담—두 번째 아이는 사라진다』

방미진은 동화집 『금이 간 거울』과 청소년소설집 『손톱이 자라날 때』를 통해 인간의 어두운 욕망과 집단 따돌림 등의 문제를 섬뜩하게 보여주었다. 그는 이 두 권의 책만으로 한국 아동청소년문학 동네에서 가장 개성적인 작가로 자리매김하게 되었다.

동화나 청소년소설을 쓰는 많은 작가들은 호러 외에 추리, 판타지, SF 등 장르소설의 문법을 활용한다. 이때 차용된 장르적 속성은 작품의 주제의식과 작가의 메시지를 전달하기 위한 캡슐로 활용된다. 하지만 방미진이 쓰는 호러 양식은 메시지를 전달하기 위한 캡슐이나 도구에 그치지 않는다. 호러라는 형식 자체가 방미진 소설의 메시지이다.

방미진은 '괴기스러운 것' 앞에서 속수무책으로 몰려가거나 어두운 욕망을 괴물처럼 확장시켜가는 인물들을 섬세한 심리묘사로 그려낸다. 이 '괴기스러운 것'은 우정과 연대보다 무한 경쟁과 승자 독식을 승인하는 현실 사회가 불러낸 유령이다. 이 유령은 학교 곳곳에서 출몰하고 있고, 아이들을 죽음으로까지 몰고 있다. 그래서 10대에게는 학교가 곧 호러의 공간이다. 독자의 흥미를 유발하기 위해 장르적 속성을 활용한 것이 아니라, 현실이 곧 호러라는 인식에서 출발하기 때문에 호러 양식이 메시지 자체가 되는 것이다.

단편을 통해 이런 작업을 해왔던 그는 아예 대놓고 무서운 이야기를 해드리겠다며 『괴담—두 번째 아이는 사라진다』(문학동네, 2011)라는 제목을 단 장편소설을 우리 앞에 내놓았다.

이 작품 속에는 많은 인물이 등장한다. 세련된 외모를 가지고 있지만 머리는 텅 빈 듯한 소년 치한과 그를 동시에 트리플로 사귀고 있는 보영과 미래, 합창부에서 최고가 되기를 꿈꾸는 지연과 연두, 그리고 사건의 촉발점이 된 인주, 미술 천재로 촉망받는 치한의 대학생 형 요한, 뛰어난 음악적 재능을 갖고 있었지만 돌봐야 할 가족 때문에 더 크게 '출세'하지 못한 채 모교 음악 선생으로 부임한 합창부 지도교사 경민 등이다. 그중 이 작품의 핵심 갈등을 이끌어가는 지연, 연두, 인주의 관계에 집중해보자.

지연의 친가와 외가는 모두 엄청난 부를 자랑하는 집안이다. 하지만 지연의 아빠는 무능력하다. 그래서 지연의 엄마는 늘 자신이 모욕당하고 무시당한다고 느낀다. 지연의 엄마는 무능력한 남편 대신 자신의 욕망을 지연에게 투사하여 성악에 재능을 가진 지연이 최고가 되기를, 그리하여 무너진 자신의 자존심과 체면을 세워 주기를 기대한다.

연두는 예쁜 외모를 갖고 있다. 연두의 엄마는 연두가 연예계에서 성공하기를 소망한다. 연두의 엄마는 어릴 때부터 방송가를 배회하며 엄청난 돈을 연두에게 투자했지만 힘 있는 집안 아이들에게 번번이 밀려

난다. 그렇게 고등학교에 입학한 연두는 합창부 지도교사 경민의 눈에 들어 성악을 공부하게 되고, 연두의 엄마는 이를 또다른 성공의 기회로 여긴다.

마침 합창부 지도교사 경민은 동창인 방송국 PD로부터 몇 명의 청소년 스타를 길러낸 휴먼 다큐멘터리 출연을 제안받는다. 합창부가 출연하는 것이지만 결국 스타가 될 수 있는 주인공은 한 명뿐. 연두와 연두의 엄마는 이 프로그램의 주인공이 되는 것만이 그간의 수고를 보상받는 유일한 길이라 생각한다.

그러던 중 지연처럼 뛰어난 재능과 집안 배경을 가진 것도 아니고 연두처럼 외모가 뛰어나지도 않지만 묘하게 사람을 감동시키는 목소리와 무대 장악력을 가진 인주가 어느 날 아침 가방을 메고 학교 연못에 빠져 죽은 채 발견된다.

이 연못은 "연못 위에서 형제가 사진을 찍으면 둘째가 사라진다."는 괴담이 있던 곳이다. 인주의 죽음 이후 이 괴담은 여러 형태로 변주되어 아이들 사이에 퍼져나간다. "연못 위에서 첫 번째 아이와 두 번째 아이가 사진을 찍으면 두 번째 아이가 사라진다."거나, "연못 위에서 1등과 2등이 사진을 찍으면 2등이 사라진다."는 등.

인주의 죽음은 자살이라고 알려지지만 아이들은 지연이 인주를 죽였다며 온갖 소문과 괴담을 퍼뜨린다. 그러던 중 지연의 엄마는 연두가 그 다큐멘터리의 주인공이 될 것이라는 이야기를 듣게 된다. 지연의 엄마는 지연이 '두 번째 아이'가 되지 않게 하기 위해 방송국에 압력을 넣어 이 프로젝트를 아예 취소시키려 한다.

연두에게는 이 프로 출연이 해님 달님 이야기의 동아줄처럼 유일한 희망이자 탈출구. 연두는 자신의 성공을 위해 괴담이 현실이 되어 지연이 사라지기를 소망한다. 지연이 사라지기를 연두가 소망하는 것처럼 연두가 사라지기를 소망하는 인물 또한 어디엔가 숨어 있다. 연두보다 못한 외모 때문에 엄마로부터 소외된 연두의 동생 연지다. 지연과 연두, 연두와 연지는 얽히고설킨 욕망과 질투의 실타래 속에서 괴담이 현실로 이뤄지기를 소망하며 연못가 한 자리에서 만난다. 이 세 아이가 동시에 사진을 찍었을 때 괴담은 현실이 될 것인가? 현실이 된다면 누가 사라질 것인가?

질문 하나 더. 왜 '두 번째 아이'가 사라지게 된다는 괴담일까? '첫 번째 아이'가 질투의 대상이기 때문에 '두 번째 아이'에 의해 '첫 번째 아이'가 사라지게 되는 것이 상식이 아닐까? 연두와 지연은 서로 못할 게 없다 생각하기에 초대에 응하지만 연지는 괴담에 의하면 사라지게 되는 동생인데 왜 이 초대에 응하는 걸까?

괴담은 현실이 되고 누군가 사라진다. 사라지는 자는 객관적으로 보여지는 등수와는 상관이 없다. 더 많이 미워한 자가 '두 번째 아이'가 되는 것이다. 슬프지만 현실을 꿰뚫는 섬뜩한 결말이다. 게다가 작가는 맨 끝에 "조심해. 괴담이란 건 계속 변하는 법이니까."라는 말을 독자에게 건넨다. 괴담은 당신과 상관없는 허황된 이야기가 아니라며…….

우리 모두는 언제든 괴담의 주인공이나 희생물이 될 수 있다. 괴담은 계속 변하면서 괴담을 필요로 하는 자를 스스로 찾아간다. 우리는 누구나 '두 번째 아이'가 될 수 있다.

『도서관 이야기』 2012년 9월호

# 인물에 집중하다

## 이창숙의 『무옥이』

작가는 소설을 쓸 때 자신의 의도를 명확하게 하기 위해 인물과 사건 중 어느 하나에 더 집중을 해서 쓸 때가 있다. (이때 인물에 집중한다는 것은 흔히 주인공이라고 부르는 한 인물에 집중하는 것을 말한다.) 한 인물에 집중할 경우 작가는 이 인물의 동선과 시선에 초점을 두고 한정적으로 사건을 서술한다. 시간과 공간의 흐름은 바로 이 인물의 동선이자 시선이다. 대체로 동화가 이런 서술 방식을 택한다. 그래서 동화에서는 유달리 1인칭 주인공 시점이 많다.

특정 사건에 집중하는 소설의 경우, 물론 한두 인물에 집중하여 서술해가는 경우도 있지만 사건의 의미를 좀더 복합적으로 드러내기 위해 사건을 둘러싼 여러 인물들의 모습을 그려내기도 한다.

3·1운동을 그린 소설을 쓴다고 가정해보자. 작가는 이 사건을 단일한 인물을 중심으로 서술해나갈 수 있고, 여러 명의 인물에 고루 시선을 분산시켜 그려낼 수도 있다. 소설에 있어서 우리의 흥미를 좀더 이

끌어내는 것은 후자의 경우일 때가 많다. 인물의 위치에 따른 입체적인 서술이 가능한 데다가, 독자 입장에서는 처음에는 좀 복잡하지만 퍼즐을 맞춰가며 사건의 전모를 파악하는 즐거움을 얻을 수 있기 때문이다.

그렇다고 해서 사건 중심 서술이 우월한 방식이란 말은 아니다. 인물 중심의 서술 방식은 나름의 장점을 가지고 있다. 가장 큰 장점은 바로 연대기적 서술이 용이하다는 것이다. 연대기적 서술을 통해 한 인물의 성장 과정을 더 선명하게 드러낼 수 있다.

역사소설을 쓸 때 작가는 특정 시간과 공간, 그리고 거기서 '이미' 벌어진 사건을 선택해야 한다. 그리고 이 사건이 소설이 되기 위해서는 그 사건과 관련된 사람들의 이야기를 상상해야 한다. 작가는 이 지점에서 사건에 집중할 것인지 인물에 집중할 것인지를 결정한다.

역사동화에서는 대체로 인물 중심 서술이 강조된다. 아무래도 어린이들은 단일한 시점, 단일한 화자에 익숙하기 때문이다. 어린이 시기를 갓 벗어난 청소년들에게도 이런 방식은 유리하다. 게다가 인물 중심 서술은 청소년소설의 중요한 화두인 성장을 그리는 데도 용이하다.

이창숙의 『무옥이』(상상의힘, 2012)는 주인공 이름을 제목으로 삼았듯 인물 중심 서술 방식의 장점을 잘 보여주는 청소년 역사소설이다. 이 소설은 청소년소설답게 무옥이의 열네 살에서 스무 살에 이르는 청소년기를 그린다. 이 시기는 한국 현대사의 가장 큰 격변기인 일제 말기에서 한국전쟁 시기와 조응한다.

인물 중심 서사답게 작가는 무옥이가 성장하며 만나는 시간과 공간에 대해서만 제한적으로 서술한다. 그래서 독립운동과 좌익활동을 했던 무옥이 아버지의 면모는 거지를 맞이하는 하나의 에피소드로만 그려질 뿐이다. 무옥이 아버지의 삶이 한국 근현대사에서 어떤 의미를 가지는지에 대해서는 굳이 설명하지 않는다. 또한 전쟁 중임에도 무옥이가 피난살이하던 부산은 때로 한가롭게 느껴질 정도다. 오로지 무옥이라는 한 개인에게만 집중한 까닭이다.

그러나 『무옥이』가 최후에 만난 시공간은 한 개인의 제한성을 넘어선다. 그곳은 역사의 파도가 가장 크게 부딪치고 꿈틀거리는 곳이다. 그래서 이 소설은 과거를 섬세하게 회고하는 것에 그치지 않고 현실의 우리 가슴을 뛰게 하는 역사소설로 상승한다. 그곳으로 가기 위해 잠깐 줄거리를 살펴보자.

주인공 무옥이의 아버지는 독립운동을 하느라 해방이 되고서야 겨우 얼굴을 보게 되지만 무옥이가 시집가는 날 다시 집을 떠난다. 조혼 풍습으로 무옥이는 열여섯에 이른 결혼을 한다. 결혼식 날 동생이 급성 맹장염으로 죽게 되고 이를 보고 놀란 무옥이의 신랑은 초례도 치르지 않고 혼자 자기 집으로 가버린다. 친정집에서 혼례식을 올리자마자 소박을 당한 무옥이는 어쩔 수 없이 당숙과 함께 시댁을 찾아가고, 시어머니로부터 온갖 구박을 받으며 시집살이를 시작한다.

서울로 가 다른 여자와 살림을 차렸다는 남편의 소문과 좌익활동으로 감옥에 갇혀 있다 옥사한 아버지의 장례식조차 가지 못하게 한 시어머니에 대한 좌절과 실망으로 무옥이는 시댁을 나와 방직 공장에 다니는 친구 순자를 찾아 서울로 간다.

힘든 여공생활을 하던 중 한국전쟁이 일어나고 부산으로 피난을 떠난 무옥이는 지인의 도움으로 유명한 조선방직에 취직한다. 그곳에서 작은 행복을 느끼던 무옥이는 서울에서 만났던 야학 선생 재유를 다시 만난다. 재유는 무옥이를 사랑하지만 이미 결혼을 한 몸인 무옥이는 재유의 사랑을 받아들이지 못한다.

그러던 어느 날 이승만 정권 수립 후 최초의 대규모 파업으로 노동법 제정의 결정적 계기가 된 조선방직 파업투쟁이 벌어진다. 노동쟁의 과정에서 단짝 순자는 옥중에서 폐병이 깊어져 세상을 등지고, 사랑하는 재유마저 경찰의 곤봉에 쓰러지는 모습을 본 무옥이는 노동자 대오의 선두에서 마이크를 잡고 사람들의 마음을 울리는 연설을 한다.

무옥이는 집회의 현장에서 마이크를 잡을 만큼 담대한 여성은 아니었다. 소심하고 수동적인 면이 더 많은 어린 소녀에 가까웠다. 여린 무옥이가 자신이 사랑하는 사람들이 죽고 다치는 모습을 보며 기마경찰이 달려드는 조선방직 파업의 현장에서 목숨을 걸고 외치는 말은 감동적이다.

> "우리는 기계가 아닙니다. (…) 사람은 누구나 다 똑같이 귀한 것입니다. (…) 우리를 곤봉으로, 기마대로 박살낼 수는 있습니다. 아니, 이 자리에서 우리를 죽일 수도 있습니다. (…) 그러나 우리 마음까지 굴복시킬 수는 없습니다. 우리 의지마저 꺾어 버릴 수는 없습니다."

무옥이가 이렇게 외칠 수 있었던 것은 여려 보이면서도 결정적인 순간마다 굳은 의지로 자신의 꿈과 희망을 놓치지 않은 모습에서 기인한다. 몸이 아파 학교에 갈 수 없었지만 동생의 책으로 기어코 한글을 떼고, 아버지의 장례식에 가기 위해 깊은 밤 두려움과 공포를 뚫고 산길을 홀로 걸으며, 구박은 들을지언정 언제나 따뜻한 구들과 밥상이 기다리는 시댁과 무옥이를 아껴준 기와집 할머니의 후원을 버리고 알 수 없는 미래를 향해 나아가는 무옥이의 모습에서 우리는 저 거친 근현대사를 헤

쳐온 우리 어머니들의, 할머니들의 강한 생명력을 느낄 수 있다. 특히 이창숙 작가의 단정하고 깨끗한 문장은 이 소설에 품격을 더해준다.

『도서관 이야기』 2012년 11월호

# 이 소설의 사용법

## 김학찬의 『상큼하진 않지만』

우리나라에서 청소년소설이 독자적 장르로 재탄생하는 1990년대 후반에서 2000년대 초반 사이에는 주로 기성작가들이 후일담 형식으로 자신의 성장기를 들려주었다. 이어서 지금 이 시기 청소년들의 이야기가 더 중요하다는 요구가 솟아올랐다. 이렇게 '지금'에 집중한 작가들은 낙태, 미혼모, 일탈 등 무언가 눈에 띄는 아이들의 현실을 '먼저' 발견했다. 이런 작품들이 소재주의라는 비판을 받으며, 청소년의 다수를 차지하는 좀더 평범한 아이들의 이야기가 필요하다는 의견이 나왔다. 그렇게 발견된 아이들도 비보잉, 연극, 록밴드, 코스프레 등 무언가 특별한 요소들을 하나씩은 지니고 있었다. 청소년들의 방과 후 활동 경연장처럼 말이다.

물론 학교 공부 외의 사회적 활동을 통해 탈출구를 찾는 청소년의 모습을 그려 보인 것은 충분히 의미가 있다. 그리고 그렇게 호명된 (일종의 방과 후) 소재들이 단순한 장치에만 머무르지 않고 소설 속에서 서사의 진행을 촉발하는 필연적 매개로 작용했다는 것도 부정할 수 없다.

하지만 이렇게 무언가 특별한 활동을 통해 삶의 돌파구를 열어가는 아이들은 현실에서 그다지 많지 않다. 별다른 생각 없이 집, 학교, 학원, PC방이나 패스트푸드점을 쳇바퀴처럼 오가며 시험과 성적에 불안해하면서, 또 그렇다고 공부를 열심히 하는 것도 아니고, 지극히 평범하고 밋밋한 일상을 살아가는 아이들의 모습이야말로 우리 청소년 대다수의 삶일 것이다. 그간 놓치고 있었던 이 아이들의 목소리에 귀 기울인 작품이 바로 김학찬의 『상큼하진 않지만』(문학동네, 2012)이다.

이 소설에는 우리 청소년소설에서 흔히 볼 수 없었던, 장삼이사처럼 별 특징 없는 소년이 주인공으로 등장한다. 이 소년은 뭔가를 특별히 잘하지도 않고, 특별한 결핍이 있지도 않다. 아빠가 회사를 퇴직한 뒤 엄마와 별거를 하고 있지만, 어차피 그전에도 아빠 얼굴은 별로 볼 일이 없었기에 불편하지도 않고, 상실감을 느끼지도 않는다. 여타 청소년소설의 주인공처럼 동아리 활동을 하는 것도 아니고, 간절히 해결해야 할 삶의 과제도 없다.[54]

제목이 보여주듯 이 주인공의 삶은 독자들의 호기심을 자극할 만큼 상큼하지 않다. 아니 상큼할 만한 요소가 없다. 그래서 그동안 이런 아이들은 독자의 다수를 차지하면서도 소설의 주인공으로는 외면당했을 것이다. 뭐 쓸거리가 있어야 말이지! 하면서 말이다. 하지만 이렇게 지루한 일상을 반복하며 사는 아이들도, 다만 그들이 당장 스스로 알아차리지 못하고 있을 뿐, 돌파해야 할 저마다의 삶의 과제가 있다.

---

54 이것은 아이의 무기력 때문이 아니라 시대의 무기력, 시대의 이완과 관련이 깊다. 산업화든 민주화든 사회의 변화는 어른들이 다 해냈고, 그 열매 또한 어른들이 독점하고 있다. 그래서 지금 이 시대의 청소년들은 더 힘들다. 좋아질 수 있는 건 별로 없다. 좋아졌다고는 하나 그것은 태어날 때부터 누리던 것이다. 오히려 공포스러운 것은 당연히 누리던 것을 언제든 박탈당할 수도 있다는 것이다. 이들은 그저 박탈당하지 않기 위해 스펙을 쌓고, 또 쌓는다.

일상에 갇힌 이 주인공을 각성시키는 존재는 부모나 교사 같은 기성세대가 아니라, 주인공과 세대 차이가 나지 않는 누나들과 대학생 과외 선생이다. 그들이 나누는 대화는 관념적이지 않고 그래서 가슴에 깊이 와 닿는다. 딱히 좋아하는 것도 잘하는 것도 없는 주인공은 그저 재수 없는 급우의 코를 납작하게 해주고 싶다거나, 짝사랑하는 여자아이의 관심을 받고 싶다는 이유 때문에 공부를 하게 된다. 아니 공부 외에 넘치는 자기 에너지를 쏟을 마땅한 대상을 발견하지 못해서일지도 모른다.

이렇게 왜 해야 되는지도 모른 채 시작된 공부는 자연스럽게 정체성의 문제와 연결된다. 프로게이머가 돼서 전 존재를 걸고 자퇴까지 하는 절친의 모습을 보며, 반 석차의 등락이라는 사소(하지만 입시생에게는 가장 절대적인)한 사건을 접하며 소년은 세상에 질문을 던진다. 이곳은 대체 어떤 곳인가? 나는 여기서 어떤 이름으로 호명될 것인가?

"성장은 없다." 오로지 "변화가 있을 뿐", "성장이란 말 자체가 폭력"이라며, 주인공(작가)은 기성세대의 성장(소설)을 부인한다. 소년은 왜 성장을 부인하고, 작가는 왜 성장소설을 부인하는 걸까? 아마도 주인공(작가)이 부인한 성장(소설)은 기성세대가 규정한 성장(소설)일 것이다. 당신들이 살았던 시대와는 다르다고, 당신들이 요구하는 위인전 같은 성장(소설)은 다만 당신들의 서사일 뿐이라고. 그들이 새로 쓸 성장(소설)은 그들의 언어로 새롭게 지어진 존재의 집일 것이라고 말이다.

이 소설은 이렇게 특별하지 않은 주인공이 일상 속에서 어떻게 세상과 자기 자신에 눈을 뜨고 세상을 향해 나아가는지를 섬세하게 그려낸다. 평범한 아이들의 모습을 평범하지 않게 그려내고, 기존 성장 서사에 물음표를 던지는 이 작품은 그간 비어 있던 우리 청소년문학의 한 자리를 단단하게 채워줄 것이다.

바로 여기까지가 문학평론가의 이 소설 사용법이다. 한 달 전까지라면, 여기서 이 서평은 그쳤을 게다. 그런데 내게 이 청소년소설의 새로운 사용법이 생겼다. 큰애가 예비 고등학생이 되었기 때문이다. 1월 초부터 보충 자율학습을 하러 아직 입학하기도 전인 학교를 다니기 시작했다.

추운 겨울 아침, 벌써부터 힘든 입시생이 된 큰애의 모습을 보며 『상큼하진 않지만』이 소설로만 읽히지 않았다. 전공을 명확히 정하고 나서, 뒤늦게 공부에 불이 붙은 큰애가 이 소설을 읽으면 좋겠다는 생각이 들었다. 고딩 아이들의 삶이 이런 식으로 굴러가는구나, 성적이라는 게 이 소설에 나오는 것처럼 계단식으로 움직이고, 진로를 명확히 하는 것이 학업 성취에 도움이 되는구나 하며. 이 책을 통해 얻은 부수적 정보 덕에 이 소설은 입시생 학부모인 내게는 마치 실용서처럼 읽혔다.

딱히 노는 아이도 아니면서 공부하는 아이도 아닌 어정쩡한 아이들을 공부와 자기계발의 세계로 안내하고 싶은 교사나 학부모가 이 책을 보면 환호하지 않을까 하는 생각이 들면서, 문학평론가나 학부모가 아닌 진짜 고딩들은 이 소설을 어떻게 사용할지 몹시 궁금하다. 아마 기성세대인 나와는 전혀 다른 결로 이 소설을 사용하지 않을까?

사족: 내가 실용서로 읽었다느니 하는 건 사실 이 소설이 갖고 있는 리얼리티를 즐겁게 강조하기 위함일 뿐. 오해하지 말자! 이 소설의 저자는 젊은 나이에 최명희청년문학상, 전태일문학상, 창비장편소설상을 수상했다. 이 작품의 문학성은 이들 빛나는 이름이 보증한다.

『도서관 이야기』 2013년 1·2월호

# 자아와 세계가 조화를 이루는 서정의 세계

## 남호섭의 『벌에 쏘였다』

소설과 같은 서사 장르는 그 발생부터 자아와 세계의 파탄과 불일치를 기반으로 하는 데 비해 서정시는 자아와 세계의 조화로운 동일시를 바탕으로 한 1인칭 독백 서술로 쓰인다. 하지만 전통적인 서정의 세계는 무너져가고 있고, 그에 따라 서정시는 계속 새롭게 정의되고 있다.

그에 반해 동시는 여전히 전통적인 서정의 세계에 기반해 있고, 자아와 세계의 조화로운 합일을 보여준다. 이는 동시가 시류에 뒤처지거나 세상을 잘 몰라서가 아니다. 동시는 아직 자아와 세계가 완전히 분리되지 않은 어린아이의 심성과 관계되어 있기 때문이다. 그런데 동시를 쓰는 발화 주체는 파탄된 세계를 경험하고 있는 어른이다. 그래서 동시는 쓰기 어렵다. 조금만 시적 긴장을 잃어도 쉽게 유치해지거나 아이들이 알아먹을 수 없는 그들만의 외계어가 된다. 일상 경험을 소재로 한 동시의 경우, 어른이 쓴 동시보다도 아이가 쓴 아동시가 더 따뜻하고 진솔한 감동을 전해주는 이유는 바로 발화 주체가 세계를 경험하는 방식이 아에 다르기 때문이다.

그래서 "그럼에도 나는 왜 동시를 쓰는가?"를 끊임없이 묻는 자는, 다시 말해 동시와 동시인의 닿을 수 없는 거리를 명징하게 인식한 자는 좋은 동시를 쓸 수 있다. (그러나 그 아득한 거리 때문에 뛰어난 동시인들도 매번 좋은 동시를 쓰진 못한다.) 물론 매우 드물지만, 예외는 있다. 몸은 어린이 나라에서 추방되었지만 마음은 여전히 자아와 세계가 조화를 이루는 서정의 세계에 살고 있는 자들이다. 그 드문 예외가 바로 동시인 남호섭이다.

『벌에 쏘였다』(창비, 2012)에서 그는 억지로 아이 화자를 선택하지 않는다. 어른의 자리에서, 교사의 자리에서 느끼고 생각한 것을 시의 리듬에 맞추어 개울물 흐르듯 자연스럽게 노래한다. 그래서 시와 동시의 경계, 어른과 아이의 경계를 허물었다는 말, 동시가 아닌 것 같다는 말을 듣기도 한다.

그의 동시에서 시적 자아와 화자가 분리되지 않는 이유는 시적 전략이라기보다는 그가 경험하는 세상이 자아와 세계가 조화를 이룬 전통 서정의 세계이기 때문이다. 그래서 그의 시는 따뜻하다.

아프리카 국가들이나 팔레스타인이 겪는 전쟁의 고통(「축구」「폭격」「구경하는 이스라엘 사람들」), 한국전쟁의 참상(「지리산 외공리」「구덩이 속에」)처럼 억울하고 슬픈 현대사의 이야기와 인물을 드러낼 때에도, 그의 동시는 아프지만 따뜻하다.

그러나 시는 시이다. 시는 다른 예술 장르와 달리 아주 적은 질료로 시인이 본 세계를 드러내야 한다. 그래서 시는 언어로 만든 날 선 칼일 수밖에 없다. 또 그래서, 시는 번개가 하늘을 가르듯 허공을 베어, 푸른 피가 뚝뚝 떨어지는 하늘 한 조각을 독자들 손에 차갑게 쥐여줄 수 있다.

행과 연을 구분한다고, 짧게 쓴다고 시가 되는 건 아니다. 표제작인 「벌에 쏘였다」가 돈오돈수의 진경을 보여주고, 「하나처럼」(윤동주와 송몽규), 「새는 자유롭게」(원홍구와 원병오), 「두 어머니」(안중근과 김구의 어머니), 「두 청년」(장준하와 박정희), 「작은 선녀」(전태일의 어머니 이소선)와 같은 인물이야기 시가 한 권의 인물이야기 책보다 더 날카롭게 우리 가슴을 베고 찌르는 이유는 바로 시의 이러한 특성을 고스란히 간직하고 있기 때문이다.

남호섭의 동시가 시와 동시의 경계, 아이와 어른의 경계를 허물었다는 말은 어떤 면에서 무의미하다. 남호섭의 세계에서 그 둘은 애초에 분리된 적이 없기 때문이다. 애절한 짝사랑과 그 아픔을 그린 「도라지꽃」을 보자.

> 엊그제 할머니 댁에 왔어/ 오랜만에 기차 타고 멀리 온 거야/ 마당을 쓸었어/ 마당이 참 말끔해졌어.// 간밤에 비바람 불어/ 떨어진 푸른 감들은/ 늙은 감나무 제 발밑에 다시 던져 주었어.// 비질하다 보면/ 어디에다 버려야 할지 모를 게 많아/ 알고 보면 바로 옆에다/ 잠시 치워 두는 일일 뿐이잖아.// 할머니 댁 뒤란에는/ 도라지꽃이 피어 있었어/ 네가 좋아하던 보랏빛,/ 도라지꽃 빛.// 도무지 이길 수 없는 이 빛깔 때문에/ 내 마음은 온통 네 생각으로 꽉 차서/ 너를 어디에다/ 치우고 옮기고 할 수가 없어.// 미안해,/ 기차 타고 멀리 와도/ 바로 옆이란 생각뿐이야/ 부칠 수 없는 이 편지도/ 어디 치워 둬야 할지,// 태워서 한 줌 재라도/ 도라지꽃 발치에 뿌려야 할지/ 지금 나는 알 수가 없어.

한 소년이 있다. 이 소년은 시골 할머니 댁에 와서 마당 청소를 하다

낙과나 나뭇잎 같은 것을 어찌해야 할지 몰라 마당 한구석에 모아둔다.(경험) 소년은 이처럼 우리 마음속에서 떨어져 나온 감정의 부산물들도 어찌해야 할지 모를 때는 마음 한구석에 가만히 둘 수밖에 없음을 깨닫는다.(성찰) 소년은 뒤란에 가서 보라색 도라지꽃을 보고, 그가 짝사랑한 소녀를 떠올린다. 아니 떠올린다는 말은 적절하지 않다. 소녀를 잊고자 "멀리" 시골로 왔지만 소녀의 생각이 저절로 떠오르는 걸 이길 수가 없다. 그가 버리고자 한 생각은 소녀에 대한 생각이다. 그러나 소년의 마당에는 그것을 치워둘 한구석이 없다. 소녀에 대한 마음으로 꽉 차 있기 때문이다. 소년은 어쩐지 미안해진다. 그 미안함은 소녀에 대한 미안함인지, 아니면 소녀를 잊고 싶어하는 소년 자신에 대한 미안함인지 알 수 없다. 소년은 사랑을 잊고자 시골에 왔고, 그 마음을 잊고자 마당을 쓸었지만 소녀에 대한 마음을 이겨낼 수 없다. 그래서 소년은 무얼 어떻게 해야 좋을지 "알 수가 없"다.

가슴 한편이 먹먹해지는 시다. 게다가 화자를 소년으로 보아도, 어른으로 보아도 이 시가 주는 감동의 총량은 한 톨도 변하지 않는다. 그에게는 원래 허물 경계가 없다.

『창비어린이』 2013년 봄호

11

# ‘만’과 ‘도’ 사이에 숨겨진 비밀

## 김혜정의 『레츠 러브』

중1 때 일이다. 성당 여름캠프에 갔다가 한 여자아이를 좋아하게 되었다. 우연찮게 그 아이의 주소를 알게 된 나는 8월의 땡볕 아래 동사무소와 복덕방을 들락거리며 그 아이 집을 찾아 드넓은 천호동 바닥을 가가호호 뒤지고 다녔다. 나는 그 아이와 가까워지고자 (30년 만에 비밀을 밝히자면) 몰래 누나의 지갑을 털어가며 지극정성 최선을 다했다.

중2 때는 교생 선생님 마음에 들기 위해 난생처음 커피까지 마셔가며 공부를 했고, 중3 때는 J.M. 바스콘셀로스의 『나의 라임오렌지 나무』를 읽고 밤새 울었다던 동구여상 1학년 누나를 좋아하기도 했다. (혹시 1985년 창동에 살았던 이수은씨가 이 글을 보신다면, 그때 그 소년이 바로 저랍니다!)

하지만 중1 때 좋아했던 이제 이름도 생각나지 않는 그 여자아이는 그 지극정성(?) 때문에 결국 나를 싫어했고, 중2 때 교생 선생님을 향한 사랑에는 성적 수직 상승이라는 부작용(?)만 뒤따랐을 뿐 중학생과 대학생이라는 신분의 차이를 극복할 수는 없었으며, 중3 때 그 누나는 전철을 1시간이나 타고 집 앞까지 찾아갔던 내게 친절하고도 환한 웃음으로 '동생님 정신 차리세요.'라고 말해주었던 것 같다. 실속은 하나도 없이 고민만 많았던 중딩 연애담이라고나 할까.

어른이 되고 동화와 청소년소설을 읽으면서 왜 아이들의 연애담을 담은 작품이 별로 없을까, 그게 늘 궁금했다. 작가들이 점잔을 빼서인가, 아이들에게 연애 이야기는 유익하거나 중요하지 않다고 생각한 것일까? 그러던 중 얼마 전 출간된 김혜정의 『레츠 러브』(살림프렌즈, 2013)를 읽고 너무나 반가웠다.

이 소설은 중학교 2학년 사내아이들의 연애 이야기이다. 공부도 보통, 생김도 보통, 평범 그 자체인 태민, 까불거리며 여자아이들에게 흰소리나 잘하는 우진, 무엇을 물어보든 검색엔진처럼 대답을 잘하는 전교 1등 석준. 이 셋은 화이트데이에 여친 있는 남자아이들이 이벤트 놀이를 하는 걸 보고 여친 사귀기 내기를 건다. 먼저 여친을 사귀는 친구에게 고급 운동화를 사주기로 한 것!

개그감 넘치고 아무 여자아이들에게나 잘 들이대는 우진이 1등을 할 것 같고, 교수라는 별명을 가진 범생이 석준이 꼴찌를 할 것 같지만 세상일은 늘 예상대로 흘러가지 않는 법. 바로 범생이 석준이 가장 먼저 여친을 사귄 것이다. 그것도 반에서 가장 예쁜 퀸카 박민지를 말이다. 우진은 석준을 부러워하며 이 여자 저 여자에게 달려들지만 여자아이들이 여기저기 집적대는 우진을 좋아할 리가 없다. 한편 소설의 화자인 태민은 같이 모둠 과제를 해결하던 중 찔러도 피 한 방울 안 날 것 같다고 바늘이라고 불리는 부반장 효주를 짝사랑하게 된다. 석준에 이어 두 사내 녀석들은 여친 만들기에 성공할 수 있을까?

이 소설의 훌륭한 점은 남자아이들 입장에서 이성을 의식하면 삶이 어떻게 변하는지, 여친을 사귄다는 게 인생에서 어떤 의미를 갖는지를 깨알 같은 에피소드와 그들의 언어로 10대 소년이 쉽게 이해할 수 있도록 상큼발랄하게 보여준다는 것이다.

셋이 여친 사귀기 프로젝트를 가동한 뒤 화장실 세면대에서 칫솔을 입에 물고 만나는 장면에서는 혼자 깔깔대며 웃었고, 여자아이들과 포크댄스를 추고 난 뒤 "여자애들의 손을 잡"으면 "온몸의 감각이 다 살아나는 기분"이 든다고 말하는 장면에서는 '그래, 정말 그랬지.' 하는 말이 절로 나왔다.

"남자아이들은 여자친구를 사귀면서 여자들이 얼마나 섬세한지 알 수 있을 거고, 여자아이들은 남자친구를 사귀면서 남자의 단순함을 배울 수 있을" 것이라고 말하는 장면도 고개를 끄덕이게 했다. 이성 친구를 사귄다는 것은 완전히 다른 세계를 접하는 것과 같다.

나는 지금 사는 사람과 연애를 시작한 지 24년째이고, 한집에서 산 지는 17년째인데도 여전히 저 세계는 어떤 세계일까 궁금할 때가 한두 번이 아니다. 여자들은 어떤지 모르지만 필자와 같은 남자들은 여자를 이해하기 힘들 때가 많다. 석준이 민지가 왜 삐쳤는지 모르겠다며 "민지랑 있으면 가끔 퍼즐을 푸는 기분"이 든다고 하거나 우진이 "시험 보는 거" 같다고 말하는 장면에 나는 밑줄을 마구 그었다. 아니 이 여성 작가가 남자들의 마음을 어떻게 이렇게 정확히 알았지? 하며 말이다. 나 역시 24년째 끝이 없는 시험 문제를 풀고 있는 기분이니까.

작가는 "연애는 거울을 보는 것과 비슷"해서 "이성 친구를 사귀면서 내 모습이 어떤지 확인할 수" 있다고 한다. 이야기 속에서 가볍게 쓰인 문장이지만 깊은 깨달음이 담겨 있다. 연애를 시작할 때는 나르키소스적 자기애 수준에서 자기 자신을 들여다보게 된다. 연애가 깊어지고, 자기성찰이 깊어질수록 사람은 나르키소스적 자기애를 뛰어넘어 세계 내적 존재로서 자신을 인식하게 된다. 그래서 사랑은 한 존재를 파멸시키기도, 깊이 있는 인격적 성숙을 돕기도 한다.

모든 사랑은 대가를 원한다. 전교 1등 석준은 사랑을 이루었으나 전교 1등을 내주어야 했고, 우진은 중딩으로서는 커다란 금전적 출혈을 감수해야 했다. 우진과 태민은 배신과 거절이라는 사랑의 대가로, 석준은 민지 때문에 자기 성적이 추락한 것이 아닌가 하는 사랑에 대한 의심으로 번민한다.

석준의 가출 덕분에 짧은 여행을 하게 된 삼총사는 "진심은 때로 의심될 수도, 배신당할 수도, 거절당할 수도 있다."며 이 짧고 쓴 연애를 통해 삶이란 어떤 것인지, 세상은 어떤 곳인지 어렴풋이 깨닫는다. 이들은 자기애를 넘어서 세계 내적 존재로서 자기 자신을 발견하게 된 것이다.

앗, 제목에서 던진 질문의 답을 잊을 뻔했다. 태민은 효주와 함께 떡볶이를 먹으며 동성 친구와 먹을 때는 떡볶이'만' 먹는데 효주와 먹을 때는 떡볶이'도' 먹는 거라 한다. 이렇게 '만'과 '도' 사이에는 성장의 비밀이 숨겨져 있다.

『도서관 이야기』 2013년 5월호

12

# 우연에서 선택으로

## 이금이의 『얼음이 빛나는 순간』

이금이는 1962년 충북 청원에서 태어나 1984년 새벗문학상과 1985년 소년중앙문학상에 당선되어 동화작가로 활동하기 시작했다. 80년대 중반에 등단하여 상업적 성공과 비평적 성취라는 두 마리 토끼를 다 잡은 작가, 게다가 지금까지 활발하게 현역활동을 하는 작가는 매우 드물다. 2000년대 중반 이후로는 섬세한 심리묘사를 바탕으로 청소년소설의 영역에서도 뛰어난 성과를 거두고 있다는 점에서 한국에서 가장 행복한 아동청소년문학 작가라 할 만하다.

무엇보다 주목할 점은 이금이 문학 영역의 확장이 자신과 자녀의 성장, 그리고 자신의 책을 읽는 독자의 성장과 조응한다는 것이다. 이는 작가의 육성을 통해 확인할 수 있다. 2013년 『창비어린이』 봄호에 실린 인터뷰를 보자.

"어느 날 중학생 아들의 숙제를 보니 1920~30년대 한국근대소설을 읽어

오라는 거예요. 30년이 지났는데도 이렇구나 싶어서 청소년소설을 써야겠다는 생각을 했어요."

"제 작품을 읽고 자란 독자들이 이제 20대가 되었어요. 가끔 대학생이 된 독자들이 어릴 때는 모르고 읽었는데 다시 보니까 제 작품이었다는 말을 해요. 이금이라는 작가의 작품을 보며 자라다가 고등학교를 졸업하면 끝나는 것이 아니라 이 작가가 계속 우리의 이야기를 궁금해하고 걱정하고 생각하고 있구나 하는 걸 보여주고 싶더라고요."

이렇게 "대학생이 된 독자"들에게 자신의 "궁금함과 걱정"을 담아 써낸 글이 바로 여기서 이야기할 『얼음이 빛나는 순간』(푸른책들, 2013)이다.

이 소설의 주인공 지오는 스물세 살 휴학생이다. 군입대를 앞둔 어느 날, 기숙형 고등학교에서 잠깐의 룸메이트에 불과했던 석주로부터 추풍령 기차역에서 만나자는 메일을 받는다. 지오는 석주에게 가는 동안 떠올리기 싫은 과거를 하나씩 떠올린다. 캐나다 조기유학, 부모의 이혼, 강압적인 아버지와의 관계, 문제가 생기면 정면으로 맞서 그것을 해결하기보다 늘 달아나기만 했던 자신의 모습들.

이 소설은 지오의 회상만으로 진행되지는 않는다. 서사의 진폭을 출렁이게 하는 건 또다른 주인공 석주다. 아들의 삶을 프로젝트화하여 꼼꼼히 관리하는 엄마의 말에 순종하는 범생이 석주는 엄마의 '뱀머리' 전략으로 이 기숙학교에 온다. 석주는 엄마의 교양과 사려 깊음에 감사하며 오로지 일류 대학만 꿈꾸며 지낸다. 그러던 어느 날 석주는 우연히 지오와 자전거 여행을 하게 되고, 이후 석주의 삶을 통째로 뒤바꿔놓게 될 소녀 은설을 만난다.

그리고 5년의 시간이 흐른 뒤 추풍령역. "햇볕에 그을린 공사장 인부" 같은 모습으로 변한 석주는 은설을 만났던 과수원으로 지오를 데려간다. 지오를 반기는 건 석주의 아내가 된 은설과 "뒤뚱뒤뚱" 걸으며 석주를 아빠라고 부르는 어린 아기. 도대체 그동안 무슨 일이 있었던 걸까? 지오와 달리 재수 끝에 훌륭한 성적으로 원하는 대학에 합격한 석주는 왜 시골 마을에서 이런 모습이 되어 있는 걸까?

석주의 삶을 뒤바꿔놓은 단 한 번의 관계. 그리고 이어진 임신의 여파로 무너진 자신을 추스르지 못하고 자학을 통해 은설과 엄마에게 복수하고 싶다는 심정으로 찾은 남쪽 바닷가 마을. 거기서 벌어지는 일들은 너무 드라마틱하여 소설적 리얼리티를 해치는 것처럼 보이기도 한다.

그럼에도 그 막막함 앞에서 모든 것을 꼼꼼하게 '대신' 처리해주는 엄마의 품으로 퇴행하지 않고 은설의 집을 찾아가 한 아이의 아빠, 한 여자의 남편으로 살아가고자 하는 석주의 모습을 보며 나는 환호성을 질렀다. '그래. 인생은 그렇게 자신을 책임지며 사는 거야!' 하고 말이다. 낭만적으로 그려진 이야기이지만, 그래도 나는 좋았다. 이 소설에는 삶이란 무엇인지, 사람의 마음이란 어떤 것인지를 오랫동안 깊이 들여다본 사람의 지혜와 통찰이 담겨 있기 때문이다. 작가는 은설 아버지의 입을 통해 이렇게 말한다.

> "인생은 우연으로 시작해서 선택으로 이루어지는 것 아니겄나. 사는 기 평탄할 때는 그 사람이 어떤 사람인지 잘 몰라. 고난이 닥쳤을 때 그 사람이 어떤 선택을 하는지를 보마 그제사 진면목을 알 수 있는 기다."

삶이란 우연의 연쇄일까? 아니면 주체적 선택에 따라 개척해나가는 것일까? 아마 젊을수록 삶은 개척해나가는 것이라 할 테고, 나이를 먹은 자일수록 삶은 그저 우연이거나 운명일 뿐이라고 할 것이다. 과연 누구의 말이 옳은 것일까?

가만히 되돌아보면 내 삶은 우연이라는 파도에 끊임없이 휩쓸려 다닌 것 같다. 이 우연 앞에서 나는 매번 어떤 선택을 했고, 그 우연과 선택이 지금의 나를 만들어오지 않았나 싶다.

청소년기 아이들은 살아온 날이 얼마 되지 않고, 그렇게 살아온 날 또한 자신의 선택보다 엄마 아빠의 선택에 의해 좌우된 일이 많았으리라. 더군다나 지금처럼 엄마에 의해 관리당하는 삶을 살아가는 아이들은 더더욱 말이다. 이 소설은 이런 아이들에게 삶에서 우연과 선택이란 무엇인지, 그리고 자신의 주체적 선택으로 살아가는 인생이 얼마나 소중한 것인지를 아름답게 일깨워준다. 물론 이 소설은 이 한마디로 요약되는 소설이 아니다. 밑줄 치고 싶은 매력적인 문장과 통찰은 도처에 널려 있다.

> "지오는 비루함과 비열함, 비정함 같은 인간의 속성을 낱낱이 까발리는 소설들이 좋아 현대문학에서 고전까지 섭렵했다. 지오는 그런 작품의 인물을 통해 남들 또한 자기와 다르지 않음을 보며 위안받았다. 지오가 장편소설이나 대하소설을 읽게 된 건 앞서 말한 속셈 때문이기도 했지만, 그보다는 소설이 등장인물들의 파란만장한 삶을 통해 인생에는 여러 번의 계기와 기회가 있음을 역설하는 게 좋아서였다. 『호밀밭의 파수꾼』에서 홀든은 좋은 책을 '그 책을 읽고 나서 작가에게 전화하고 싶게 만드는 책'이라고 했다. 지오가 생각하는 좋은 책은 다음 이야기가 궁금해 책장을 넘기려는 마음과 문장의 의미가 깊어 그 장에 머무르고 싶은 마음이 강하게 충돌해, 다 읽기

도 전에 한번 더 읽고 싶다는 생각을 하게 만드는 책이었다. 그런 책을 만나면 지오는 미지의 세계로 들어선 듯 가슴이 뛰었다."

이금이의 소설론을 보여주는 이 문장에 줄을 치고 여러 번 읽어보았다. 넘어가고 싶다와 머무르고 싶다의 충돌. 나도 이 소설을 이 충돌 속에서 더디게 읽었음을 고백한다.

『도서관 이야기』 2013년 6월호

# 중력은 어른이 만든다

## 장주식의 『소년소녀 무중력 비행 중』

얼마 전 모 세미나 뒤풀이 자리에서 초등학교에서 아이들을 가르치며 평론도 하는 한 선배를 만났었다. 선배는 이리 빠지고 저리 빠지다 20년 만에 6학년 담임을 맡았는데 아주 죽을 맛이라고 했다. 그래서 나도 재작년에 6학년 담임을 맡았었는데 선배님처럼 학교 가는 길이 지옥처럼 싫었지만 대신 아주 의미 있는 평론 세 편을 쓰게 되었노라고, 선배님도 아주 좋은 평론을 쓰게 될 거라 킬킬대며 위로를 해드렸다.

술자리가 이어지며 선배는 우스갯소리로 10여 년 전 장주식 형이 『그리운 매화향기』(한겨레아이들, 2001)로 어린이문학상을 받았을 때 '나도 노력하면 저 정도는 쓰겠다.' 생각을 했는데 얼마 전 출간된 『소년소녀 무중력 비행 중』(문학동네, 2013)을 보니 그런 생각이 쏙 들어가더라는 말을 했다. 나는 장형이 그 작품을 쓰게 된 사연을 아는데 장형도 6학년 담임을 맡았기 때문이라고 말해주었다.

언론을 통해서 많은 교사들이 생활지도의 어려움 때문에 6학년 담임을 기피한다는 말을 들어보았을 것이다. 6학년 아이들이 공포의 대상인 것은 선생 한 지 2, 30년 된 남자 선생들, 게다가 나름 아이들에 대한 탐구 좀 했네 하는 글쟁이들에게도 마찬가지인 모양이다. 몸에 사리가 생기듯 평론가는 평론을 얻고, 작가는 작품을 얻으니 말이다.

다큐멘터리 감독이 영화를 찍듯 냉정한 시선과 감각적 비유로 서술되는 이 작품은 12월 어느 날 6학년 교실을 배경으로 한다. 이 교실의 최고 권력자는 교사가 아니라 소정이라는 여자아이이다. 이 아이는 거짓말과 눈물, 그리고 반항과 적당한 타이밍을 주 무기로 풋내기 담임을 손바닥 위에 올려놓고 주무른다.

첫눈이 내린 날 소정은 그녀의 패거리와 눈놀이를 하다 정후란 아이와 마찰이 생긴다. 소정은 정후를 자기 발아래 제압하고자 했고, 이를 견디지 못한 정후는 소정의 친구인 지희의 얼굴을 주먹으로 때린다. 정후는 폭력 문제 때문에 이 학교 저 학교를 전전하다 처음 입학했던 학교로 다시 오게 된 아이이다. 정후의 주먹질은 지희의 얼굴에 큰 상처를 낸다.

보건실로 간 지희와 소정은 담임에게 지희 집에 가겠노라 일방적으로 통보를 하고 점심도 먹지 않고 지희 집으로 간다. 지금 당장 학교로 오라는 말도 귓등으로 흘려듣고 노래방까지 가서 놀던 아이들은 공부가 다 끝난 다음에야 학교로 간다. 소정이 담임을 "별것도 아닌" 거라고 생각하며 제멋대로 행동한 것은 이미 오래된 일이다. 도대체 소정의 마음은 왜 이리 꼬인 걸까? 정후는 왜 폭력적인 아이가 된 걸까? 이렇게 교실이 무너져가는 상황은 과연 악마 같은 몇몇 아이들만의 탓일까?

소정은 집에서 마음 붙일 곳이 없다. 아빠는 간수처럼 엄마를 감시하고, 엄마는 아빠가 저녁때 늦게 들어온다는 말만 있으면 아이들을 팽개치고 놀러 나간다. 소정이 싫은 소리라도 한마디 하면 소정의 엄마는 아기처럼 징징대며 신세타령을 한다. 소정의 부모는 껍데기만 어른일 뿐, 어른이 아니다. 소정은 어른들로부터 받아야 할 넉넉한 사랑을 받지 못했고, 이 결핍은 소정의 내면을 황폐하게 만들었다.

정후는 가정 폭력의 희생자이다. 아빠의 거듭된 폭력을 이겨내지 못한 엄마는 결국 집을 나갔다. 엄마가 집을 나간 뒤부터 여자아이들에게 맞는 아이가 된 정후는 맞지 말고 때리라는 아빠의 말을 듣고 화가 나면 여자든 남자든 가리지 않고 정확히 얼굴을 때리는 아이가 되었다. 아빠가 엄마의 얼굴을 멍들게 하듯 말이다.

교실이 무너져가는 이유는 아이들만의 문제는 아니다. 과거 '왕따'를 당하고 나서 예민한 관찰의 눈을 갖게 된 민혜는 딱 부러지게 말한다. 소정에게 질질 끌려 다니는 선생님에게도 문제가 있다고 말이다. 작가는 이어서 말한다. "어른이 아이의 울타리가 되지 못"했다고, "아이에게 허용적이어서 친구는 되었지만, 아이가 의지하고 싶은 어른이 되지 못했다"고 말이다.

미숙함과 결여는 인간의 근본적인 존재 조건이다. 게다가 죽음과 부활과도 같은 입사식이 사라지고 소비를 통해서만 자신의 존재 증명이 가능한 후기산업사회에서 개인은 나날이 왜소해진다. 이렇게 난쟁이만 길러내는 현대사회에서 '진짜 어른'이 된다는 것은 쉬운 일이 아니다.

더구나 한국 사회는 지난 수십 년간 지나친 입시 교육으로 인해 10대에 스스로 해결해야 할 성장의 과제를 대입 이후로 미뤄놓거나 엄마의 대리 해결로 대강 때우고 지나쳤다. 10대의 과제를 해결했다고 해서 모두 제대로 된 어른이 되는 것도 아닌데 한국 사회의 특수성까지 겹쳐 지금의 3, 40대 학부모 대부분은 어른으로 성장할 기회를 놓쳤던 것이다.

그러나 덮어놓고 지나온 것들, 억압된 것들은 언제든 다시 귀환한다. 돌아온 그것은 그 존재를 뿌리부터 흔들어놓기 마련이다. 문제를 근본적으로 해결하고 싶다면 어른들은 이제라도 자기 성장의 과제를 해결해야 한다. 어떤 대가를 치르든 말이다. 그리고 아이들이 의지하고 싶은 울타리 같은 어른이 되어주어야 한다.

질풍노도의 시기를 겪는 사춘기 아이들은 어른들을 무작정 거부만 하는 것처럼 보인다. 나는 그들의 무의식은 '그래도 우리를 붙잡아달라.'고 아우성치고 있을 거라 생각한다. 그들의 속마음을 제대로 알 도리는 없어도 그렇게 생각하는 이유는 단순하다. 우리는 모두 중력이 있는 지구상에서 살아가는 존재이기 때문이다.

소정이나 정후 같은 아이는 비행(非行) 청소년이 아니다. 다만 일시적으로 무중력 상태에서 비행(飛行) 중일 뿐이다. 그러나 이렇게 무중력 상태의 비행(飛行)만을 거듭하다보면 이 아이들은 결국 땅으로 내려올 마음을 잃고 비행(非行) 청소년이 되고 말 것이다. 잊지 말자. 아이들을 안전하게 착륙시키고 이 땅에 두 발을 딛게 하는 중력을 만들어내는 힘은 어른에게 있다는 것을. 소정을 끝까지 포기하지 않고 손을 내미는 담임선생님처럼 말이다.

『작가들』 2013년 여름호

14

# 이 아이들을 어떻게 살릴 것인가

## 청소년소설집 『조용한 식탁』

지난봄 사정이 있어 한식을 넘겨서야 성묘를 가게 되었다. 산에는 우리 식구밖에 없었다. 주변이 한가해서인지 30여 년 전 어머니와 비슷한 시기에 돌아가신 분들은 어떤 사람들일까 궁금증이 일었다. 그래서 나는 묘비에 새겨져 있는 글자들을 읽어보기 시작했다.

서른 중반쯤에 세상을 등진 이의 묘비 뒤에는 그가 두고 간 젊은 아내와 어린아이들 이름이 새겨져 있었다. 가슴이 먹먹해졌다. 지금 이 아이들은 잘 지내고 있을까? 아마도 이 아이들은 지금 많아야 서른 중반일 텐데, 나보다 훨씬 어렸던 이 아이들은 그 상처를 어떻게 견뎠을까, 만감이 교차했다.

이런저런 묘비 중 가장 가슴을 아프게 한 것은 죽은 해에서 태어난 해를 뺐을 때 20년이 채 안 되거나 갓 넘긴 이들의 것이었다. 애달프지 않은 죽음이 세상에 하나라도 있겠냐마는 그중에서 가장 애달픈 죽음은 이렇게 젊은 죽음일 것이다.

이들은 어떤 사연으로 이 어린 나이에 세상을 떠난 걸까? 병사였을까, 사고사였을까? 후손이 없는 무덤은 시간이 흐르면 결국 돌보는 이가 없어지기 때문에 보통 화장을 해서 산이나 강에 뿌리곤 한다는데 왜 이 부모들은 이렇게 산에 매장을 한 걸까? 아이를 세상에서 완전히 떠나보내기 싫은 마음이 이렇게 표현된 걸까? 누군가 묘소를 찾은 지 얼마 되지 않은 듯한 흔적 때문에 마음은 더 아팠다.

얼마 전 이렇게 젊은 죽음, 그중에서도 청소년의 자살 문제를 집중적으로 다룬 소설집 『조용한 식탁』(이병승 외 6인, 삶창, 2013)이 '조용히' 출간되었다. 젊은 죽음은 이처럼 그 자체로 마음을 무겁게 하는데 자살이란 얼마나 억장이 무너지는 일일까.

표제작인 이병승의 「조용한 식탁」은 가족 문제와 학교 폭력으로 죽음을 선택한 아이의 이야기이다. 노조 간부였던 아버지의 파업투쟁과 이에 따른 손해배상청구소송 등으로 가족이 해체되는 과정을 통해 청소년 문제를 넘어 사회적 살인이라고 하는 정리해고 문제까지 환기시킨다.

홍명진의 「괴물에 관한 보고서」에서는 성적 문제로 학교에서 목숨을 끊은 아이와 그 사건으로 심리적 고통을 겪는 아이들의 모습이 절절하게 그려진다.

이성숙의 「네가 있는 그곳」과 전아리의 「아름다운 소녀에게」에서는 인터넷 악성 댓글 문제를, 전삼혜의 「판도라의 서랍」과 이승현의 「오늘 잠들어 내일 눈뜨지 못하면」에서는 따돌림 문제를 다양한 시선과 기법으로 그려내고 있다. 김해원의 「끈」만이 자살이 아닌 타살당한 아이의 이야기이다.

사실 나는 처음에 '자살'에 관한 소설 모음집인지 모르고 이 책을 읽기 시작했다. 네번째 소설인 「네가 있는 그곳」을 읽어나가면서 '이거 혹시 전부 다?' 하는 생각이 들기 시작했다. 한 편씩 읽을 때마다 땅속으로 가라앉는 기분이라고 해야 되나. 굳이 이런 방식으로 청소년 자살 문제를 환기시켜야 하나, 여러 이야기 속에 있는 한 편의 이야기가 더 독자들의 심금을 울리는 게 아닌가 하는 불편한 생각이 들기도 했다.

청소년 자살 문제를 전면적으로 그려낸다는 건 쉬운 일이 아니다. 진지한 성찰과 공감이 선행되지 않는다면 소재주의 차원으로 접근했다는 비난, 아이들의 죽음을 상품화한다는 비난에 처할 수도 있기 때문이다. 그렇다고 가장 큰 청소년 문제인 자살 문제를 못 본 척할 수도 없는 일이다. 평론을 하는 나 또한 같다. 이 소설집에 실린 모든 소설이 다 좋은 건 아님에도 이 소설집에 대해 '조용한' 태도로 아무 말도 안 할 수는 없었다. 외면한다고 해서 그것이 사라지는 것은 아니기에 말이다.

통계 하나를 보자. 지난 5월 통계청이 발표한 '2013 청소년 통계'에 따르면, 2011년 청소년의 사망 원인으로 자살이 가장 많고, 다음은 운수 사고, 암 순으로 나타났다고 한다.

청소년기의 사망 원인 중 자살이 가장 많은 건 아무래도 병사나 자연사할 일이 거의 없는 청소년기이기에 그럴 수밖에 없지 않은가 생각할 수도 있을 것이다. 하지만 놀랍게도 지금으로부터 약 10여 년 전, 2001년만 해도 운수 사고가 사망 원인 1위였고, 자살률은 운수 사고의 2분의 1밖에 되지 않았었다. 인구 10만 명당 청소년 자살자 수는 2001년 7.7명에서 2011년 13명으로 증가했다고 하니 10년 동안 두 배 가까이 급증한 것이다. 이런 소설집이 안 나올래야 안 나올 수가 없는 상황이구나 싶다.

실행하지는 않지만 자살을 생각해보는 아이들은 점차 늘어가고 있다. 사이버 세상에서 게임을 망치면 리셋 버튼 하나만 누르면 된다. 페

북이든 카톡이든 뭔가 마음에 안 들면 계정을 삭제하고 새로운 계정을 만들면 된다. 이런 사이버 문화에 익숙한 아이들은 죽음을 또 하나의 리셋으로 생각할지도 모르겠다. 그러나 실제 우리 삶은 그렇게 간단하지 않다. 우리에게 주어지는 삶의 기회는 그저 단 한 번일 뿐이다. 단 한 번이기에 아름답고 소중한 것이다.

이렇게 한 번뿐인 삶을 누가 벼랑으로 몰고 가는 것일까? 사실 이 땅에 청소년들의 자살은 없다. 그것은 자살인 것처럼 보이지만 이 소설집에서 보여주고 있는 것처럼 모두 사회적 타살인 것이다. 아이들은 외친다. 우리가 괴물인가요? 라고, 우리는 괴물이 아니라고, 우리 모두는 인간답게 살고 싶다고 말이다.

'조용한 식탁'이라는 이름이 새겨진 묘비 앞에서 우리는 모두 마음 한 조각이 부서져나가는 아픔을 지울 수 없다. 우리 모두는 간접적 살인자들이거나 방관자들이구나 싶어서이다. 어떻게 이 아이들을 살려야 하나?

『도서관 이야기』 2013년 9월호

# 10대의, 10대를 위한 자기선언서

## 최서경의 『아는 척』

대중들의 많은 사랑을 받았던 소설가 최인호 선생이 얼마 전 소천하셨다. 중장년세대의 상실감은 박완서 선생이 돌아가셨을 때보다 훨씬 더 큰 듯하다. 박완서 선생보다 최인호 선생을 훨씬 더 자기 세대와 가까운 작가로 여겼던 것 같기도 하고, 좀더 대중적인 소설을 썼던 작가이기에 그런 것 같기도 하다.

1931년생인 박완서 선생에 비해 1945년생인 최인호 선생의 나이가 적지만 등단은 최인호 선생이 훨씬 빨랐다. 선생은 1963년 고등학교 2학년 때 「벽구멍」이란 소설로 신춘문예에 당선되었다. 아마도 문학 천재가 한 명 나타났다고 떠들썩하지 않았을까 싶다.

한국문학의 또다른 거목인 황석영 선생 또한 약관의 나이에 「입석부근」이라는 소설로 1962년 사상계 신인상을 거머쥐기도 했다.

이들 작가가 소설사에 한 획을 그은 데에는 문학의 시대라 할 수 있는 70년대와 80년대라는 든든한 뒷배의 역할이 컸을 것이다. 이 당시 문학은 민주화와 사회변혁이라는 시대적 과제의 최전선에 서 있었다. 또한 그 시대는 지금처럼 볼거리가 충분치 않았던 시대였기에 신문연재소설이 대중의 큰 사랑을 받기도 했다. 소설가가 사회적 명망가의 역할과 대중적 스타의 역할까지 두루 감당했던 것이다.

그러나 지금은 시대가 많이 변했다. 소설은 사적인 영역으로 축소되었고, 대중들의 시선은 이미지와 영상으로 떠난 지 오래이다. 게다가 스마트폰이 보급되면서 이 현상은 더욱 심해졌다. 지하철을 타면 남녀노소 가릴 것 없이 모두가 스마트폰에 코를 박고 있다.

그런데 이런 시대에도 60년대의 최인호나 황석영처럼 구시대 유물이 되어가는 '소설 나부랭이'를 붙잡고 있는 10대들이 있다. 실로 놀라운 일이 아닐 수 없다.

좀 멀리 보면 『직녀의 일기장』(현문미디어, 2008)으로 세계청소년문학상을 수상하기 전부터 문학 천재 소녀로 이름을 날렸던 전아리가 있고, 『하이킹 걸즈』(비룡소, 2008)로 블루픽션상을 받은 김혜정은 이미 중학생 때 『가출일기』(문학수첩, 1997)를 펴내기도 했다. 가까이 보면 고등학생이었던 오송이와 김누리가 각각 『모래평원의 개미들』(문학동네, 2010)과 『안녕, 소리바다』(잇북, 2011)를 펴내기도 했다.

그밖에 계간지 『풋』에서도 청소년들의 시와 소설을 볼 수 있었다. 그런데 이들의 글을 읽으며 늘 아쉬운 게 있었다. 많은 청소년 문사들이 자기 세대에 대한 이야기를 잘 하지 않는다는 거였다. 청소년소설이 한국소설의 주요한 장르로 자리잡기 시작한 지 10년이 넘었는데 말이다.

이런 생각을 하고 있는 가운데 10대의 자기선언이라 할 수 있는 최서경의 『아는 척』(문학동네, 2013)이 출간되었다. (최서경은 고3 때 이 소설로 문학동네청소년문학상을 수상했다.)

이 소설의 화자는 세 명이다. 전교 1등 모범생인 것처럼 보이지만 사실은 냉소와 불만으로 가득 차 있는 윤, 어쩌다 문제아로 찍혀 모든 행동 하나하나가 주목의 대상이 된 박, 가정 폭력과 학교 폭력에 시달리면서 찍 소리도 못 내는 아이처럼 보이지만 사실은 가슴속에 활활 타오르는 불덩이를 안고 사는 강.

이 어울리지 않는 조합의 세 친구는 어른들의 '아는 척'에 대해 혐오를 느낀다. 이들은 어른들이 자신에 대해 알지도 못하면서 (혹은 깊이 알려고 들지도 않으면서) 그저 10대는 이러저러할 것이라는 선입견을 가지고 아이들을 바라보거나, "어떤 사실을 알고 나면 꼭 훈계를 해야 한다"는 식의 고정관념에 사로잡혀 자신들을 재단한다고 생각한다. 그들은 이 '아는 척'에 한 방을 먹이고 싶어 모종의 일을 꾸민다.

어른들의 입장에서 보면 이들이 "아는 척"하는 어른들을 좀 "가르쳐주자."고 벌인 사건은 "겨우 이 정도?" 하며 좀 싱겁고 시시해 보일 수도 있다. 테리 길리엄의 영화 〈12 멍키즈〉에서 브래드 피트 일당들이 인류에게 경종을 울린다며, 동물원의 동물을 풀어놓으려 한 해프닝처럼 말이다. 그러나 이 사건은 작가의 자기 세대 인식 덕분에 단순한 해프닝으로 전락하지 않고, 기성세대를 향해 날 선 비판으로 상승한다.

최서경은 이 해프닝을 "말로 하면 안 들어주"기 때문에 보여주는 "일종의 발버둥"이라고, "이 사건을 계기로 어른으로 성장하게 된다는 가식적인 결말은 더더욱 우리가 원한 것이 아니"라고 외친다. 그들은 어른의 사과나 화해 따위는 조금도 기대하지 않는다. 청소년소설에서 흔히 보이는 (어른이 원하는) 성장 따위에는 관심도 없다. 가슴이 뜨끔하다.

무엇보다 이 소설이 기존 청소년소설과 확실하게 차이가 나는 점은 기성세대가 전해주는 계몽이나 위로의 목소리가 전혀 담겨 있지 않다는 것이다.

'우리에 대해 아는 척하지 마라. 당신들이 우리에 대해 얼마나 알고 있느냐. 할아버지 세대가 먹고살게 해주고 아버지 세대가 민주화까지 시켜놓았는데 무슨 고민과 걱정거리가 있느냐고, 그저 어른 말 잘 듣고 공부나 열심히 하라고 하지 마라.'

'빈자리도 많았고 변하고 채울 기회가 많았던 당신들과 달리, 거의 대부분의 것들이 채워지고 결정되어버린 우리 세대에게는 그만큼 어떤 기회가 허락되지 않는다. 고생은 당신들이 했고 우리는 그 열매만 따 먹고 있다고 하지만 진짜 행복을 누린 건 어쩌면 당신들이었을 거다. 우리는 해볼 수 있는 게 많지 않다. 그래도 우리는 무언가를 해야 한다. 그러니 당신들의 삶과 경험으로 우리 삶을 평가하지 마라. 우리는 우리만의 고민이 있다.'는 이들의 자기선언문은, 참으로 멋지다.

부록: "언수외탐" "지거국" "오자" "수포자" "모쏠" "모고" "짝남" "엄빠" 이 낱말을 보고 단번에 의미를 알 수 있는 게 몇 개나 되는가? 아마도 100년 뒤쯤 이 소설은 2000년대 초반 10대들의 일상 언어 연구를 위한 중요한 자료가 될 것이다.

『도서관 이야기』 2013년 11월호

16

# 그가 내린 소설의 정의

## 최상희의 『델 문도』

최상희는 1972년 전주에서 태어났다. 영문학을 전공하고 잡지사 기자로 10여 년간 일하다 회사를 그만둔 뒤 세 권의 여행서와 다섯 권의 청소년소설을 출간했다.

2011년 봄 『옥탑방 슈퍼스타』(한겨레틴틴)가 출간될 때만 해도 '소설가 최상희'를 주목하는 이는 그리 많지 않았다. 오히려 그는 『제주도 비밀코스 여행』(웅진리빙하우스, 2009; 북노마드, 2012 재출간)이나 『강원도 비밀코스 여행』(웅진리빙하우스, 2010) 같은 책을 통해 여행 작가로서 입지를 다지고 있었다.

그러던 최상희는 2011년 가을 블루픽션상 수상작 『그냥 컬링』(비룡소) 출간 이후 연이어 『명탐정의 아들』(비룡소, 2012), 『칸트의 집』(비룡소, 2013)을 내며 우리 청소년문학 동네를 이끌어갈 차세대 주자로 자리매김을 하게 되었다. 앞서 발표한 소설들이 가벼운 문체의 트렌디 소설의 연장선에 있었다면, 『칸트의 집』에서는 한 겹 한 겹 쌓아올린 문장으로 소설의 건축술을 유감없이 보여주기도 했다.

그런 그가 이번에는 신비로우면서도 진지한 단편 아홉 편을 들고 우리 앞에 나타났다. 제12회 사계절문학상 수상작이라는 후광과 함께 말이다. 『델 문도』(사계절, 2014)가 바로 그 주인공이다.

『델 문도』에 실린 아홉 편의 단편은 우리들을 낯선 곳으로 데려간다. 호주(「붕대를 한 남자」)나 인도(「노 프라블럼」), 런던 공항(「페이퍼컷」)으로 공간 이동을 시켜주기도 하고, 어딘지는 정확히 알 수 없지만 미국쯤이거나(「missing」) 베네치아쯤이거나(「무대륙의 소년」) 프랑스 어디쯤으로(「시튀스테쿰」) 우리를 인도하기도 한다.

주인공도 다양하다. 한국인 이민자 2세이거나, 아룬, 쿤마르, 아더, 안젤로, 루이엘, 안톤이라는 이름들처럼 외국인이 나오기도 하고, 「무대륙의 소년」처럼 고양이를 내세우기도 한다.

이렇게 우리는 세상 어딘가에 존재하는 혹은 존재할 수 있는 신비로운 세계 속으로 자연스럽게 끌려들어간다.

호주를 배경으로 하는 「붕대를 한 남자」는 자동차 정비 중 폭발 사고로 큰 화상을 입은 뒤 고통스럽게 살아가는 사내의 이야기이다. 장난감 공기총을 조립하던 한국인 이민자 2세인 소년은 물을 떠서 손님에게 드리라는 아빠의 말을 듣는다. 문밖에는 얼굴부터 목까지 붕대를 감은 한 남자가 있다. 소년의 아빠는 운전하던 자동차가 고장이 나 견인차를 기다리는 이 남자를 집에 들여 커피와 라즈베리파이를 대접한다. 도대체 이 남자의 정체는 무엇이며, 그에게 어떤 일이 일어난 건가? 작가는 이 이야기를 통해 우리에게 그가 원망하는 생의 1분은 무엇인지, 또 이 고통스런 사연을 들은 소년은 아무 상관도 없어 보이는 공기총을 왜 쓰레기통에 버리는지, 그 의미를 독자들에게 진지하게 묻는다.

「노 프라블럼」은 우리를 인도로 데려간다. 열여섯 살 불가촉천민 릭샤(인력거)꾼 아룬은 자기 또래인 한국인 소녀 유진의 통학을 맡게 된다. 자동차 회사 지사장이 된 아빠를 따라 인도에 온 지 석 달밖에 안 된 유진은 친구가 필요하다. 아룬은 높은 신분의 여자친구를 몰래 만나고 있는 불가촉천민 친구인 쿤마르를 보며 사춘기 소년이라면 누구라도 그러하듯 유진에 대한 연정을 품게 된다. 하지만 인도에서는 신분의 벽은 죽음과도 같은 것. 귀족 가문에 의해 살해당했을 쿤마르의 시신 앞에서 아룬은 깊은 가난과 도무지 어떻게 할 수 없는 인종과 신분제의 한계를 뼈저리게 절감한다. 그래도 아룬은 외친다. "노 프라블럼."이라고.

「내기」는 죽음을 앞둔 아빠가 아들과 함께 우리나라 어느 섬을 여행하며 벌어진 이야기이다. 이 부자(父子)는 특정한 말을 먼저 하는 사람이 지는 내기를 걸고 여행을 한다. 이 금기어를 찾아야 이 소설의 자물쇠가 풀리기에 독자들은 그 말이 무엇일까 생각하게 된다. 도입 부분, 로드킬을 당한 고양이를 보는 장면에서 나는 이들의 금지어가 '엄마'일 거라는 생각을 했다. 사람들은 깜짝 놀라면 누구나 "엄마야!" 하고 외치니까 말이다. 이 소설은 엄마가 떠나거나 혹은 죽고 난 뒤 아빠와 아들이 서로에게 힘이 되어주는 이야기구나 싶었다. 하지만 어느 순간 이 예상은 완전히 빗나갔다. 나는 이 단편을 제대로 이해하기 위해 소설의 첫머리로 다시 돌아가야 했다. 이들의 금지어는 '엄마'가 아니라 '죽음'이었기 때문이다. 이 반전과 그에 따른 작은 충격은 아빠와 아들이 나누었던 소소한 대화를 낯설게 하여 의미를 확장시키고, 죽음과 이별에 대해 더욱 깊이 성찰하게 한다.

그밖에 현실과 환상의 경계를 넘나들며 신비로운 이야기를 들려주는 「페이퍼컷」과 「missing」, 「기적 소리」, 타인의 시선(사진)을 통해 새로운 세계를 경험하는 「필름」, 사람의 이야기인 줄 알았으나 결말 무렵에 가서야 고양이의 시선으로 그려진 이야기라는 것을 알게 되는 「무대륙의 소년」 등이 한 가지 음식도 빼놓을 수 없이 잘 차려진 풀코스 요리처럼 독자들을 기다린다.

『델 문도』는 '세상 어딘가에'라는 뜻의 스페인어라 한다. 이 단편집은 이렇게 청소년 독자들에게 '얘들아, 이 이야기들은 모두 세상 어딘가에서 이미 벌어졌거나 벌어질 수 있는 일들이란다. 우리가 사는 곳은 이렇게 알 수 없는 것들, 신비한 것들로 가득한 곳이지. 세상은 넓고 이야기는 많아. 우리 같이 세상 속으로 여행을 떠나볼까?'라고 넌지시 권유하는 것 같다.

그런데 청소년들의 등을 그냥 떠밀 리는 없다. 사려 깊은 작가는 이 단편집의 맨 끝에 길 떠나는 이들을 위한 소설 「시튀스테쿰」을 준비해 두고 있다.

이 작품은 프랑스쯤으로 여겨지는 어느 수도원 기숙사 학교에서 벌어지는 일을 그리고 있다. 주인공 에밀은 아기일 때 수도원 앞에 버려졌다. 이 소년이 고아라는 사실이 알려지자 다른 학생들의 놀림과 괴롭힘의 대상이 된다. 에밀을 위로해주는 건 '만만히 뵈는 구석'이 있는 젊은 수사 루이엘과 유일한 뚱보 친구 안톤, 그리고 그림 그리기. 루이엘은 수도원에서는 금지된 '바깥세상의 노래'를 부르고, 에밀은 안톤을 위해 금지된 그림을 그린다. 하지만 운명이 늘 그러하듯, 에밀의 삶은 파국으로 치닫고 침묵의 방에 갇히게 된다. 침묵의 방을 나온 에밀은 더이상 자신을 먹여주고 지켜준 이 수도원에 머물 수 없다. 에밀은 "세상을 보고 싶"고 "그림을 그리고 싶"기 때문이다. 두려움을 안고 거친 세상을 향해 나아가는 에밀에게 젊은 수사 루이엘은 나지막이 "시튀스테쿰." 즉 "포스가 함께하기를." (라틴어인 시퀴스테쿰을 〈스타워즈〉 식으로 풀어 쓰면 이런 의미가 된다고 한다.) 하고 빌어준다. 정말 길 떠나는 모든 이들에게 해주고 싶은 말이 아닐 수 없다.

어떤 이들은 이 단편집이 주인공이나 화자만 10대일 뿐, 청소년소설이 맞냐고 물어볼 수도 있을 것이다. 가벼운 문체로 청소년들의 일상을 그려내는 기존 청소년소설의 서사와는 다르며, 어른들의 단편소설에서 볼 수 있는 문체와 기법, 삶에 대한 근원적인 질문을 담고 있기 때문이다.

이 책이 가지고 있는 묘한 수미상관을 떠올려보자. 표지에서 '세상 어딘가에'로 시작하는 이 소설집의 마지막 문장은 '세상 속으로'라는 말로 끝맺는다. 이 말에 가장 잘 어울리는 세대를 꼽는다면 단연 청소년들과 젊은 청년들이라 할 수 있을 것이다.

그런 의미에서 이 소설집은 자연스럽게 청소년소설의 스펙트럼을 20대 초반까지 넓힌다. 그것도 가벼운 소설을 찾는 독자만이 아니라 진지하게 삶의 의미를 묻는 독자들까지 말이다.

『칸트의 집』을 통해 작가는 '소설은 건축이다.'라는 정의를 내렸다면 『델 문도』에서는 '소설은 여행이다.'라고 정의를 내린 듯하다. 이 작가가 다음 책에서 작품으로 보여줄 소설에 대한 정의가 무엇일지 궁금해진다.

『어린이와 문학』 2014년 10월호

# 번쩍하는 깨달음의 순간

## 이금이의 『청춘기담』

한 사람이 있다. 그는 문득 혹은 느닷없는 사건으로 무언가 삶이 어그러졌다는 것을 깨닫는다. 더이상 이전과 같이 살 수는 없다. 이제 그는 망가지고 훼손된 것을 회복하거나 봉합하기 위해 분투한다. 이 모든 과정을 그린 것이 장편소설이다.

단편소설은 이와 다르다. 단편은 그가 '내 삶이 무언가 어긋난 것이 아닌가' 의심하는 순간, 익숙했던 모든 게 낯설어져 이전과 같이 살 수 없다는 깨달음이 번쩍하는 순간 끝이 난다. 그래서 좋은 단편을 다 읽고 나면 가슴에서 뭔가 툭 하고 떨어지거나, 쩍 하고 갈라지는 소리가 들리는 것이다.

이금이의 『청춘기담』(사계절, 2014)에는 이런 단편의 미학적 속성이 잘 살아 있다. 「검은 거울」은 영문도 모른 채 몸이 바뀌어 엄마의 삶을 살던 주인공이 본래 몸을 되찾은 뒤 그렇게 바뀐 게 엄마의 바람 때문이라는 걸 깨닫는 순간에, 「1705호」는 따뜻한 결속으로 이루어진 중산층 가정이 타인에 대해서는 얼마나 차가운 무관심으로 일관하는지가 드러나는 순간에, 「나이에 관한 고찰」은 다른 아이들과 비슷한 삶을 살고 싶어 스스로 학원과 입시 지옥에 발을 들여놓은 한 아이가 '결국 이건 아니다.'라는 것을 깨닫는 순간에, 「천국의 아이들」은 모범생 아이가 시험 도중 커닝을 들켜 극단적 선택을 한 뒤 안온한 생활이 그리워 집을 찾아갔으나 다시는 돌이킬 수 없는 일을 스스로 저지르고 말았다는 것을 깨닫는 순간에, 「즐거운 유니하우스」는 '나 홀로 유학'을 하러 간 말레이시아 게스트하우스에서 가슴을 설레게 한 소녀가 사실은 이미 죽은 이라는 사실을 깨닫는 순간에, 우리는 모두 "나는 제대로 살고 있는 건가? 내 삶도 이렇게 어긋나 있는 건 아닌가? 어디서부터 어떻게 해야 이것을 바로잡을 수 있는 건가?" 하는 질문을 떠올리게 된다.

그러나 이금이는 청소년들에게 '네가 살고 있는 세상은 바로 이런 곳이야.'라며, 차가운 손길로 〈매트릭스〉의 '빨간 약'을 건네주는 것에 그치지 않는다. 그에게는 언제나 아이들을 어루만지는 따스한 손길과 믿음이 있다. 한 작품만 살펴보자.

「셔틀보이」의 주인공 박현기는 "내가 처음 말한 단어"는 "재개발"이었다고 할 정도로 부모의 사랑을 받아보지 못한 채 할머니 손에서 자란 고등학생이다. 엄마는 태어나자마자 도망쳤고 아빠는 한 달에 한 번 집에 들어올까 말까, 이런 상황이니 현기의 공부 실력이야 안 봐도 훤한 일이다. 현기는 살고 있는 곳이 재개발이 되어 아파트에 입주하게 되었으나 그도 임대아파트일 뿐이다. 모든 상황을 종합했을 때 현기는 학교 내에서 가장 낮은 서열이 될 게 뻔하다.

현기는 "형들이 학교와 집을 벗어남으로써 서열과 평가에서 자유로운 존재"가 되는 것을 보고, '산69파'에 가입하여 "집이나 성적으로 평가된 채 무시하며 밟고 지나가도 되는 투명인간"이 되지 않고자 한다. 학교에서는 일진 대우를 받으며 편한 생활을 하지만 산69파에서 현기의 서열은 바닥인지라 형들에게 돈이나 물건을 상납하는 셔틀보이 노릇을 해야 한다.

그러던 어느 날 형들에게 상납을 하려다 얼결에 생긴 스마트폰을 통해 엄마의 따뜻한 목소리가 담긴 카톡을 받게 된다. 자기 엄마가 아니라는 것을 뻔히 알면서도 자꾸만 진짜 엄마가 16년 만에 보낸 게 아닌가 싶어 가슴이 뛴다. 정체불명의 문자를 받게 된 사정은 바로 그 폰 전 주인이 일찍 세상을 떠난 현기 또래의 남학생이었던 것. 그 사실을 알게 되었지만 사랑이 담긴 '엄마'의 문자를 받을 때마다 현기의 얼굴이 달아오르고 눈물이 난다.

현기는 한 번도 자신의 것이 아니었기에 상상조차 할 수 없었던 많은 것들에 대해 생각하고 또 생각하며 자신을 돌아본다. 자신의 엄마가 아니지만 엄마에게 꼭 듣고 싶었던 말을 들은 현기는 '엄마'에게 꼭 하고 싶었던 말을 담은 문자를 보낸다.

"엄마, 제 걱정은 마세요. 저는 다 괜찮아요. 메리 크리스마스!"

걱정하지 말라는, 괜찮다는 말의 수신자는 이중의 엄마이자 자기 자신이다. 본 적도 없고 수신되지도 않겠지만 현기는 이것이 수신될 것을 믿고 답장을 한다. 또한 본 적은 없지만 수신 가능한 이전 휴대폰 주인의 엄마에게도 하늘에 있는 자를 대신하여, 즉 셔틀보이가 되어 답장을 한다. 그리고 이 답장의 최종 수신자는 바로 자기 자신이다. 이제 다 괜찮을 거라며 스스로를 격려하는 문자인 것이다. 진실은 차갑기만 한 것이 아니다. 이렇게 따뜻할 수도 있다.

현기는 이제 이전처럼 살 수 없을 것이다. 이 알 수 없는 문자, 이해와 상상 밖의 영역에서 잘못 날아온 문자 하나로 인해 '내가 할 수 있는 셔틀은 꼭 돈이나 물건만이 아닐 수도 있다.'는 것을 깨달았기 때문이다.

우리 삶은 늘 그렇다. 수신자와 발신자는 종종 어긋난다. 하지만 잘못 발신된 메시지가 거꾸로 가장 정확히 수신된다. 이 소설집의 제목이 '기담'일 수밖에 없는 이유가 바로 여기에 있다.

『책꽂이』 2015년 봄호(20호)

동화의 윤리 사라진 아이들을 찾아서


**초판인쇄** 2015년 2월 24일
**초판발행** 2015년 3월 2일

**지은이** 유영진
**펴낸이** 강병선
**책임편집** 남지은
**편집** 이복희 원선화 엄희정 서정민
**디자인** 이지선
**마케팅** 정민호 나해진 이동엽 김철민
**온라인 마케팅** 김희숙 김상만 한수진 이천희
**제작** 강신은 김동욱 임현식
**제작처** 영신사

**펴낸곳** (주)문학동네
**출판등록** 1993년 10월 22일 제406-2003-000045호
**주소** 413-120 경기도 파주시 회동길 210
**전자우편** kids@munhak.com
**홈페이지** www.munhak.com
**카페** cafe.naver.com/mhdn
**트위터** @kidsmunhak
**페이스북** facebook.com/kidsmunhak
**대표전화** (031)955-8888
**팩스** (031)955-8855
**문의전화** (031)955-8890(마케팅) (02)3144-3235(편집)

**ISBN** 978-89-546-3505-9 03810

이 도서의 국립중앙도서관 출판시도서목록(CIP)은 e-CIP홈페이지(http://www.nl.go.kr/ecip)와
국가자료공동목록시스템(http://www.nl.go.kr/kolisnet)에서 이용하실 수 있습니다.(CIP제어번호 : CIP2015002836)